HEYNE BÜCHER

Das Buch

Ein Schneesturm hält Canterbury im Dezember 1471 für mehrere Tage fest im Griff, alle Einwohner der Stadt flüchten sich in die schützende Wärme ihrer Häuser. In einem Gasthof sitzen Reisende fest. Am Morgen des dritten Tages wird einer der Gäste, der verhaßte Steuereintreiber, tot aufgefunden. Die Satteltaschen, die das Geld des Königs enthielten, sind leer. Die Heilerin Kathryn Swinbrooke, die sich mit ihrer Tatkraft, ihrer herben Schönheit und ihrem umfassenden Wissen über Kräuter und Heilmethoden einen Namen gemacht hat, und Colum, der irische Sonderbeauftragte von König Edward IV., sollen die Todesursache feststellen und den Täter finden. Gleichzeitig bittet ein alter, sehr geachteter Kirchenmaler Kathryn um ihren Besuch. Er hat bei seiner Heimkehr seine junge Frau mit zwei Männern erwischt und alle drei mit Pfeil und Bogen getötet. Nun möchte er im Kerker mit Kathryn sprechen. Als kurze Zeit später ein weiterer Toter im Gasthof gefunden wird, geraten Kathryn und Colum unter Zeitdruck, da sie es offenbar mit einem Mörder zu tun haben, der es darauf abgesehen hat, Colums Ruf zu zerstören und ihn umzubringen.

Kathryn Swinbrooke steht für viele eigenwillige und begabte Frauen, die im Mittelalter als Ärztin und Apothekerin ein unabhängiges Leben führen konnten. Gleichwohl begegneten sie Vorbehalten und mußten – wie Kathryn – ihre Fähigkeiten unter schwierigsten Bedingungen unter Beweis stellen. Tatsächlich wurden erst Anfang des 16. Jahrhunderts Frauen in England von der Ausübung medizinischer Berufe ausgeschlossen. Durch die Heilerin Kathryn macht uns Celia L. Grace mit dem Frauenalltag im 15. Jahrhundert vertraut.

Die Autorin

Celia L. Grace ist das Pseudonym einer englischen Historikerin, die sich schon in ihrer Dissertation mit dem Thema »Frauen und medizinische Berufe im Mittelalter« befaßte. Die Autorin lebt in Devonshire.

Im Wilhelm Heyne Verlag sind bereits erschienen: *Die Heilerin von Canterbury* (01/9738) und *Die Heilerin von Canterbury sucht das Auge Gottes* (01/10078).

CELIA L. GRACE

DIE HEILERIN VON CANTERBURY UND DER BECHER DES TODES

Roman

Aus dem Englischen
von Marion Balkenhol

WILHELM HEYNE VERLAG
MÜNCHEN

HEYNE ALLGEMEINE REIHE
Nr. 01/10643

Titel der Originalausgabe
THE MERCHANT OF DEATH

Besuchen Sie uns im Internet:
http://www.heyne.de

Umwelthinweis:
Das Buch wurde auf
chlor- und säurefreiem Papier gedruckt.

Wilhelm Heyne Verlag GmbH & Co. KG, München
Printed in Denmark 1998
Umschlaggestaltung: Atelier Ingrid Schütz, München,
unter Verwendung des Originalumschlags von Christine Hucke
Satz: (3076) IBV Satz- und Datentechnik GmbH, Berlin
Druck und Bindung: Nørhaven, Viborg

ISBN 3-453-13716-7

Für Grace

»Habt Ihr nicht ein fahles Antlitz in der Menge gesehen ... so offensichtlich, das blanke Entsetzen.«
Chaucer: Die Erzählung des Rechtsgelehrten

»Im Mittelalter praktizierten Ärztinnen auch in Kriegswirren und während großer Epidemien weiter wie immer, einfach weil man sie brauchte.«
Kate Campbellton Hurd-Mead: Geschichte der Frauen in der Medizin

Zur Geschichte

Im Jahre 1471 fand der blutige Bürgerkrieg zwischen den Häusern York und Lancaster durch die beiden Siege, die Edward von York bei Barnet und Tewkesbury errang, plötzlich ein Ende. Der König kam zu seinem Recht und schickte, als der Herbst dem Winter wich, seine Steuereintreiber aus, um zu erheben, was ihm gehörte.

Im fünfzehnten Jahrhundert war die Steuererhebung im wesentlichen Sache von mächtigen Einzelpersonen, die als Steuereintreiber fungierten. Sie mußten einen festgelegten Betrag sammeln; das, was sie in die eigene Tasche wirtschafteten, wurde von der Krone toleriert, sofern es sich in vertretbarem Rahmen bewegte. Demzufolge waren die Steuereintreiber des fünfzehnten Jahrhunderts mächtige Männer. Erpingham, um den es hier geht, war Ritter, Kaufmann und Rechtsgelehrter zugleich. Die Angst vor dem Steuereintreiber saß damals ebenso tief wie heutzutage vor dem Finanzamt: die Befugnisse der Steuereintreiber waren weitreichend. In der Tat waren Steuereintreiber die Auslöser jeder größeren Revolte in der englischen Geschichte – sei es beim Bauernaufstand von 1381 oder im Bürgerkrieg des siebzehnten Jahrhunderts.

Prolog

Der Schnee kam überraschend: dicke, graue Wolken türmten sich bedrohlich über der Ostküste Englands, als habe der Herrgott höchstpersönlich die Hand gegen die Erde erhoben. Am achten Tag nach dem Fest der Unbefleckten Empfängnis begann es zu schneien; Felder und Wege in Kent wurden unter einem dicken Teppich begraben, der an der Oberfläche vereiste. Kalter Nordostwind kam auf und trieb den Schnee in heftigem Sturm vor sich her. Weiler, Dörfer und einsame Gehöfte wurden von der Außenwelt abgeschnitten. Selbst des Königs große Stadt Canterbury belagerte er. Auf den Türmen, Zinnen und Dächern der Kathedrale, die den Gebeinen des seligen Märtyrers Thomas als letzte Ruhestatt dienten, lag so viel Schnee, daß die großen Glocken nicht geläutet wurden, aus Angst, die dröhnenden Eisenschläge könnten Schneelawinen auslösen und Nichtsahnende unter sich begraben. Die Einwohner von Canterbury zogen es vor, zu Hause zu bleiben und sich um das Feuer zu scharen. Die Marktstände blieben leer. Weder Kesselflicker noch Huren oder Büttel zogen durch die Straßen. Alle Welt bibberte und betete, der Schnee möge noch vor Weihnachten verschwinden.

Die Chronisten im Kloster von Christchurch hauchten in die eiskalten Hände und fluchten im stillen über die gefrorene blaugrüne Tinte in den Tintenfässern. Wie sollten sie diese Zeiten beschreiben? Verrückte und alle, die von Visionen heimgesucht wurden, behaupteten, der Schneesturm sei eine Strafe Gottes, weil die Welt nach Höllenschwefel und Teufelskot stinke. Solcherlei Sprüche gefielen den Schreibern, und sie kritzelten ihre Anmerkungen an den Rand der Klosterchronik: es sei so weit gekommen, daß die Bösen jetzt schwarze Wachskerzen anzündeten und an dunklen, dumpfen Orten Jungfrauen überfielen, sie in enge Zellen sperrten, wo das Talgfett Gehenkter die einzige Lichtquelle war. In Wahrheit fanden diese Chronisten in Mönchskutte Gefallen daran, sich selbst und ihre Leser in Angst und Schrecken zu versetzen. Deshalb malten sie sich eine andere Welt aus, in der alles auf dem Kopf stand, in der Hasen Hunde jagten und Panther mit Bernsteinaugen und Samtfell vor Hirschen Reißaus nahmen. Tiere mit Menschenhänden auf dem Rücken gingen ebenso auf Raubzug aus wie rotgestreifte Drachen, bizarre Kreaturen mit langen vieltausendfach verknoteten Hälsen. Affen mit Nonnengesichtern und Bockshörnern auf dem Kopf krakeelten auf Bäumen, während Menschen ohne Arme geflügelte Fische oder geschuppte Monster mit Eidechsenmaul fingen. Die Chronisten in Mönchskutte genossen es, diese alptraumhaften Bilder auszuschmücken, während sie aus den Fenstern starrten und sich fragten, was ihnen dieser lange, kalte Winter wohl bringen würde.

An einer Wegkreuzung viele Meilen hinter Canterbury durchlebte der Ire Colum Murtagh, der Königliche Sonderbeauftragte in Canterbury und Verwalter der Königlichen Stallungen in Kingsmead, seinen ganz persönlichen Alptraum. Er wickelte die steifgefrorenen Zügel um die Hände und starrte trübsinnig über die schneebedeckten Felder. Die Zugpferde vor seinem Karren schnaubten vor Schmerz. Ihre Mähnen waren gefroren, und um Augen und Mäuler hatten sich Eisklumpen gebildet. Colum warf einen verzweifelten Blick über die Schulter zu den Vorräten auf dem Karren und wandte sich dann dem drahtigen Pferdeknecht Henry Frenland zu, der sonst stets zu lächeln pflegte. Er hatte Colum zu den Mühlen in Chilham begleitet.

»Wir hätten gar nicht erst aufbrechen sollen«, murmelte Colum und deutete auf die Pferde. »Sie schaffen es bald nicht mehr.«

Colum zog sich die große Kapuze tiefer ins Gesicht. Seine Ohren waren eiskalt, und seine Nasenspitze fühlte sich an, als hielte ein unsichtbarer Kobold sie mit einer eisigen Zange umklammert. Traurig erwiderte Henry Frenland seinen Blick.

»Himmelherrgott, Mann!« fluchte Colum. »Was ist los? Seit wir Chilham verlassen haben, bist du nicht zu gebrauchen.« Er lachte kurz auf. »Ich weiß. Wir fahren durch die Wildnis von Kent; ein Schneesturm wütet; wir sind mutterseelenallein und haben uns verfahren. Was sollen wir tun? Umkehren oder auf einem Gehöft Unterschlupf suchen?« Er schüttelte seinen Gefährten. »Henry!« rief er. »Ist dir der Verstand eingefroren? Ich hätte dich in Kingsmead lassen und Holbech mitnehmen sollen.«

»Alles hat seinen Beginn«, sagte Frenland mit so klangvoller Stimme, als nähme er weder das Schneetreiben, noch die Eiseskälte, noch Murtaghs Frage wahr.

Colum hielt die Pferde an.

»Henry, was ist los mit dir?«

Frenland blinzelte und schaute Colum unverwandt in die Augen.

»Tut mir leid, Master Murtagh«, stammelte er. »Tut mir wirklich leid.«

Colums Augen verengten sich zu Schlitzen. »Wie lange bist du schon bei mir, Frenland?«

»Sechs Monate, Master.«

Colum nickte; sein grimmiger Blick fiel auf die Kreuzung, wo neben dem Wegweiser ein schneebedecktes Schafott seine eisernen Galgenarme reckte.

»Stimmt«, murmelte er. »Sechs Monate.«

Frenland war ein guter Knecht gewesen, ein Mann, der mit Pferden gut umgehen und wirklich hart arbeiten konnte, der fleißig war und sich mit niemandem anlegte. Niemand wußte, woher er kam. Doch in den Wintermonaten des Jahres 1471, als die königlichen Truppen nach dem Krieg gegen das Haus Lancaster entlassen worden waren, zogen viele ehemalige Soldaten und Heimatlose auf der Suche nach Arbeit durch das Land.

»Du bist doch freiwillig mitgekommen?« fragte Colum. »Du hast keine Angst vor dem Schneesturm?«

Frenland schüttelte den Kopf. »Nein, Master.«

»Aber ich«, entgegnete Colum. »Ich weiß nicht, wo um des

Allmächtigen Willen wir jetzt sind; mir ist kalt, und die Pferde halten auch nicht mehr lange durch.«

Wie ein Echo seiner Ängste unterbrach langgezogenes Heulen die grauweiße Lautlosigkeit.

»Ein Wolf«, vermutete Frenland.

Colum packte die Zügel fester, um seine Furcht zu verbergen.

»Verdammt, das ist kein Wolf!« zischte er. »Das sind wilde Hunde, Henry.«

Vielstimmiges Geheul zerriß von neuem die Stille.

»Sie jagen in Rudeln«, sagte Colum. »Mastiffs, größer als ein Wolf und bärenstark. Streunende Tiere von geplünderten Höfen, die während des Bürgerkriegs in Scharen hinter den Soldaten herliefen. Inzwischen haben sie sich zu Rudeln zusammengeschlossen und sind viel gefährlicher als Wölfe. Vorwärts!« rief Colum und schnalzte laut mit der Zunge. »Komm, Henry, mach doch nicht so ein unglückliches Gesicht. Habe ich dir schon die Geschichte von dem fetten Abt erzählt und der Jungfrau mit den rosaroten Lippen und den lilienweißen Händen?« Er setzte an, da riß Frenland am Zügel.

»Tut mir leid, Master.«

»Was in drei Teufels Namen ...!«

Frenland sprang vom Karren und breitete die Arme aus. »Master Murtagh, es tut mir wirklich leid.«

»Hör' um Himmels willen auf, immer dasselbe zu sagen!« brüllte Colum. »Was tut dir denn leid?«

Frenland wich zurück. Colum starrte dem Knecht verwundert nach, als dieser auf dem Absatz kehrtmachte und, immer wieder stolpernd und auf dem Schnee ausrutschend, davonlief.

»Henry!« rief Colum ihm nach. »Komm zurück! Um der Liebe Christi willen, das kostet dich das Leben!«

Als Frenland in den wirbelnden Flocken entschwand, fluchte Colum vor sich hin. Zu seiner Rechten hörte er das Bellen der Hunde.

»Ich kann nicht hinter ihm herlaufen. Ich muß einen Unterschlupf suchen«, murmelte Colum und schüttelte die Zügel, trieb die großen Zugpferde vorwärts.

Das Schneegestöber wurde dichter. Frierend blickte Colum zum Himmel empor; der gepflasterte Weg vor ihm verschwand rasch unter den herabfallenden Schneemassen. Es wurde dunkel, und das Geheul der Hunde kam näher und näher.

Eins

Auch die Ärztin von Canterbury, Kathryn Swinbrooke, betrachtete mit sorgenvollem Blick den Schnee, der die ganze Nacht hindurch gefallen war und jetzt auf dem roten Ziegeldach ihres Hauses in der Ottemelle Lane ins Rutschen geriet.

»Thomasina«, rief sie und trat an die Küchentür, »Thomasina, gib acht!«

»Keine Bange«, erwiderte ihre alte Amme vom Garten her, »vor herabfallendem Schnee mache ich mir nicht in die Hose. Da muß schon was anderes passieren.«

Kathryn vernahm ein Krachen, als erneut Schneeberge vom Dach glitten, und anschließend einen deftigen Fluch aus Thomasinas Mund.

»Versündige dich nicht an Gott, Thomasina!« warnte Kathryn und schaute in die weiße Wildnis hinaus, die einst ihr Garten gewesen war: alle Kräuterhügel und Blumenbeete, selbst der künstliche Teich lagen unter einer eisigen Schneedecke begraben. Die niedrigen Bänke waren fast nicht mehr zu sehen, und die beiden Lauben hatten sich in schneeweiße Zelte verwandelt.

»Thomasina, was machst du denn?« rief Kathryn nun lauter; ein großes Schneebrett hatte sich von der Dachrinne gelöst.

»Das Wasserfaß ist zugefroren«, erwiderte Thomasina.

Kathryn schloß die Augen und hatte Mühe, nicht die Geduld zu verlieren. Thomasina ließ ihrer angestauten Wut freien Lauf und schlug auf die Eisschicht ein, bis diese brach und das Wasser in den großen, eisenbeschlagenen Bottich schwappte. Kathryn ging zurück in die Küche. Die Binsen auf dem Boden wurden schon schwarz und feucht. Sie schürzte ihren Wollrock und half ihrer Magd Agnes, sie aufzusammeln und in den Garten zu tragen.

»Warum darf ich sie nicht einfach auf die Straße werfen?« fragte Agnes und schaute Kathryn mit ihren hellen Augen an. »Das machen doch alle so.«

Kathryn schnürte ein paar Binsen zu einem Bündel. Sie schüttelte den Kopf. »Nein, Agnes, die Straßen sind so voller Unrat, und die Binsen geben guten Kompost für den Garten ab. Der Schnee weicht sie auf, und sie verrotten.« Sie lächelte. »Und im Frühling sind die Blumen und Kräuter um so köstlicher und kräftiger.«

Thomasina rauschte in die Küche, das runde, freundliche Gesicht hochrot und verschwitzt von der Anstrengung.

»Der verfluchte Schnee!« grummelte sie vor sich hin. »Das vermaledeite Wasser!« Sie warf einen Blick auf den Berg von Binsen. »Und wo bleibt der verdammte Ire? Er sollte uns beim Hausputz helfen. Schließlich wohnt er ja hier, oder?«

Kathryn hob ein Binsenbündel auf und schmunzelte. »Colum Murtagh ist unser Gast und unser Freund, Thomasina«, erwiderte sie. »Und tu' nicht so, als wärst du wütend. Du machst dir ebenso große Sorgen wie ich.«

Thomasina bückte sich und half Agnes beim nächsten Bündel.

»Er ist ein Dummkopf«, ereiferte sich Thomasina. »Gestern hätte er schon wieder in Kingsmead sein sollen. Es schneit immer noch.« Als sie nun aufschaute, lag Besorgnis in ihrem Blick. »Habt Ihr die Gerüchte von Rawnose gehört – von dem Rudel wilder Hunde, die durch Kent streifen? Die königlichen Forstmeister sind untätige Strolche!«

»Du sollst nicht fluchen, Thomasina«, erhob Agnes vorwurfsvoll die Stimme und ahmte ihre Herrin nach, die für gewöhnlich Thomasina keine Gotteslästerung durchgehen ließ.

»Und doch sind die königlichen Forstmeister nutzlose Schufte«, wiederholte Thomasina bedeutungsvoll, »die hätten schon im Herbst ihre Arbeit tun und diese armen Viecher jagen sollen. Jetzt streunen sie herum wie Wölfe, und Master Murtagh ist ganz allein da draußen.«

»Nein, Henry Frenland ist bei ihm«, warf Kathryn ein, sich selbst und allen anderen zur Beruhigung.

Thomasina wischte sich die Hände an der Schürze ab. »Ich war dreimal verheiratet«, setzte sie zu ihrer altbekannten Rede an, »und kenne noch immer keinen wirklich mutigen Mann. Die Leute von Master Murtagh draußen in Kingsmead sind genauso faule Lümmel wie die königlichen Jagdmeister!«

Thomasina hätte sich am liebsten die Zunge abgebissen. Kathryns gewohnte Ausgeglichenheit war dahin. Die alte Amme betrachtete ihre Herrin eingehend. Sie sah unordentlich aus, trug weder Brusttuch noch Schleier auf dem schwarzen Haar, das sie stramm nach hinten gekämmt hatte; unter den Augen lagen dunkle Ringe, und das sonst so frische Gesicht war aschfahl.

»Verzeiht«, sagte Thomasina. »Ja, natürlich mache ich mir Sorgen um Colum. Warum mußte er auch da rausgehen?«

Kathryn trug die Binsengarben in den Garten. Als sie zurückkam, flüsterte Thomasina der Magd zu, sie solle weitermachen. Dann trat sie auf ihre Herrin zu, ergriff ihre Hand und schaute ihr in die graugrünen Augen, bemerkte dabei die Falten auf der Stirn und um den Mund. »Als Ihr klein wart«, raunte Thomasina ihr zu, »habe ich Euch immer gesagt, Ihr solltet nicht die Stirn runzeln. Schöne Menschen lächeln immer.«

Kathryn zwang sich zu einem schiefen Lächeln. »Ich mache mir Sorgen, Thomasina. Colum mußte gehen. Die Vorräte in den Ställen werden knapp, und die Händler in Canterbury sind einfach zu teuer.«

»Noch so eine Bande diebischer Nichtsnutze!« grummelte Thomasina. Sie drückte Kathryn die Hand. »Aber Ihr kennt doch den Iren! Er ist schon in größerer Gefahr gewesen und hat sie immer gemeistert.« Sie lächelte. »Die meisten irischen Hinterwäldler sind so! Noch vor Mittag ist er wieder zurück, schimpft, flucht und trällert ein Lied, oder, noch schlimmer, zitiert Chaucer, um zu beweisen, daß er kein Sumpfnomade ist. Nun kommt, hier ist es zu kalt.«

Dank Thomasinas gutem Zureden entwickelte Kathryn rege Betriebsamkeit. Die Binsen wurden eingesammelt, zusammengebunden und nach draußen geschafft, der Boden gefegt und gescheuert. Bald schon loderte ein helles Feuer in der Feuerstelle; in den Kohlebecken, die in allen Ecken aufgestellt waren, knisterte und flackerte es, und Thomasina legte glühende Kohlen in die im Haus verteilten Wärmepfannen, die wegen der Brandgefahr sorgfältig abgedeckt wurden. Es dauerte nicht lange und die Küche, das kleine Sonnenzimmer dahinter und Kathryns Schreibkammer strahlten wohlige Wärme aus. Als Kathryn kleine Kräutersäckchen an Haken über die Feuerstelle hing, duftete das ganze Haus nach Sommerblumen. Der kleine blonde Wuf, das Findelkind, das Kathryn bei sich aufgenommen hatte, polterte die Treppe hinunter. Er wäre jetzt ein Ritter, behauptete er, und Agnes wäre die Prinzessin und Thomasina der Drache. Er wurde bald in sein Zimmer zurückgeschickt. Agnes begann, Haferküchlein zu backen und einen Eintopf aufzuwärmen, damit sie wie echte Christen – so Thomasina – das nächtliche Fasten brechen konnten.

Nach dem Frühstück ging Kathryn hinauf in ihr Zimmer, um sich umzuziehen. Sie schloß die Tür ihres Schlafgemachs hinter sich, ließ sich auf das große Himmelbett fallen und deckte sich mit einer Wolldecke zu. Sie stützte sich auf einen Ellenbogen und schaute zur Stundenkerze hinüber. Sie wußte nicht genau, wie spät es war, denn die Kerze war erloschen, und die grauen Wolken am Himmel hüllten alles in mattes Licht. Zudem hatten die heftigen Schneefälle die Glocken der Kathedrale und der Stadtkirchen, die tagsüber die Stunden anzeigten, zum Verstummen gebracht. Ob der Vormittag bereits vorüber war?

»Oh, Ire«, flüsterte sie, »wo bist du?«

Sie sank wieder in die Kissen, schloß die Augen und dachte an das weite, öde Land von Kent: an die riesigen, offenen Felder und die gewundenen Wege. Sie sank in einen kurzen, unruhigen Schlaf und wurde von einem Alptraum geplagt, in dem Colum auf seinem Karren erfror oder von einem tollwütigen, rotäugigen Hund angegriffen und zerfleischt wurde. Nach einer Stunde wachte sie wieder auf. Aus der Küche drang das muntere Geschwätz von Thomasina und Agnes zu ihr herauf. Sie schlug die Decke zurück und trat an die Tür, öffnete sie einen Spalt und lauschte. Von Colum noch immer nichts zu sehen und zu hören. Sie glitt über den Flur zu seinem Zimmer und trat ein. Es war kalt und dunkel, weil die Fensterläden fest geschlossen waren. Kathryn nahm eine Kerze, zündete sie im Wärmebecken auf dem Flur an und stellte sie in einen eisernen Ständer. Dann schaute sie sich um.

Für Kathryn war dieser Raum stets ›das Soldatenzimmer‹, und trotz ihrer gutgemeinten Vorschläge wollte Colum es unverändert lassen: Wollteppiche auf dem Boden, ein einfaches Feldbett und eine eisenbeschlagene Kiste, die er stets verschlossen hielt. Die Schlüssel trug er immer an einer Kordel um den Hals. An der Wand hing neben ledernen Satteltaschen Colums großer Kriegsgürtel. Als Kathryn ihn mit einem flüchtigen Blick streifte, krampfte sich ihr der Magen zusammen.

»Den hättest du mitnehmen sollen«, flüsterte sie.

Doch dann fiel ihr die Armbrust ein, die Colum bei sich hatte, und sie versuchte, die Angst zu besänftigen. Sie durchquerte den Raum, der nach Pferden und Leder roch, und starrte auf den Tisch neben Colums Bett. Sie nahm die arg abgegriffene Holzstatue der Jungfrau mit dem Kinde in die Hand. Das hohe Alter und die starke Abnutzung der Figur hatten dem heiteren Lächeln, mit dem die Jungfrau auf das Kind in ihren Armen hinabblickte, nichts anhaben können. Kathryn fühlte sich ertappt und stellte sie rasch wieder auf den Tisch. Ihr Blick fiel auf das farbenprächtige keltische Kreuz, das an einem Nagel über dem Bett hing. »Es sind die einzigen Sachen, die meine Mutter mir gegeben hat«, hatte Colum ihr einmal erzählt, »mehr besaß sie nicht. Beide haben mich überallhin begleitet, Kathryn; ins Feldlager und in meine Kammer, als ich noch Marschall des Königs war.«

Kathryn beugte sich über das Bett, berührte das Kruzifix und schloß die Augen.

»Komm gesund wieder«, betete sie. »Du dummer Ire, komm zurück!«

Sie trat ans Fußende des Bettes und hockte sich neben die Truhe. Was mochte Colum darin aufbewahren? fragte sich Kathryn und mußte unwillkürlich lächeln, denn ihr fiel einer von Thomasinas zahlreichen Sprüchen ein: ›Neugier wirft die Katz' aufs Totenbett‹.

»Ja, ja«, murmelte Kathryn. »Und Zufriedenheit macht sie fett!«

Als sie die Kerze neben der Tür ausblasen wollte, fiel ihr Blick zufällig auf eine Pergamentrolle neben einem in Leder gebundenen Buch im Regal. Kathryn nahm die Rolle herunter, löste die rote Kordel und las die unbeholfenen Buchstaben: es war Colums Sammlung alter irischer Märchen, über Cu Chulainn, Königin Maeve und das Feenland Tir-nan-og. Sie legte die Rolle wieder neben Chaucers Werke, die sie Colum zur Mittsommernacht geschenkt hatte, und blies die Kerze aus.

»Swinbrooke, du wirst sentimental«, stellte sie mit einem Schuß Selbstironie fest. »Der Ire wird schon zurückkommen. Dann fängt er wieder an, mich zu ärgern, und ich wünsche ihn über alle Berge.«

Schnell kehrte Kathryn in ihr Zimmer zurück, wo sie sich wusch und ankleidete. Da klopfte es laut an der Haustür. Rasch schlüpfte Kathryn in weiche Schnürstiefel. Wer mochte wohl den Elementen getrotzt haben, um sie zu besuchen? Im stillen betete sie, es möge kein Notfall sein. Dann vernahm sie eine männliche Stimme.

»Colum!« Hastig verließ sie ihr Zimmer, doch schon an der Treppe erkannte sie die sanfte Stimme des wichtigtuerischen, aber freundlichen Schreibers der Stadtversammlung, Simon Luberon. Sie eilte die Treppe hinunter. Luberon saß an der Feuerstelle, hatte die Kapuze seines Umhangs zurückgeschlagen und wärmte sich die dicklichen Finger. Als Kathryn eintrat, erhob er sich; das fröhliche, runde Gesicht strahlte vor

Freude. Luberon würde es nie offen zugeben, aber insgeheim mochte er die stets ausgeglichene, dunkelhaarige Ärztin, sehr sogar.

»Kathryn.« Er streckte ihr beide Hände entgegen, ließ sie jedoch schnell und verschämt wieder in den weiten Ärmeln seines Umhangs verschwinden. »Ich gebe Euch lieber nicht die Hand«, lachte er und trat einen Schritt auf sie zu. »Meine sind die reinsten Eisklumpen.«

Kathryn nahm ihn bei den Schultern und hauchte ihm einen Kuß auf die eisigen Wangen.

»Simon, habt Ihr denn keine Handschuhe?«

Der kleine Schreiber trat verlegen von einem Fuß auf den anderen. »Ich hatte welche«, stammelte er. »Aber ich habe sie verloren.«

Kathryn trat an den Leinenschrank, der in die Wand neben der Feuerstelle eingelassen war. Sie kam mit einem Paar dunkelblauer Handschuhe wieder zurück.

»Simon, die möchte ich Euch schenken. Ihr habt etwa die gleiche Größe wie ich.«

Luberon wurde rot vor Verlegenheit, streifte sie aber schnell über und spreizte stolz die Finger.

»Wundervoll!« hauchte er. »Und so warm!«

»Ein Mann sollte immer warm sein«, ließ sich Thomasina vernehmen. »Im Haus und außer Haus, wenn Ihr wißt, was ich meine, Master Schreiber.« Luberon schaute rasch zu ihr hinüber. Die alte Amme betrachtete ihn mit unschuldigem Augenaufschlag.

»Kommt, Simon, setzt Euch!« Kathryn winkte ihn zu einem Stuhl an der Feuerstelle. Agnes schob einen zweiten Stuhl daneben. »Thomasina wird Euch einen Würztrank geben«, sagte Kathryn. »Und nun sagt mir, was Euch herführt.«

»Mord«, erwiderte Luberon beiläufig und öffnete die Schnallen seines Umhangs. Er zog ihn aus und warf ihn über die Stuhllehne. »Man sollte doch meinen, daß der eisige Winter die Wut der Menschen etwas abkühlt, aber dem ist nicht so.«

Er verstummte, als Thomasina ihm einen Zinnbecher mit

gewürztem Wein brachte. Sie wickelte das Gefäß in Tücher ein, nahm einen rotglühenden Schürhaken aus dem Feuer und tauchte ihn in den Wein. Erst als das Zischen aufgehört hatte, nahm sie ihn wieder heraus.

»Hier«, brummte Thomasina und drückte dem kleinen Schreiber den Weinbecher vorsichtig in beide Hände. »Trinkt das, Master Simon, und Ihr werdet munter wie ein Jüngling unterm Maibaum.«

Luberon nippte vorsichtig an dem Wein. Kathryn verschränkte die Arme, ihre Hände waren in ständiger Bewegung.

»Nun mal raus mit der Sprache«, konnte sie nicht länger an sich halten. »Was für ein Mord, Simon?«

Genüßlich sog Luberon den Duft von Rosmarin und Thymian ein, der von seinem Weinbecher aufstieg.

»Kennt Ihr Richard Blunt?«

»Ja, er wohnt in der Reeking Alley hinter der Kirche von St. Mildred.«

Kathryn erinnerte sich an das freundliche, sonnengebräunte Gesicht des alten Malers, an die struppigen grauen Haare, die scharfen blauen Augen und vor allem an sein Talent, lebendige Szenen auf die grauen Wände der Pfarrkirche zu malen. »Er ist doch nicht etwa tot?«

Luberon schüttelte den Kopf. »Nein, er hat seine Frau umgebracht.«

Kathryn fröstelte und starrte ins Feuer. »Im letzten Frühjahr hat er Alisoun, die Tochter eines Händlers geheiratet.«

»Stimmt«, bestätigte Luberon. »Die Leute nannten es eine Ehe zwischen Mai und Dezember. Er war dreißig Jahre älter als sie.«

Kathryn fuhr sich über das Gesicht, während Thomasina und Agnes unauffällig näherkamen, begierig, die Unterhaltung zu verfolgen.

»Alisoun war groß und gertenschlank, hatte ein hübsches Gesicht und blonde Haare«, erinnerte sich Kathryn laut, ohne zu erwähnen, was Colum einmal gesagt hatte: sie mache jedem schöne Augen und habe ein loses Mundwerk. Kathryn kannte Richard Blunt schon seit ihrer Kindheit und mochte ihn, Alisoun indessen hielt sie für verwöhnt und launenhaft.

»Was ist passiert?«

»Nun ja, Richard kam gestern abend nach Hause. Wie Ihr wißt, war er gerade dabei, ein Gemälde in St. Mildred zu beenden.« Luberon stellte den Becher auf dem Kaminsims ab. »In Blunts Haus ist die Wohnstube nicht im Erdgeschoß, sondern im ersten Stockwerk. Richard und sein Sohn Peter ... Ihr kennt doch den Jungen? Er ist ein bißchen einfältig. Er reinigt häufig den Untergrund, bevor sein Vater ein Gemälde beginnt.«

»Weiter, weiter!« unterbrach Thomasina ihn scharf. »So sagt doch um Himmels willen endlich, was passiert ist!«

»Ich weiß es ja selbst nicht genau«, fuhr Luberon sie an. »Der alte Blunt kam nach Hause und fand zwei junge Männer vor, die mit seiner Frau schäkerten: ein Student namens Nicholas aus Cambridge und sein Freund, der Schreiber Absolon, der bei einem Kornhändler arbeitet.« Luberon zwinkerte. »Ihr kennt die Sorte Mann, Mistress Kathryn, für die ist jede Frau willkommene Beute, und sie machen sich einen Sport daraus, einem Ehemann Hörner aufzusetzen. Jedenfalls waren die beiden jungen Männer halb entkleidet und Alisoun ebenfalls. Zumindest fanden wir ihre Leichen so vor.«

»Alle drei?« rief Kathryn erschrocken aus.

»So ist es. Gott allein weiß, was geschehen ist. Aber als Blunt die Tür öffnete, hatte er bereits seinen Bogen und einen Köcher mit Pfeilen griffbereit.« Luberon zuckte die Achseln. »Sekunden später war alles vorüber. Ein Pfeil erwischte Nicholas in der Halsschlagader. Alisoun ebenfalls. Absolon versuchte, ein Fenster zu öffnen und hinauszuspringen, aber Richards dritter Pfeil traf ihn in den Rücken.«

Kathryn vergaß ihre eigenen Sorgen und verbarg das Gesicht in den Händen. Sie konnte sich die Szene vorstellen; die gemütliche Wohnstube, das Flackern des Feuers, die Weinbecher und das leise Gelächter. Blunt war ein Meisterschütze – was hatte Colum ihr einmal erzählt? Ein guter Bogenschütze konnte in einer Minute mindestens sechs Pfeile abschießen, und alle trafen ins Ziel.

»Was geschah dann?«

»Tja, Absolon fiel auf die Straße, der Witwe Gumple praktisch vor die Füße. Sie rief die Wachen, die die beiden anderen Leichen fanden und Richard, der ruhig auf seinem Stuhl saß und ins Feuer starrte. Er machte keinen Versuch, das Verbrechen zu leugnen. Peter, der von einer Besorgung später zurückgekommen war, stand neben ihm und schaute mit leerem Blick in die Runde.«

»Und wo sind sie jetzt?«

»Tja, Peter ist noch zu Hause, aber Richard hat man in eine Zelle im Rathaus gesperrt. Er wird vor das Königliche Gericht gestellt und bestimmt zum Tode durch den Strang verurteilt.« Luberon zählte die Punkte an seinen dicken Fingern ab. »Die Morde waren kaltblütig. Wir haben die Leichen, und wir haben den Mörder.«

»Wie geht es Richard?« fragte Kathryn.

»Oh, der ist die Ruhe selbst. Er hat ein lückenloses Geständnis abgelegt und unterwirft sich dem Gesetz.«

Kathryn dachte an Blunts einzigen Sohn aus erster Ehe: ein hoch aufgeschossener, schmächtiger junger Mann mit ständig offenem Mund.

»Und Peter ist nicht als Komplize festgenommen worden?«

»Oh nein. Witwe Gumple kann sich genau erinnern, daß Peter die Straße entlangkam, nachdem Absolons Leiche aus dem Fenster gefallen war.«

Thomasina nahm auf einem Stuhl am Feuer Platz. »Wenn Witwe Gumple mit der Sache zu tun hat«, verkündete sie düster, »dann weiß gegen Mittag ganz Canterbury Bescheid und morgen ganz Kent. Die alte Gumple hat ein Schandmaul!«

Kathryn warf ihrer Amme einen neugierigen Blick zu. Witwe Gumple war führendes Mitglied des Gemeinderats, eine boshafte Klatschbase, eingebildet und hochmütig, und in ihrem reichverzierten Kopfputz und den mit Volants besetzten Kleidern eher lächerlich. Kathryn fragte sich oft, ob

Thomasina das alte Tratschweib aus einem geheimen Grund so wenig mochte, ja geradezu haßte.

»Simon, das sind furchtbare Neuigkeiten. Aber was kann ich tun?«

Luberon spielte mit seinen neuen Handschuhen. »Die Leichen müssen untersucht werden, und Ihr, Mistress Swinbrooke, seid Stadtärztin. Ich wäre Euch auch sehr verbunden, wenn Ihr in Blunts Haus nach dem Rechten sehen könntet. Vielleicht braucht Peter Hilfe. Außerdem hat Richard Blunt um eine Unterredung mit Euch gebeten.«

»Mit mir!« rief Kathryn überrascht. »Er war seit über vierzehn Monaten nicht mehr bei mir!«

»Und doch wünscht er Euch zu sehen«, sagte Luberon und blickte sich um. »Trotzdem ist das nicht der eigentliche Grund meines Besuchs. Ist Master Murtagh wieder da?«

»Nein«, Kathryn seufzte. »Und wir machen uns langsam Sorgen, wo er bleibt.«

»Wenn das so ist, Mistress, dann müßt Ihr allein kommen. Es gibt noch einen Toten.«

Kathryn stöhnte.

»Das ist eine offiziellere Sache«, erklärte Luberon. »Kennt Ihr das Wirtshaus ›Zum Weidenmann‹, gleich hinter der Burg in der Nähe von Worthgate?«

Kathryn nickte.

»Tja, diese geräumige, gemütliche Herberge war vergangene Nacht bis auf das letzte Zimmer von Reisenden belegt, die von dem schlechten Wetter überrascht worden waren. Einer von ihnen war ein königlicher Steuereintreiber, Sir Reginald Erpingham.« Luberon seufzte, griff nach seinem Becher, trank ihn leer und erhob sich. »Um es kurz zu machen, Mistress, heute morgen fand man Erpingham tot im Bett.«

»Und der Grund?«

Achselzuckend warf Luberon sich den Umhang über. »Mausetot, der gemeine Bastard.« Er lächelte Kathryn schuldbewußt an. »Tut mir leid, Mistress, aber das war er wirklich. Um Erpingham ist's nicht schade, aber die vielen hundert

Pfund Sterling Steuergelder, die er bei sich hatte, die wird man bestimmt vermissen.«

»Gestohlen?« rief Kathryn verblüfft.

»Verschwunden, als hätten sie nie existiert. Ich komme gerade von dort. Ihr schaut es Euch am besten selbst an, Mistress, bitte kommt mit!«

Kathryn wußte, daß sie keine andere Wahl hatte. Colum war der königliche Leichenbeschauer der Stadt, und sie hatte ein Abkommen mit der Ratsversammlung, die sie als Stadtärztin beschäftigte. Demnach war es ihre Pflicht, jeden mysteriösen Todesfall zu untersuchen, besonders, wenn so wichtige Leute wie Erpingham ermordet wurden.

»Ich komme auch mit«, schlug Thomasina vor.

»Nein, Thomasina, du bleibst hier!« Kathryn sah sich um. »Wo steckt eigentlich Wuf? Er ist so auffallend leise.«

»Der ist oben«, sagte Thomasina. »Er schnitzt bestimmt wieder.« Die Züge der alten Frau wurden sanft. »Mistress, das müßt Ihr Euch anschauen. Er ist wirklich begabt. Seid Ihr sicher, daß ich nicht mitkommen soll?«

»Ja«, wiederholte Kathryn. »Und nun hör auf, anderer Leute Gespräche zu belauschen und hol mir meine Satteltaschen von oben. Ich brauche eine Rolle Pergament und das Ledermäppchen mit meinen Federn. Das Wirtshaus wird mir Tinte zur Verfügung stellen.« Sie dachte an den völlig verängstigten Peter Blunt und an seinen Vater Richard, der in einem einsamen, kalten Verlies eingesperrt war. »Oh, und noch einen kleinen Topf Salbe, einen ganz kleinen. Sollte Master Murtagh zurückkommen, so sag ihm, wohin wir gegangen sind. Zuerst zum ›Weidenmann‹, dann zu Blunts Haus, dann ins Rathaus.«

Thomasina nickte widerstrebend. Sie brachte Kathryn ein Paar Lederstiefel und ein zweites Paar Wollsocken. Kathryn trug alles in ihre kleine Schreibkammer und zog sich dort an. Als sie wieder in die Küche trat, war Luberon zum Aufbruch bereit.

»Es ist nicht weit«, verkündete er. »Wir können zu Fuß gehen – das ist vielleicht sicherer.«

Kathryn war einverstanden. Sie bat Thomasina, auf Wuf aufzupassen und folgte Luberon hinaus in die schneidende Kälte. Die Ottemelle Lane und alle Zufahrtstraßen waren menschenleer. Der Sturm hatte aufgehört, aber noch immer fielen weiche, leichte Schneeflocken herab, die die schrägen Dächer dick verhüllten oder als gefrorene Klumpen über Dachrinnen hingen. Luberon und Kathryn mußten sich vorsichtig einen Weg bahnen, denn der Schnee hatte auch die Gossen und den Unrat, der für gewöhnlich in den Straßen lag, zugedeckt. Behutsam setzten sie einen Fuß vor den anderen und hatten zugleich ein Auge auf die Schneebretter, die sich immer wieder von den Dächern lösten. Ab und an wurde ein Fenster aufgerissen, eine Magd leerte den Inhalt des Nachtgeschirrs aus und verwandelte so den Schnee vor dem Haus zu schmutzigem stinkendem Matsch. Kathryn nahm Luberons Arm; der Schreiber strahlte und tätschelte ihre Hand.

»Danke, Kathryn«, murmelte er.

»Wofür?« fragte sie verwirrt.

Luberon lugte rotwangig aus den Tiefen seiner Kapuze hervor. »Für die Handschuhe«, erwiderte er. »Und dafür, daß Ihr mitkommt.«

»Ich werde Euch noch ein zweites Paar stricken«, sagte Kathryn. »Simon, es wird Zeit, daß Ihr eine gute Frau findet.«

»So eine wie Thomasina zum Beispiel?« scherzte Luberon.

»Thomasina ist vielleicht ein bißchen anstrengend«, lachte Kathryn.

An der Ecke der Ottemelle Lane blieben sie stehen. Eine freundliche Bürgerin hatte Holz aufgestapelt und mitten in der Durchfahrt ein Feuer angezündet, an dem die Bettler und die Armen der Stadt sich wärmen konnten. Die von Kopf bis Fuß in Lumpen gekleideten Gestalten standen dicht gedrängt um das Feuer und redeten leise miteinander. Als Kathryn der beißende Geruch brennenden ranzigen Fetts in die Nase stieg, drehte sich ihr der Magen um. Die Bettler versuchten, Fleischstücke, die sie stibitzt oder erbettelt hatten, zu braten. Neben dem Feuer lag ein ausgemergelter Hund, sein schäbiger Kadaver war steifgefroren. Zwei Bengel tanzten um ihn herum und bohrten mit einem Stock in dem Tier. Kathryn langte in ihre Geldbörse und zog Luberon am Arm, damit er stehenblieb. Sie hielt eine Münze hoch.

»Laßt das!« sagte sie zu den beiden mageren Kindern. »Hier, nehmt das und kommt mit!«

Sie grapschten nach der Münze und folgten Kathryn und Luberon in die Hethenman Lane.

»Schaut her«, sagte Kathryn und deutete auf die Menschenschlange vor dem Bäckerladen. »Geht zu Master Bernhard und sagt ihm, Mistress Swinbrooke schickt euch.« Sie ließ sich von den Kindern den Namen wiederholen. »Sagt ihm, Mistress Swinbrooke will, daß ihr heißen Ingwer bekommt.«

Wie der Blitz waren die beiden Jungen auf und davon.

»Wir müssen was unternehmen«, grummelte Luberon. »Die verdammten Mönche im Kloster könnten ruhig mehr tun. Canterbury ist voller Bettler, und so mancher von ihnen wird das Frühjahr nicht mehr erleben.«

Zwei an Händen und Füßen zusammengekettete Schuldner, die aus dem Stadtgefängnis entlassen worden waren, humpelten mit ausgestreckten Händen auf sie zu und bettelten um Almosen für sich und ihre Mithäftlinge. Kathryn und Luberon gaben jedem eine Münze.

»Es ist doch immer dasselbe«, murmelte Kathryn. »Der Schnee verbirgt die Krankheit in der Stadt, aber die Schwachen und Hilflosen fallen um so mehr ins Auge.«

Sie schaute sich um. Außer der Bäckerei waren alle Läden geschlossen; die Marktstände standen verlassen, und an den Häusern waren die Fensterläden geschlossen wegen der klirrenden Kälte. Nicht einmal Kinder spielten auf der Straße. Kathryn mußte hin und wieder stehenbleiben und fest aufstampfen, um die Füße warmzuhalten.

Endlich bogen sie in die Worthgate Lane, die an den mächtigen Mauern der Burg von Canterbury entlangführte, und erreichten gleich hinter dem Winchepe Gate den großen, gepflasterten Hof des Wirtshauses ›Zum Weidenmann‹. Kathryn atmete erleichtert auf: der Hof rund um das Wirtshaus war vom Schnee befreit und mit einer Mischung aus Salz und Erde bestreut, damit die Gäste nicht ausrutschten. Als ein junger Bursche auf sie zukam und nach ihrem Anliegen fragte, stellte sich Luberon in knappen Worten vor. Kathryn schaute sich derweil um. Der ›Weidenmann‹ war ein gutgehendes Wirtshaus in günstiger Lage direkt am Rande der Stadt. Die Außenmauern waren mit grauen Bruchsteinen verkleidet, das Pflaster im Hof war glatt und sauber verlegt, das frisch gestrichene Holzwerk an Stallungen und Außengebäuden zeugte von guter Pflege. Kathryn stieg angenehmer Küchenduft in die Nase. Sie blickte hoch und sah, daß die Fenster im obersten Stockwerk Schießscharten ähnelten. Im Erdgeschoß und im ersten Stock waren die Fensteröffnungen breit und mit bunten Butzenscheiben verglast. Der Bursche führte sie in die leere, weißgetünchte Küche, in der eine unheimliche Stille herrschte. Nur in dem kleinen Backofen neben der Feuerstelle, der Quelle des köstlichen Duftes, brannte ein Feuer. Tische und Gesimse waren so sauber, daß selbst Thomasina die blank gescheuerten Flächen gelobt hätte. Auf den Regalen an den Wänden glänzten Krüge, Töpfe, Schüsseln und Kannen.

»Ich habe ihnen gesagt, sie sollten nichts anrühren«, verkündete Luberon großspurig, als sie die Küche verließen und über den Sandsteinboden des Durchgangs in die große Gaststube traten. Hier drängten sich mehrere Menschen: der Schmied, Pferdeknechte, Diener in schmutziggelber Kleidung, sowie die Köche und das Küchenpersonal in fleckigen Schürzen. Luberon beachtete sie nicht weiter und ging auf die Gruppe zu, die in einer Fensternische um einen polierten, ovalen Tisch versammelt war. Als sie Luberon erblickten, verstummten alle und starrten den Schreiber an. Dann wanderten ihre abschätzenden Blicke zu Kathryn.

»Da seid Ihr ja endlich wieder!« sagte einer zu Luberon.

»Ja doch. Darf ich Euch Mistress Swinbrooke vorstellen, die Stadtärztin.«

»Wo ist der Leichenbeschauer?« fragte derselbe Mann.

»Er wird bald kommen«, erwiderte Kathryn. »Und wer seid Ihr, wenn ich fragen darf?«

»Tobias Smithler, Gastwirt.«

Kathryn musterte den spindeldürren Mann mit seiner sandroten Haarmähne. Smithlers Augen waren hart, er hatte eine Falkennase und einen dünnen Mund, der wie ein Schlitz von einem Ohr zum anderen reichte. Er war in dunkelblaues Barchent gekleidet und versuchte nicht, seine Feindseligkeit gegenüber Luberon und Kathryn zu verbergen. Luberon überging die schlechten Manieren des Gastwirtes und stellte den Rest der Gesellschaft vor: Smithlers Frau Blanche in einem schmucklosen, hochgeschlossenen Kleid aus flaschengrünem Stoff. Sie war eine zierliche Frau mit angenehmen Gesichtszügen, vollen Lippen und fröhlichen Augen. Was für ein ungleiches Paar, dachte Kathryn. Ob der Gastwirt wohl die meiste Zeit damit beschäftigt war, dafür zu sorgen, daß die Gäste nicht die Gastfreundschaft des Wirtshauses auf die Probe stellten und eine Umarmung der Frau einforderten? Sogleich empfand Kathryn Gewissensbisse; Blanche versuchte einfach, die schlechten Manieren ihres Mannes auszugleichen. Sie wollte unbedingt einen guten Eindruck machen und war offensichtlich nervös, nestelte ständig an der Kordel um die schlanke Hüfte. Kathryn lächelte ihr aufmunternd zu, doch der ungehobelte Gemahl ließ sich nicht einfach übergehen.

»Was?« rief er, zeigte auf Kathryn und hielt kurz inne, als er in der Küche ein Geräusch hörte. »Was hat die hier zu suchen?«

»Das habe ich gerade erklärt«, erwiderte Luberon geduldig, richtete sich zu seiner vollen Größe auf und plusterte sich auf wie ein Täuberich.

»Ja, und ich habe die ganze Zeit gewartet«, fuhr Smithler ihn an. »Ich habe ein Wirtshaus zu führen, Master Schreiber. Tut mir leid, daß Erpingham tot ist, aber ich habe in der Küche zu tun.« Er warf der Runde wütende Blicke zu. »Die Zimmer müssen geputzt werden, und ich will, daß diese verdammte Leiche verschwindet!«

Kathryn stöhnte im stillen über die bornierte Halsstarrigkeit des Wirtes.

»Master Smithler«, hob sie an, »ich ...« Ihr Gegenüber blickte über ihre Schulter. Plötzlich veränderte sich seine Miene.

»Ihr tut, verdammt nochmal, worum man Euch bittet!« ertönte eine Stimme hinter ihr.

Kathryn wirbelte herum. »Colum!«

Da stand der Ire, ungekämmt, unrasiert, eingemummt in seinen dicken braunen Militärmantel. Sie konnte verstehen, warum Smithler plötzlich vorsichtig geworden war: trotz seines schäbigen Äußeren strahlte Colum eine Autorität aus, die keinen Widerspruch duldete. Kathryn wäre ihm am liebsten um den Hals gefallen, doch Colums Blick und das kaum wahrnehmbare Kopfschütteln warnten sie, auch nur die Spur einer Gemütsregung zu zeigen. Statt dessen kam er auf sie zu und drückte ihr still den Arm.

»Master Luberon.« Er lächelte auf den Schreiber hinab, der Colums Eingreifen dankbar akzeptierte. »Ich war geschäftlich unterwegs.« Mit kurzem Seitenblick auf Kathryn fuhr er grinsend fort: »Eine kleinere Sache, die mich länger aufgehalten hat, als erwartet.« Er löste die Kordeln seines Mantels und warf ihn Smithler zu. »Und um Eurer Frage zuvorzukommen: ich bin Colum Murtagh, Sonderbeauftrager des Königs in Canterbury. Herr Wirt, hängt das da auf! Ich brauche einen Becher Wein und etwas zu essen. Dann will ich wissen, worum es hier eigentlich geht!«

Zwei

Während Colum sich von Smithler frisches Weißbrot, Käse und Speck auftragen ließ, stellte Luberon den Rest der Gesellschaft vor. Miles Standon war der königliche Sergeant, der Erpinghams Eskorte angeführt hatte; er trug Lederwams und Gamaschen, seine Haare waren so kurz geschnitten, daß Kathryn ihn im ersten Moment für kahl hielt. Standon hatte den verdrossenen Blick eines Soldaten, der Mord und Totschlag von berufs wegen kannte. Er wußte sehr wohl, daß man ihm die Verantwortung für den Mord an Erpingham in die Schuhe schieben und ihn zur Rechenschaft ziehen würde. Er deutete mit einer Handbewegung auf das andere Ende der Gaststube, wo der Rest seiner kleinen Eskorte saß. Kathryn warf einen Blick über die Schulter zu ihnen hinüber und versuchte, Colums verschmitztes Lächeln und sein heimliches Augenzwinkern zu übersehen.

»Nette Gesellschaft«, murmelte Colum.

Kathryn entging der Sarkasmus in seinen Worten nicht. Die Soldaten waren ergraute Veteranen, die aussahen, als würden sie das Häuschen einer Witwe nur so zum Spaß niederbrennen. Neben Standon saß Eudo Vavasour, eine graue Maus: graue Kleidung, graue Haare, graues Gesicht. Dazu ängstliche Augen und eine Nase, die immerzu zuckte. Kathryn mußte sich auf die Lippen beißen, um angesichts seiner Nervosität nicht zu schmunzeln. Der nächste in der Runde hatte nichts Komisches an sich: Sir Gervase Percy hielt demonstrativ Abstand von den anderen. Während Luberon ihn respektvoll vorstellte, versuchte Kathryn, Colums Blick auszuweichen. Am liebsten hätte sie den Iren angeschrien: »Wo wart Ihr so lange?« und »Warum habt Ihr uns so viele Sorgen bereitet?« Doch im stillen gelobte sie, sich diesen Dingen später zu widmen. Statt dessen musterte sie den Grandseigneur von eigenen Gnaden vor sich. Sir Gervase war ein entfernter Verwandter der einflußreichen Familie Percy. Er hatte ein nußbraunes Gesicht, trug dunkelbraunen Barchent und ein feines Leinenhemd, sein Wams war aus reiner Wolle, und die Ringe an den Fingern mit kieselsteingroßen Juwelen besetzt. Er war ein beeindruckender Ritter, saß aufrecht und stützte sich auf den Knauf seines Schwertes. Hinter Percy saß ein schwarzgewandeter Priester, Vater Ealdred, ein stiller Mann mit blassem, asketischem Gesicht, und Kathryn fragte sich, was er hier in Canterbury, so weit entfernt von seiner Gemeinde, wohl zu tun haben mochte. Die letzten beiden Gäste waren ein verliebtes Paar. Alan de Murville war groß, dunkel und gutaussehend, ein Graf, dem saftige Weiden und fruchtbare Felder rund um Rochester gehörten. Margaret, seine Frau, hatte blondes Haar, eine gertenschlanke Figur und die weichen, sanften Augen eines scheuen Rehs.

Nachdem alle vorgestellt waren, räusperte sich Luberon und klopfte auf den Tisch.

»Ein Verbrechen ist begangen worden!« trompetete er. »Ein übler Verrat an unserem König, Edward IV, Gott segne ihn! Einer seiner Beamten, Sir Reginald Erpingham, wurde ermordet aufgefunden, und sein Geld, die Steuern, die der Krone gehören, wurden gestohlen. Der Schuldige muß sich in diesem Raum aufhalten.« Luberon legte eine wirkungsvolle Pause ein. »Ich frage nun Euch alle, appelliere an Eure Pflicht als Untertanen: wißt Ihr etwas über dieses furchtbare Verbrechen?«

Ein kurzes Wimmern von Vavasour war die einzige Antwort.

»Wenn dem so ist«, sagte Colum, erhob sich und kratzte sich die unrasierte Wange, »muß ich alle auffordern, hier zu bleiben, bis Mistress Swinbrooke und ich in dieser Sache eine zufriedenstellende Lösung gefunden haben.«

Der Ire blickte sich in dem geräumigen Schankraum um. Niemand wagte ihm zu widersprechen, obwohl der Wirt Kathryn giftige Blicke zuwarf. Die Diener, die an den Bierfässern und Weinfässern standen, begannen aufgeregt zu tuscheln.

»Wir haben zu tun!« jammerte einer von ihnen. »Wir können hier nicht den ganzen Tag rumstehen!«

Der Protest wurde lauter, und schließlich stimmten alle ein. Tobias Smithler trat, solcherart ermutigt, einen Schritt vor.

»Master Murtagh«, beharrte er, »ich habe ein Wirtshaus, eine Herberge zu betreiben. Meine Diener können doch sicher ihrer Arbeit nachgehen?«

»Gewiß doch.« Murtagh strahlte die Diener an. »Ihr könnt es halten, wie ihr wollt.« Er wandte sich an Luberon. »Master Simon, Ihr werdet die Diener aber anweisen, das Gelände nicht zu verlassen.« Er deutete auf den königlichen Sergeanten. »Master Standon, Eure Männer sollen alle Türen und anderen Eingänge bewachen.« Colum verzog das Gesicht und blinzelte Kathryn zu. »Mistress Swinbrooke, wir wollen uns die Leiche ansehen.«

Angeführt von dem mürrischen Smithler, gingen Kathryn und Colum Murtagh zur Treppe. Da Luberon in einigem Abstand vor ihnen herwatschelte, ergriff Kathryn die Gelegenheit, packte Colum am Ärmel und zog ihn zurück.

»Wo habt Ihr gesteckt, in Gottes Namen? Wir haben uns alle die größten Sorgen gemacht!«

Colum kratzte sich das schwarze, lockige Haar und schmunzelte.

»Ihr habt mich vermißt, Kathryn?« flüsterte er. »Habe ich Euch wirklich so gefehlt?«

»Ihr habt uns allen gefehlt.«

Obwohl Colum zum Umfallen müde war und sich in seiner schäbigen Aufmachung nicht gerade wohl fühlte, saß ihm der Schalk im Nacken. Er zuckte die Achseln, beugte sich zu Kathryn hinunter und flüsterte ihr ins Ohr.

»Tja, Mistress Swinbrooke, wenn Ihr mir nicht sagt, daß ich Euch wirklich gefehlt habe, sage ich nicht, wo ich gewesen bin. Nur der Herr allein weiß« – er zog den Umhang fester um sich – »wie viele verlockende Ablenkungen an der Straße nach Canterbury lauern!«

Als Antwort trat Kathryn ihn einmal fest vor das Schienbein

und folgte Smithler und Luberon durch die Tür der Gaststube auf den mit Platten ausgelegten Flur zur Treppe.

»Master Smithler«, rief Kathryn, deren Wangen nach dem Wortwechsel mit Colum noch brannten, »auf welchem Stockwerk wohnte Sir Reginald?«

»Wir haben nur zwei Stock«, erwiderte der Wirt. »Sir Reginald wohnte im ersten, der zweite ist für Diener und Stallburschen reserviert.« Smithler hatte sich an das Treppengeländer gelehnt und schaute zu Colum hinunter, ohne Kathryn auch nur eines Blickes zu würdigen. »Diese Herberge ist wie alle größeren Stadthäuser quadratisch angelegt.« Er klopfte auf den Pfosten. »Es gibt aber nur eine Treppe. Auf jedem Stockwerk gehen Flure mit je vier Zimmern ab. Sir Reginald bewohnte immer das letzte Zimmer auf dem rechten Korridor.« Smithler zuckte die Schultern. »Wir nennen es das Spukzimmer.«

»Wieso?« wollte Luberon wissen.

Smithler schaute zu den geschwärzten Balken hinauf. »Dies ist ein altes Wirtshaus. Es war schon eine Herberge, lange bevor Becket in seiner Kathedrale ermordet wurde: drei-, vierhundert Jahre alt, obwohl es zur Zeit König Johanns nach der großen Feuersbrunst, die über Worthgate hinwegbrauste, renoviert worden ist.«

»Und was hat es mit den Geistern auf sich?« hakte Colum nach, den solche Geschichten stets interessierten. »Warum spukt es in dem Zimmer?«

»Da soll mal ein Mord geschehen sein«, erwiderte Smithler. »Vor langer Zeit.« Ein angestrengtes Lächeln huschte über seine Lippen. »Ein Priester war mit einer hochwohlgeborenen Dame durchgebrannt. Sie bereute es und wollte plötzlich ins Kloster gehen. Er soll sie in einem Wutanfall umgebracht und dann das Weite gesucht haben.« Smithler hob die Augenbrauen. »Ich weiß nicht, ob das stimmt. Manche Gäste behaupten, Erscheinungen zu sehen und jemanden weinen zu hören, aber ich habe noch nie dergleichen mitbekommen.«

»Sir Reginald schon!« warf hinter ihnen eine barsche Stimme ein.

Kathryn wandte sich um. Da stand Sir Gervase gestützt auf sein Schwert. Er pochte mit der Spitze auf den Steinboden. »Sir Reginald hat in der Nacht, bevor er starb, einen Geist gesehen. Das hat er gesagt.«

»Ach, redet doch keinen Unsinn!« erwiderte Smithler. »Sir Reginald hatte wahrscheinlich zuviel getrunken, was für andere in diesem Wirtshaus durchaus auch zutrifft!«

Der Alte ließ sich dadurch nicht beirren und schüttelte trotzig den Kopf. »Haltet Eure Zunge im Zaum! Vor zwei Nächten wachte Sir Reginald schreiend auf. Ich weiß das, weil er an meine Tür gepocht und mich geweckt hat. Er war schweißgebadet und weiß wie sein Nachthemd. Ich mußte ihn in mein Zimmer holen und ihn beruhigen. Er war außer sich.«

»Was hat er denn angeblich gesehen?« fragte Luberon.

»Einen Geist: eine Frau in weißem Leichenhemd mit blassem Gesicht und roten Augen.« Sir Gervase schüttelte den Kopf. »Sir Reginald war voller Angst. Er hatte sich übergeben, am Mund klebten noch Reste, und als ich ihn in sein Zimmer brachte, roch es dort säuerlich.«

»Stimmt, Sir Reginald war krank«, unterbrach Smithler ihn. »Der Knecht, der sein Nachtgeschirr ausleeren mußte, hat sich über den Dreck beklagt.«

»Und gestern?« fragte Kathryn.

Nun genoß es Sir Gervase offensichtlich, im Mittelpunkt des Interesses zu stehen.

»Beim Frühstück sah Erpingham ein bißchen blaß aus.« Er zuckte die Achseln. »Wegen des Schnees waren wir alle eingesperrt. Beim Mittagessen langte er wieder ordentlich zu, ohne zu den Latrinen rennen zu müssen. Den Geist erwähnte er nicht mehr. Sir Reginald«, schloß Gervase, »war nicht gerade ein angenehmer Zeitgenosse. Ich war vor ihm auf der Hut und habe die Sache auf sich beruhen lassen.«

»Genug davon«, schaltete Colum sich ein. »Sir Reginalds Krankheit, ob geistiger oder körperlicher Art, kann warten. Herr Wirt, wir wollen die Leiche sehen.«

Smithler führte sie die steile Treppe hinauf, die zwischen zwei großen Holzpfosten endete. Die Flure, die nach links und rechts führten, waren nicht weiter erwähnenswert: die Wände waren weißgetüncht, das Holzwerk schwarz gestrichen. Kathryn schaute die Korridore hinunter, an denen jeweils vier Zimmer lagen. Jeder Raum hatte eine große, schwere eisenbeschlagene Tür. Smithler führte sie nach rechts. Im letzten Zimmer, in dem Sir Reginald gewohnt hatte, herrschte wüstes Durcheinander. Der Fußboden war aufgemeißelt, und die Tür, deren Lederangeln zerstört waren, hing schräg. Colum half Smithler, sie zur Seite zu schieben, und sie traten ein. Im Zimmer hing ein säuerlicher Geruch. Kathryn überlief es eiskalt. Schon lange hatte sie in der Nähe einer Leiche nicht mehr ein derart grausiges Entsetzen empfunden. Tobias entzündete ein Binsenlicht an der Wand, dann eine Kerze auf dem Tisch. Kathryn sah Colum und Luberon an, daß auch ihnen unbehaglich zumute war, obwohl das Zimmer nicht außergewöhnlich war. Der Raum war quadratisch, die Decke hatte ein Rippenmuster, die schwarzen Balken hoben sich deutlich von dem weißen Putz ab. Die Wände waren gekalkt und mit Segeltuch oder Leinen geschmückt. Die Binsen auf dem Holzfußboden waren sauber, trocken und mit frischen Kräutern bestreut. In einer Ecke stand ein Schrank, und am Fußende des großen Himmelbetts eine Holzkommode. Daneben lagen zwei Lederkiepen oder Satteltaschen, deren Schnallen geöffnet waren. Die Deckel waren zurückgeklappt und gaben den Blick auf Steine frei.

»Darin waren die Steuergelder?« fragte Kathryn.

Smithler zuckte die Achseln. »Das hat Standon zumindest gesagt.«

»Und das stimmt auch.« Der königliche Sergeant drängte sich unaufgefordert in den Raum. Hinter ihm stand die Wirtin. Ihr hübsches Gesicht war voller Anspannung und Angst. Colum hatte bereits den Mund geöffnet und wollte Standon befehlen, den Raum zu verlassen, da erhaschte er Kathryns warnenden Blick.

»Also gut, schauen wir ihn uns an!« sagte Colum mißmutig und deutete auf die Bettvorhänge.

Luberon schlug sie zurück. Da lag Sir Reginald Erpingham unter einem Bettlaken. Kathryn hob es vorsichtig an und schaute den toten Steuereintreiber an: ein kleiner, untersetzter Mann, Kahlkopf, fleischiges Gesicht, die Augen fest geschlossen, die Lider mit zwei Pennies beschwert. Kathryn beugte sich hinunter, schnüffelte am Mund und befühlte die Hände des Mannes, die kalt und starr waren.

»Wann wurde er aufgefunden?« fragte sie.

»Heute morgen in der Früh«, antwortete Smithler.

»Und wann habt Ihr Euch gestern abend zurückgezogen?« Kathryn ließ eine Hand unter das Nachthemd des Toten gleiten und drückte auf Brust und Bauch.

»Etwa um acht.«

Kathryn schüttelte den Kopf. »Er ist seit Stunden tot«, murmelte sie. »Das Fleisch fühlt sich wächsern an, Gelenke und Muskeln werden bereits steif.« Sie schaute näher hin. »Colum, schlagt die Bettvorhänge zurück. Master Standon, öffnet das Fenster. Nein, halt!« Sie trat ans Fenster. »Wenn ich es recht bedenke, mache ich es lieber selbst.«

Vorsichtig hob Kathryn den Riegel der Fensterflügel und öffnete sie nach innen. Sorgfältig untersuchte sie die Verriegelung der Klappläden, die sie anschließend nach außen aufdrückte. Dabei schob sie den Schnee vom Fensterbrett, der in den darunterliegenden Hof fiel.

Colum trat hinter sie. »Was ist, Kathryn?«

»Ich rede nicht mehr mit Euch, Ire«, flüsterte sie. »Ihr schuldet mir eine Erklärung.« Sie wandte sich um. »Ich glaube, Erpingham wurde ermordet«, verkündete sie. »Ich will nur prüfen, ob das Fenster gewaltsam geöffnet wurde.«

Der Wirt verstand rasch, worauf Kathryn hinauswollte.

»Mistress Swinbrooke, das Fenster war seit mindestens einer Woche nicht mehr offen.«

»Das sehe ich«, erwiderte Kathryn, trat wieder ans Bett und schaute auf die Leiche hinunter, die grausig aussah in dem fahlen Licht, das nun durch das geöffnete Fenster fiel. Die Ärztin hob das schwere Nachthemd und betrachtete das grauweiße Fleisch, die stark geschrumpelten Hoden und die wabbelige Brust, den Bauch und die Oberschenkel.

»Nicht gerade ein hübscher Anblick«, murmelte Standon.

Alle versammelten sich um das Bett. Kathryns Blick fiel auf einen kleinen Weinkelch, der auf dem Tisch stand. Sie nahm ihn und roch daran. Er enthielt nur ein paar Tropfen Wein, und der Geruch war normal. Kathryn tauchte vorsichtig einen Finger hinein und leckte daran.

»War das klug?« fragte Colum leise.

»Ja, es ist nur Wein.« Sie sah zu Smithler hinüber. »Der Steuereintreiber hat diesen Kelch gestern abend mit aufs Zimmer genommen?«

»Ja, wir haben nichts angerührt. Master Luberon hat das ausdrücklich angeordnet.«

Nun griff Luberon nach dem Weinkelch; er schwenkte ihn und bemerkte die dünne Schicht auf der Flüssigkeit und den Schmutz im Zinngefäß.

»Ja, das ist der Kelch, den ich gesehen habe, als ich heute morgen hier war«, verkündete er. »Und der Wein steht schon lange darin. Was ist, Mistress Swinbrooke?«

Kathryn roch noch einmal an dem leicht fleckigen Mund des Toten, hob die Augenlider und fuhr mit einer Hand über den angeschwollenen Bauch.

»Colum, bringt doch bitte eine Kerze her.«

Der Ire gehorchte.

»Noch näher!« drängte sie ihn. »Ans Gesicht!«

Colum tat, wie ihm geheißen, und holte tief Luft, als er die blaßroten Flecken sah, die wie Schorf auf den Wangen des Mannes lagen. Auch Hals, Brust und Bauch des Mannes waren damit übersät.

»Was ist das?«

»Sir Reginald Erpingham«, erwiderte Kathryn, die sich auf die Bettkante gesetzt hatte, »ist weder einem Anfall noch einem Schlag erlegen, noch ist er eines natürlichen Todes gestorben. Er ist einem der gewöhnlichsten und bösartigsten Gifte erlegen. Die Lateiner nennen es Belladonna, im Volksmund heißt es Tollkirsche.« Sie zeigte auf die gerötete Haut und schob dann mühelos einen Finger zwischen die Lippen des Mannes. »Alle Anzeichen sprechen dafür. Zum einen riecht er aus dem Mund. Tollkirsche ist ein großes, winterhartes Kraut und wächst im Wald, im Gestrüpp und an jeder Hecke. Die scharlachrote Glockenblume ist harmlos, aber Blätter und Wurzeln enthalten ein tödliches Gift. Erst wenn der Tod eingetreten ist, werden die Symptome sichtbar: der Bauch ist leicht angeschwollen, die Haut ist stellenweise gerötet, vor allem im Gesicht und am Hals, und fühlt sich wächsern an. Lippen und Mund des Toten sind trocken wie Sand, und die Pupillen bleiben geweitet.«

Sie erhob sich und deckte die Leiche sorgfältig wieder zu. »Sir Erpingham wurde vergiftet. Der Tod dürfte sehr rasch eingetreten sein.« Sie zuckte die Schultern. »Wahrscheinlich innerhalb einer halben Stunde.«

»Hätte er das denn nicht geahnt?« fragte Colum. »Und sich dagegen gewehrt oder um Hilfe gerufen?«

Kathryn schüttelte den Kopf. »Nein, die Symptome ähneln einem plötzlichen Anfall.«

Sie blickte sich im Zimmer um. Außer dem geöffneten Fenster und den Satteltaschen schien alles an seinem Ort zu sein. Von dem kleinen Feuer, das im Kamin gebrannt hatte, war nur ein Häufchen weißer Asche übriggeblieben. In einer Ecke lag die Kleidung des Toten in einem unordentlichen Haufen: Wams, Uniformrock, Hose und Kriegsgürtel. Kathryn zeigte darauf.

»Haben die Sachen heute morgen auch schon so gelegen?«

»Oh ja«, erwiderte Standon. »Warum?«

Kathryn deutete auf einen Haken an der Wand. »Ich habe mich nur gewundert. Warum hat er sie nicht aufgehängt?«

Standon murmelte etwas von dem liederlichen Bastard, der Erpingham gewesen sei, was Kathryn zu überhören beschloß. Sie durchquerte das Zimmer und betrachtete den Kleiderstapel.

»Wie hat man Erpingham gefunden?« fragte Colum.

»Nun, ich bin heute morgen heraufgekommen«, antwortete Standon. »Ich habe mehrmals angeklopft. Da wußte ich, daß etwas nicht stimmte, und habe nach Smithler gerufen, der meinte« – Standon seufzte laut – »ich sollte mich zum Teufel scheren, er hätte in der Küche zu tun. Er hat Vavasour und einigen meiner Soldaten erlaubt, ein Beil zu benutzen, und wir haben die Tür sauber aus den Angeln geschlagen.«

Kathryn untersuchte die Tür sorgfältig. Sie tippte auf den Schlüssel.

»Und der steckte noch im Schloß?«

»Ja«, erwiderte Standon. »Vavasour und ich haben es beide überprüft; die Tür war auch verriegelt.«

Nun kam auch Colum mit großen Schritten herüber und sah sich die Riegel an. Erst vor wenigen Monaten hatte eine Tür in der Burg von Canterbury so ausgesehen, als wäre sie von innen verriegelt, dabei war sie in Wahrheit einfach von außen abgeschlossen gewesen. Aber diesmal gab es keinen Zweifel: Riegel und Schlösser waren abgerissen, das Metall verbogen. Das Holz war sowohl an der Tür selbst als auch im Rahmen gesplittert, und das Schloß war aufgebogen.

»Diese Tür ist tatsächlich gewaltsam geöffnet worden«, sagte er. »Und?« Der Ire zeigte auf die Leiche. »Was habt Ihr noch entdeckt?«

Standon zuckte die Achseln. »Was Ihr seht. Das Fenster war gesichert. Das Feuer verloschen.«

Colum stellte sich auf die Türschwelle und schaute neugierig nach oben.

»Der ist schief«, rief er und trat hinaus in den Flur. Als er wieder ins Zimmer am, fragte er: »Alle Türbalken sind leicht schief. Wie kommt das?«

»Es ist ein altes Gebäude«, antwortete Smithler. »Die Grundmauern sind stabil, aber Holz arbeitet.« Er lächelte schmal. »Deshalb quietscht auch jede Tür in den Lederscharnieren.«

Kathryn hatte sich inzwischen wieder den Satteltaschen zugewandt.

»Die hier standen offen?« fragte sie.

»Nein«, antwortete Standon. »Die Taschen waren verschlossen, aber als wir sie öffneten, fanden wir nur noch Steine und Felsbrocken.«

»Wieviel war denn drin?« fragte Colum.

»Ich weiß nicht«, stammelte der Soldat und wurde kreidebleich. »Aber Vavasour hat etwas von zweihundertfünfzig Pfund Sterling in harter Münze gemurmelt.«

Colum pfiff durch die Zähne und warf Kathryn einen vielsagenden Blick zu.

»Der König wird toben«, murmelte Standon. »Wenn es Münzgeld war, ist der Marktwert wahrscheinlich erheblich höher, vielleicht an die vierhundert Pfund.«

»Und wo ist es eingesammelt worden?« Colum ließ nicht locker.

»In den Ortschaften zwischen Rochester und Canterbury, bis die Straßen unpassierbar wurden«, sagte Standon. Mit starrem Blick auf Kathryn fügte er hinzu: »Und bevor Ihr es aussprecht, Mistress, ich weiß, was Ihr denkt.«

»Und das wäre?« fragte sie mit unschuldigem Augenaufschlag.

Der Soldat schlug die Augen nieder und nestelte nervös an seinem Gürtel. »Wir können nicht beweisen, daß das Silber überhaupt noch da drin war, als Erpingham ermordet wurde oder als er hier im Wirtshaus eintraf.«

»Ja«, sagte Kathryn leise, »daran habe ich gedacht.«

»Also«, sagte Colum, ging zu den Satteltaschen und trat mit der Stiefelspitze dagegen. »Ich glaube, es war noch da, als Erpingham sich gestern abend zurückgezogen hat. Er brachte einen Becher Wein mit, der, wie wir jetzt wissen, kein Gift enthielt. Er hat die Tür abgeschlossen und die Riegel vorgeschoben; die Satteltaschen, so können wir nur vermuten, waren sicher, Fensterläden und Fenster fest geschlossen. Am Morgen jedoch, als man Erpingham fand, war er vergiftet. Weder an der Tür noch an den Fenstern sind irgendwelche Spuren zu entdecken, und im Zimmer befindet sich kein Gift. Trotzdem ist Erpingham tot und die Steuergelder des Königs sind verschwunden.« Colum zuckte die Achseln. »Das läßt nur einen Schluß zu: in der Nacht ist jemand durch einen Geheimgang ins Zimmer eingedrungen, hat Erpingham vergiftet und ist wieder verschwunden.«

»Aber das ist unmöglich«, entgegnete Standon. »Nach dem Essen habe ich auf dem Flur geschlafen. Mistress Smithler hat mich mit Matratze und Decke versorgt. Ich habe immer in der Nähe von Sir Reginalds Zimmer geschlafen. Außerdem quietschen diese Türen beim Öffnen, wie der Wirt schon sagte. Weder ich noch Sir Gervase, der im Zimmer nebenan schlief, haben irgendwas gehört.«

»Und Geheimgänge gibt es auch nicht«, schaltete sich Smithler ein. »Das kann ich Euch versichern, Master Murtagh.« Er zuckte die Achseln. »Wenn Ihr wollt, könnt Ihr ja selbst nachsehen.«

Kathryn verschränkte die Arme und schaute sich in dem Zimmer um. Warum wirkte es so erdrückend, so unheimlich? Welche Gefahr, welche Bedrohung lauerte hier? Sie erinnerte sich der Worte ihres Vaters, des Arztes Swinbrooke, der nun unter den Platten von St. Mildred ruhte. *»Habe keine Angst vor den Toten, Kathryn. Was du auch siehst, hörst, fühlst – die Toten sind bei Gott. Wenn schon, dann fürchte dich vor den Lebenden.«* Kathryn atmete tief ein.

»Master Simon«, sagte sie und wandte sich an Luberon, der ebenfalls beklommen von einem Fuß auf den anderen trat. »Man hat Euch heute morgen hergerufen?«

Der kleine Schreiber nickte. »Ja, Standon hat umgehend einen Boten ins Rathaus geschickt.«

»Und ich habe Wache gestanden, bis er kam«, sagte der Sergeant. »Der Wirt und die anderen sind hereingekommen, aber nichts wurde angerührt.«

Kathryn schaute den kleinen Schreiber an.

»Stimmt das, Master Simon?«

Luberon nickte.

»Wenn dem so ist«, fuhr Kathryn fort, »dann wollen wir wieder in den Schankraum gehen. Master Smithler«, sie lächelte versöhnlich, »ich bin durch Kälte und Schnee gegangen. Meine Füße sind eiskalt, mein Magen leer. Ich wäre für eine warme Mahlzeit dankbar.«

»Und wer bezahlt?« fragte Smithler barsch.

»Ich«, erwiderte Luberon. »Stellt alles, was hier im Zusammenhang mit der Angelegenheit des Königs verzehrt wird, dem Rathaus mit einer Quittung in Rechnung. Was noch, Mistress Swinbrooke?«

»Nach dem Essen, bei dem die anderen uns vielleicht Gesellschaft leisten, möchte ich mit allen Gästen sprechen. Seid Ihr einverstanden, Master Murtagh?«

Der Ire, der sich auf das Bett gesetzt hatte und gegen seine Müdigkeit ankämpfte, zuckte zusammen.

»Gewiß. Nun laßt uns einen Augenblick allein.«

Kathryn wartete, bis alle den Raum verlassen hatten.

»Eine schöne Bescherung«, murmelte Colum. Er stand auf und zog das Tuch über der Leiche zurecht. »Kathryn, das hier ist kein Fall für das Rathaus, sondern eine Angelegenheit des Königs. Er erwartet eine Antwort von mir, er will, daß ich Erpinghams Mörder fasse und vor allem sein Geld wiederbeschaffe.«

»Und ich erwarte eine Antwort von Euch«, sagte Kathryn, drehte sich um und schaute ihm in die Augen. »Ire, Ihr wart mehr als einen Tag überfällig. Ihr verlaßt uns und fahrt quer durch Kent. Ein Schneesturm bricht los, und Ihr verschwindet. Dann kommt Ihr zurück, als hättet Ihr mit den Enten auf dem Stour gespielt.«

Colum grinste und hatte seinen Spaß an Kathryns funkelnden Augen und ihren geröteten Wangen. Er betrachtete ihr schwarzes Haar mit den leicht ergrauten Schläfen, das unter ihrer Haube hervorschaute. Dazu ihren wachsamen Blick, den angespannten Körper, das hübsche Kinn gehoben und die Arme verschränkt.

»Also habt Ihr mich doch vermißt, Kathryn?«

»Wenn Ihr das noch einmal sagt«, erwiderte sie, »nehme ich den nächstbesten Gegenstand – und diesmal treffe ich Euch, Ire!«

Colum war im Begriff, sie weiter zu necken, bemerkte aber rechtzeitig ihren warnenden Blick. Normalerweise friedfertig und heiter, hatte Kathryn trotzdem ein aufbrausendes Temperament und eine scharfe Zunge, die ihresgleichen suchte. Er trat auf sie zu und nahm ihre Hände.

»Nun beruhigt Euch, Kathryn, und hört mir zu. Ich habe Chilham verlassen.«

Kathryn zog ihre Hände zurück. »Das dachte ich mir.«

»An einer Kreuzung vor dem Ort ist plötzlich Frenland, der Pferdeknecht, der mich begleitet hat, vom Wagen gestiegen und weggerannt«, fuhr Colum fort.

Kathryn blieb vor Staunen der Mund offen stehen.

»Soll das heißen, er kletterte einfach so vom Wagen und verschwand mitten in einer tief verschneiten Landschaft?«

Colum nickte. »Ich kann es mir nicht erklären, Kathryn«, er schüttelte den Kopf. »Entweder hat der Mann den Verstand verloren oder er ist in Panik geraten. Das habe ich schon häufig erlebt: vor sieben Jahren, während der Schlacht bei Towton, gab es im königlichen Heer Soldaten, die mehr Angst vor dem Schneesturm als vor dem Feind hatten.«

»Aber Ihr habt doch gesagt, daß man sich auf den Mann verlassen konnte?«

»Wie Chaucer schon sagt«, erwiderte Colum, »›Ich sah fürwahr den Wahnsinn wüten bis zur Raserei‹. Nichts ist unmöglich.«

»›Nur spärlich ist Euer Verstand‹«, gab Kathryn prompt zurück.

»Wer hat denn das gesagt?« wollte Colum wissen.

»Lest Euren Chaucer«, antwortete Kathryn. »Die Erzählung des Kaufmanns. Colum, Ihr habt einen Eurer Männer verloren, man wird Fragen stellen. Ich erinnere mich an Frenland, ein kleiner, schwarzhaariger Mann; hat er draußen in Kingsmead nicht eine Frau?«

Colum nickte. »Ich muß noch mit ihr sprechen.«

»Und was geschah dann?« fragte Kathryn.

»Ich fuhr mit dem Karren weiter«, erwiderte Colum. »Es wurde dunkel, der Schneesturm nahm zu, und rings um mich herum hörte ich das Geheul der wilden Hunde. Weiß der Himmel, wie ich es geschafft habe, und der Herr segne die tapferen Pferde. Ich kam an ein Gehöft, wo ich die Nacht verbrachte. Der Bauer war ein ehrlicher Mann. Ich habe ein kräftiges Pferd gemietet und mich auf den Rückweg gemacht.

Ich bin gar nicht erst nach Kingsmead geritten, sondern gleich in die Ottemelle Lane. Thomasina hat mir von Luberons Besuch berichtet, vom Mord an der Frau des Malers und von dieser traurigen Bescherung hier.« Er schaute zur Leiche hinüber, dann lächelte er Kathryn an. »Wir sind selten allein miteinander, nicht wahr, Mistress Swinbrooke?«

»Ja.« Kathryn trat auf ihn zu, nahm seine Hände und schaute ihm in die müden Augen. »Thomasina hatte recht«, sagte sie und berührte seine stoppeligen Wangen. »Traue nie einem glattzüngigen irischen Sumpfnomaden. Ich bin froh, daß Ihr wieder da seid, Colum, ich habe mich zu Tode geängstigt.« Als sie seine Hand losließ, zwickte sie ihn kurz.

»Fragt mich nicht, Colum, ob Ihr mir gefehlt habt oder nicht. Ihr kennt meine Lage: ich bin mit Alexander Wyville verheiratet, auch wenn er Gott-weiß-wo steckt! Nun, damit kann ich leben.« Sie blinzelte dem Iren zu. »Aber wenn Euch etwas zustieße, Sumpfnomade«, – Kathryn legte eine Hand auf die Brust – »würde hier drinnen etwas sterben und nie wieder zum Leben erwachen.«

Colum war versucht nachzuhaken, plötzlich stand Luberon im Türrahmen.

»Alle warten unten, Mistress Kathryn. Mistress Smithler hat etwas Leckeres gekocht.« Er trat an der zerstörten Tür vorbei in den Raum. »Geht es nur mir so?« fragte er. »Oder hat dieses Zimmer tatsächlich etwas an sich? Wie eine Grabstätte, eine Art Todeshauch.« Er zeigte auf Colum. »Spürt Ihr es denn nicht, Ire?«

Colum verzog das Gesicht. »Anfang des Jahres«, erwiderte er, »war ich dabei, als der König bei Tewkesbury gesiegt hat. An einer Furt über den Severn stapelten sich die Gefallenen der Lancastertreuen hüfthoch. Damals habe ich den Tod gerochen und geschmeckt.«

»Wartet!« Kathryn durchquerte das Zimmer und zeigte auf die Wand. »Seht, hier ist ein Gemälde, schon ziemlich verblaßt.«

Die beiden Männer traten neben Kathryn und sahen zu, wie

ihre Finger die undeutlichen Konturen eines Gemäldes nachzeichnete.

»Das ist schon vor langer Zeit entstanden«, erklärte Kathryn. »In Rot, Schwarz und Grün. Es sind zwei Gestalten. Seht, hier sind die Umrisse eines knieenden Priesters, und hier sieht man die Haube und das Kleid einer Frau.« Sie zeigte auf eine dunkle Gestalt mit Ziegenkopf und schwarzen Hörnern.

»Teufel noch eins«, sagte Colum. »Vielleicht habt Ihr recht, Master Luberon.« Er schob die Binsen zur Seite und klopfte mit den Füßen den Boden ab. »Vielleicht ist das hier ein Höllenzimmer. Wenn es sein muß, nehme ich hier alles auseinander, um hinter das Geheimnis zu kommen.« Er trat gegen die Satteltaschen voller Steine. »Auf Messen und Märkten habe ich schon die geschicktesten Betrüger gesehen, einen Mann in einem verschlossenen Raum umzubringen und seinen Schatz durch Steine zu ersetzen, ohne die geringste Spur des Verrats zu hinterlassen, bedarf der Kunst des Teufels.« Colum trat ans Fenster und blickte hinaus. »Dem Himmel sei Dank, daß ich es nicht sofort dem König berichten muß.« Heftig schloß er das Fenster. »Aber es liegt Tauwetter in der Luft.«

»Wie kommt Ihr darauf?« fragte Kathryn.

Colum zwinkerte ihr zu und tippte sich vielsagend an die Nase. Verlegen wandte Luberon den Blick ab; er war ein wenig eifersüchtig. Er mochte den Iren, Mistress Swinbrooke indes himmelte er geradezu an. Luberon dachte an ihren Satz über eine gute Frau. Ich kenne sie schon, dachte Luberon wehmütig und schaute Kathryn aus traurigen Augen an, aber der Herrgott im Himmel weiß, daß ich es ihr niemals sagen kann.

»Wir wollen gehen«, murmelte Kathryn, »Master Smithler soll keine allzu großen finanziellen Einbußen erleiden.«

Sie traten hinaus auf den Flur, wo der Lärm aus dem Schankraum zu ihnen drang. Kathryns Blick fiel auf die abgedeckten Holzbottiche, die auf dem Gang standen.

»Für den Fall, daß es brennt«, erklärte Luberon ihr, der ihrem Blick gefolgt war. Er reckte die Brust vor und zog die

Schultern zurück. »Die Vorschriften der Stadt verlangen in jeder Herberge mindestens drei Wassereimer auf jedem Flur.«

Colum klopfte ihm auf den Rücken. »Kommt, Master Luberon, mein Magen meint, man hätte mir die Kehle durchgeschnitten!«

Sie gingen hinunter in die Gaststube. Smithlers Diener und Knechte servierten ein duftendes Gericht in Zinnschüsseln, dazu frisches Weißbrot in Servietten. Als sie ihre Plätze neben dem prasselnden Feuer einnahmen, wurden sie von den anderen Gästen kaum beachtet. Kathryn nahm ihren Hornlöffel und kostete von dem Gericht; Colum machte sich heißhungrig über seine Portion her.

»Schmeckt's?« Blanche Smithler trat zu ihnen. Sie wirkte unsicher und wischte nervös die Hände an der schneeweißen Schürze ab, die sie um die schlanke Taille gebunden hatte.

Kathryn schaute auf. »Es ist köstlich. Hasenpfeffer?«

»Ja«, erwiderte Blanche. »Der alte Raston, einer unserer Stallknechte, fängt so ziemlich jeden Hasen. Ich brate das Fleisch an, bis es braun ist, zerteile es und koche es dann zusammen mit Zwiebeln, Rotwein, Ingwer, Pfeffer, Salz und einer Prise Nelken. Eine Spezialität des Hauses, vor allem im Winter.«

Sie entfernte sich. Kathryn aß weiter und versuchte, sich das Rezept zu merken. Nach dem Essen servierte ihnen ein Knecht Wein, der mit Zimt, Ingwer und einer Prise Zucker gewürzt war. Colum leckte sich die Lippen und lehnte sich zurück.

»Wohlan«, murmelte er. »Das Verhör zu Raub, Mord und Verrat kann beginnen.«

Drei

Colum rief die Gäste herbei, alle setzten sich im Halbkreis um die Feuerstelle und schlürften den Würzwein, den Blanche Smithler servierte. Der Wirt schimpfte, er habe Besseres zu tun, aber Colum funkelte ihn zornig an und machte ihm klar, daß er seine Fragen entweder hier an Ort und Stelle oder in einer Zelle im Rathaus beantworten werde. Luberon saß mit gewichtiger Miene in der Mitte des Halbkreises. Er war überglücklich, daß Kathryn und der Ire ihn ins Vertrauen gezogen hatten. Kathryn saß an einem Ende des Halbkreises, Colum stand mit dem Rücken zur Feuerstelle vor den Gästen.

»Zuerst möchte ich klarstellen«, begann Colum, »daß ich der Sonderbeauftragte des Königs in Canterbury bin. Master Simon Luberon kann das bestätigen. Mistress Swinbrooke ist die Stadtärztin. Sie ist für die Leichenschau zuständig und steht mir bei jeder Untersuchung oder Befragung, die ich durchzuführen gedenke, zur Seite. Wir haben es hier mit einem Fall von Verrat zu tun.«

Sir Gervase blieb der Mund offenstehen. »Welchen Beweis«, stammelte er und sprang auf, »welchen Beweis habt Ihr dafür?«

»Setzt Euch, Sir!« fuhr Colum ihn an. »Der Mord an einem Beamten und der Raub königlicher Steuern ist Verrat. Fest steht, daß Sir Erpingham an einer starken Dosis der hochgiftigen Tollkirsche starb. Heute ist Freitag, der zwanzigste Dezember, das Fest der Heiligen Adelaide. Wann hat es zu schneien begonnen?«

»Montag abend«, meldete sich Vater Ealdred.

»Und wann kam Sir Reginald?«

»Auch am Montag«, antwortete der Priester. »Man sah dem Himmel an, daß es schneien würde.«

»Wann sind die anderen eingetroffen?«

Lautes Stimmengewirr war die Antwort. Colum hob eine Hand. »Darauf komme ich später zurück. Fest steht jedoch, daß alle Anwesenden am Mittwoch abend hier waren?«

Die Gäste stimmten zu.

»Und nichts Außergewöhnliches geschah?«

»Ich habe Euch doch schon gesagt«, trompetete Sir Gervase, »daß Sir Reginald Mittwoch nacht völlig verstört aufwachte. Der Ärmste war schweißgebadet und zitterte wie eine Jungfrau.«

»Ach ja.« Colum rückte ein Stück vom Feuer ab und setzte sich auf einen Steinsockel am Rand des Kamins. »Sir Gervase, schildert mir das doch bitte in allen Einzelheiten.«

»Oh, es muß lange nach Mitternacht gewesen sein. Ich habe einen leichten Schlaf.« Der alte Ritter warf einen wütenden Blick in die Runde, die blauen Augen weit aufgerissen, den weißen Schnurrbart gesträubt. »Das kommt von den vielen Jahren im Feld, Schwert neben dem Bett. Alte Gewohnheiten legt man nicht so leicht ab.«

Kathryn verbiß sich ein Lächeln. Lady Margaret hatte nicht so viel Erfolg und kicherte leise.

»Jedenfalls«, fuhr Sir Gervase fort, »war ich gleich auf den Beinen. Reginald kreischte wie ein junges Mädchen. Ich renne auf den Flur, und da steht Erpingham im Nachthemd, zitternd wie Espenlaub. Ich nehme ihn mit in mein Zimmer, setze ihn auf einen Stuhl und gebe ihm einen ordentlichen Schluck von meinem Rotwein.« Sir Gervase fuhr sich über den Schnurrbart. »Der Mann sagt, er habe eine Erscheinung gesehen, eine Frau ganz in Weiß mit grünlichem Gesicht und schwarzen Augen, die wie Kohlen glühten; oder so ähnlich. Sie habe am Fußende seines Bettes gestanden und ihn angestarrt.«

Kathryn betrachtete den alten Mann neugierig und ließ den Blick dann über die Gäste wandern. Ihr war unbehaglich zumute. Alle saßen auffallend ruhig und selbstsicher auf ihren Plätzen; sie schienen es für unvorstellbar zu halten, daß sich einer von ihnen des Verrats schuldig gemacht hatte und eines schrecklichen Todes sterben würde. Dieser alte Ritter schilderte ein Erlebnis, als glaubte er selbst daran. Aber wie hatte Erpingham einen Geist sehen können?

»Sir Gervase.« Kathryn erhob sich und streckte die müden Muskeln. »Sir Gervase, tut mir leid, wenn ich Euch unterbreche, aber seid Ihr Euch ganz sicher?«

»Natürlich«, erwiderte er. »Ich bin schließlich kein gemeiner Lügner. Ich bin Ritter einer Grafschaft. Auch ich habe im Auftrage des Königs gearbeitet. Ich war mit Talbot in Frankreich, kann die verdammten Franzmänner nicht ausstehen, Laffen allesamt. Ich habe Dinge gesehen, Mistress Swinbrooke, die Euch das Blut in den Adern gefrieren lassen würden. Im übrigen« – er zeigte auf Standon, der mit der Schnalle seines Schwertgurtes spielte – »fragt ihn, er war dabei.«

Kathryn wandte sich dem Sergeanten zu.

»Es stimmt«, antwortete der Soldat. »Ich schlief am Fuße der Treppe. Ich hörte den Schrei, und dann wurden Türen geöffnet.« Er zuckte mit den Schultern. »Die sind nicht zu überhören, sie quietschen entsetzlich. Jedenfalls bin ich nach oben gerannt. Erpingham war bei Sir Gervase. Er war schweißgebadet, leichenblaß und keuchte. Man hätte meinen können, er wäre geschwommen.«

»Ich habe den Lärm auch gehört«, sagte Smithler. »Unser Zimmer liegt am Ende des Gangs.« Er warf einen Blick auf die de Murvilles. »Habt Ihr es auch gehört?«

Das Ehepaar nickte. Kathryn lächelte den alten Ritter an.

»Fahrt bitte fort, Sir Gervase.«

»Jedenfalls habe ich Erpingham beruhigt, und er hat den Rotwein getrunken. Ich habe ihm gesagt, das Licht hätte ihm einen Streich gespielt. Oder es war vielleicht etwas am Essen. Dann habe ich ihm ein Handtuch geliehen, mit dem er sich abtrocknen konnte, und ihn wieder in sein Zimmer gebracht.«

»Ich bin auch mitgegangen«, fügte Standon hinzu.

»Und?« fragte Colum.

»Da war nichts außer einem säuerlichen Gestank: sein Nachttopf war randvoll, wißt Ihr, als hätte er sich übergeben oder Durchfall gehabt.«

»Das haben Eure Diener am nächsten Morgen vorgefunden?« fragte Kathryn den Wirt.

»Ja, nachdem unsere Gäste heruntergekommen waren, um ihr nächtliches Fasten zu brechen, leerten die Knechte das Nachtgeschirr. Einer von ihnen sagte, das Zimmer hätte gestunken wie eine Jauchegrube.«

Kathryn nickte und starrte in die Flammen.

»Mistress Swinbrooke«, fragte Colum, »woran denkt Ihr?«

»Ich bin Ärztin«, antwortete sie. »Ich beschäftige mich mit Krankheiten und Heilmitteln, mit dem Ungleichgewicht der Körpersäfte. Dennoch stimme ich Sir Gervase zu: irgend etwas hat Erpingham in dieser Nacht Angst eingejagt, ihn an den Rand des Wahnsinns getrieben, so daß er die Kontrolle über Darm, Blase und Magen verlor.« Sie schaute den grauen kleinen Beamten an. »Master Vavasour, hatte Euer Herr an dem Abend, bevor er von dieser Vision heimgesucht wurde, viel getrunken?«

»Oh nein«, piepste der kleine Mann und ähnelte mit der zuckenden Nase und den vorstehenden Zähnen mehr denn je einem ängstlichen Hasen. Kathryn war sich sicher, daß auch seine Ohren gezuckt hätten, wenn das möglich gewesen wäre.

»Oh nein«, wiederholte Vavasour. »Master Erpingham mochte Wein, aber er trank wenig, höchstens zwei oder drei Kelche. Das stimmt doch, Standon, oder?«

»Ja«, bestätigte der Sergeant. »Und gegessen hat er dasselbe wie wir. Gebratene Gans, zart und schmackhaft in einer Petersiliensoße zubereitet.«

»Und am nächsten Tag?« fragte Kathryn. »Der Tag, an dem er starb?«

»Tja, morgens schien er sich ein wenig zu schämen.« Sir Gervase hatte sich offenbar zum Sprecher der Gäste gemacht. »Er war noch etwas zittrig und nahm nur Brot und gewässerten Wein zu sich, aber mittags war er wieder ganz der Alte.«

»Was heißt das?« forschte Kathryn nach.

An dieser Stelle verließ den alten Ritter die Selbstsicherheit.

»Nun?« fragte sie.

»Das kann ich beantworten, Mistress Swinbrooke«, meldete sich Vater Ealdred zu Wort. »Genaugenommen war Sir Reginald Erpingham nicht gerade ein Mann, auf dessen Gesellschaft man gesteigerten Wert legt. Schließlich war er Steuereintreiber.«

Seine Antwort ließ die anderen leise auflachen.

»Das war der Heilige Matthäus ebenfalls«, erwiderte Kathryn. »Was für ein Mann also war Sir Reginald?«

»Er war ein grausamer, herzloser Bastard«, sagte Blanche Smithler sichtlich erregt. Die hübschen Gesichtszüge waren zu einer starren, bleichen Maske verzerrt. Unwirsch schüttelte sie die Hand ab, die ihr Mann ihr warnend auf den Arm gelegt hatte. »Er kam oft hierher. Er pflegte zu prahlen, wie er einer alten Frau noch das letzte Hemd ausziehen oder Bauern in Angst und Schrecken versetzen konnte. Ständig grapschte er den Mädchen an den Hintern oder die Brüste. Ja, was das Trinken angeht, war er abstinent, aber er liebte das Essen und war nicht besonders sauber, was die Körperpflege angeht. Er gab mit seinem großen Haus in Maidstone an und redete ständig von dem Herrenhaus in der Nähe von Dover, auf das er rechnete.«

Kathryn sah Vavasour an. »Gewiß seid Ihr mit dieser Darstellung nicht einverstanden, Sir?«

Der Schreiber öffnete den Mund zur Antwort, wandte sich dann jedoch mit heftig zuckender Nase ab.

»Die gute Frau sagt die Wahrheit«, bestätigte Standon und schaute Colum an. »Ich bin Berufssoldat wie Ihr, Ire.« Er lächelte bitter. »Wenn ich auch in den letzten Kriegen für das Haus Lancaster gekämpft habe. Ich war bei diesem Bastard von Falconbridge, als er versuchte, den Tower zu erobern.«

Colum nickte verständnisvoll.

»Nun, Ihr wißt, wie es ausging«, fuhr Standon fort. »Falconbridge kostete es den Kopf. Ich habe wie viele andere auch die Seiten gewechselt und einen Kontrakt mit dem Sheriff von Kent geschlossen. Meine Kameraden und ich dienten als Erpinghams Wache; und zwar seit dem Michaelistag, als er seine Reise durch die Grafschaft begann.«

»Und weiter?« fragte Colum.

»Ich habe im Krieg gekämpft«, sagte Standon, »ich habe Strohdächer in Brand gesetzt, habe auch – der Herr möge mir verzeihen – so manchen getötet!« Standon blinzelte, sein Gesicht verlor ein wenig an Härte. »Ich war nicht immer so. In meiner Jugend wollte ich Ritter werden.« Zornig blickte er um sich. »Aber es ist immer dasselbe, man wird, was man ist, und nicht, was man sein will!«

Es wurde still im Schankraum, als dieser hartgesottene Soldat sein Herz ausschüttete. Standon fuhr sich mit der Hand über die Augen.

»Erpingham war ein Bastard. Er hatte ein Herz aus Stein.«

»Hatte er Familie?« fragte Kathryn.

»Eine Frau«, piepste Vavasour. »Er hatte eine Frau, aber die Ärmste starb bei der Geburt eines Kindes. Er mochte Hunde«, fügte der Schreiber hinzu, als wäre es das einzig Positive, was er über seinen verstorbenen Herrn zu berichten wußte.

»War er ehrlich?« fragte Colum.

Vavasour sah so verängstigt aus, als würde er im nächsten Moment aufspringen und fortlaufen.

»Nun?« fragte der Ire.

»Ihr wißt ja, wie es ist«, sagte Vavasour zaghaft.

»Tja«, sagte Colum. »Zeigt mir einen ehrlichen Steuereintreiber, und ich zeige Euch einen Iren, der fliegen kann.«

»Er selbst hielt sich für ehrlich«, fügte Standon hinzu. »Schließlich hat jeder das Recht, sich bei dem Sheriff oder dem König zu beschweren.«

»Ach ja?« Colum grinste nur.

Kathryn zog ihren Stuhl ein Stück vor. »Master Smithler, dieser Geist, dieses Spukzimmer – hat Erpingham immer dort gewohnt?«

»Das habe ich Euch doch schon gesagt.«

»Und das Gemälde, das an der Wand verblaßt ist? Es zeigt einen Teufel, einen jungen Mann und eine Frau.«

»Ach, da gibt es viele Geschichten«, schaltete sich Blanche Smithler ein. »Sie stiften nur Verwirrung, aber offensichtlich ist dort einmal eine junge Frau umgebracht worden oder spurlos verschwunden.«

»Stimmt es denn, daß es darin spukt?« fragte Kathryn.

»Leute, die dort übernachtet haben«, erwiderte Smithler, »sprachen von einem unbehaglichen Gefühl, von Geräuschen in der Nacht.« Er hob die Schultern. »Aber wer hat keine schlechten Träume!«

Luberon meldete sich zu Wort. »Wenn das Wirtshaus so alt ist, wie Ihr behauptet, und wenn hier ein Verbrechen begangen wurde, dann dürfte es in den Annalen der Stadt verzeichnet sein. Master Murtagh, ich werde sie für Euch überprüfen.«

»Hat jemals eine Teufelsaustreibung stattgefunden?« fragte Vater Ealdred. »Ist der Raum mit Weihwasser und Salz gesegnet worden?«

»Dazu ist es jetzt zu spät«, murmelte Sir Gervase.

»Und es gibt keine geheimen Zugänge?« fragte Kathryn. Sie wandte sich an den Wirt und überging den Einwand des alten Ritters.

»Das habe ich doch schon gesagt«, fuhr er sie an. »Seht selbst nach.«

»Oh, das werden wir vielleicht sogar tun«, erwiderte Colum. »Und ich muß Euch bitten, Eure Zunge im Zaum zu halten.«

Der Wirt schaute zur Seite und hustete über die Schulter.

»Was war an den Tagen, bevor Erpingham starb?« fuhr Colum fort und versuchte, eine Katze zu ignorieren, die sich angeschlichen hatte, um zwischen den Binsen nach einem Happen Fett zu suchen.

»Nun ja«, sagte Sir Gervase, »da wir wegen des Schnees nicht abreisen konnten, haben wir gegessen und getrunken. Der Wirt hat gut an uns verdient.«

»Stimmt, aber ich habe Euch auch gut bedient.«

»Also gut«, fuhr Colum fort. »Ihr seid spät aufgestanden, habt gegessen und getrunken ...«

»Master Murtagh.« Lady Margaret richtete sich auf und rückte mit einer zierlichen Handbewegung die Haube auf ihrem glänzenden Haar gerade. Sie musterte ihn mit kühlem Blick und Schmollmund; Kathryn warf sie einen spöttischen

Seitenblick zu. Offenbar gefiel es ihr, mit diesem rauhbeinigen, dunkelhäutigen Iren zu flirten.

»Gnädigste, ich warte«, sagte Colum.

»Ich wollte nur sagen«, gurrte sie hastig, »daß wir Blindekuh gespielt oder alte Geschichten erzählt oder gewürfelt haben. Wer lesen kann, hat gelesen; Bücher, Master Murtagh, falls Ihr wißt, was das ist?«

»Oder vielleicht geschrieben?« unterbrach Kathryn sie. »Mit Federn, wenn Ihr wißt, was ich meine?«

Mit einem Ruck lehnte sich Lady Margaret zurück und sah ihren Gemahl herausfordernd an.

»Wir hatten Langeweile«, erklärte Lord Alan. »Wir beteten, der Schneesturm möge aufhören, damit wir die Reise fortsetzen konnten.«

»Was geschah an dem Abend, als Erpingham starb?« fragte Colum.

Der alte Ritter klopfte mit dem Schwert auf den Boden und blickte finster in die Runde. »Das kann ich Euch sagen. Wir haben alle hier zu Abend gegessen: Rehkeule, in sämiger Soße gekocht, und im Sud geröstetes Gemüse. Dann hat der Wirt ein kleines Faß von seinem besten Rotwein aufgemacht.« Er gestikulierte mit beiden Armen. »Wir haben einen Festschmaus veranstaltet.«

»Und wann ist Sir Reginald gegangen?«

»Irgendwann zwischen der siebten und achten Stunde«, sagte Vavasour. »Er sagte, er sei müde. Er hat seinen Weinbecher genommen und ist in sein Zimmer hinauf.«

»Wo waren die anderen zu diesem Zeitpunkt?« fragte Kathryn.

»Oh, wir sind noch hier unten geblieben. Master Smithler war unser Gastgeber. Seine gute Frau hat die Köche und Knechte in der Küche beaufsichtigt.«

»Und keiner ging zu Sir Reginald hinauf?«

»Nein«, ertönte es im Chor.

»Nun denn.« Kathryn erhob sich. Das Feuer strahlte inzwischen große Hitze aus, und Colum fielen beinahe die Augen zu. »Sir Reginald hat also seinen Kelch genommen.« Kathryn nahm den Kelch, den sie aus Erpinghams Zimmer mitgebracht hatte. »Es war dieser hier. Er geht in sein Zimmer und verschließt und verriegelt die Tür. Er trinkt den Wein. Am nächsten Morgen wird er tot aufgefunden, vergiftet, und die Steuern, die er eingetrieben hat, sind verschwunden.« Kathryn rollte den Kelch zwischen den Handflächen. »Das läßt eine ganze Reihe von Schlüssen zu. Helft uns also.« Sie tippte Colum zart auf die Schulter, denn sie befürchtete, er würde einschlafen. »Erstens, Sir Reginald könnte bei Tisch vergiftet worden sein.«

»Unmöglich!« erwiderte Standon. »Ich habe neben ihm gesessen. Wir haben dasselbe zu uns genommen.«

Kathryn seufzte. »Was ist mit dem Wein?«

»Wegen des unfreundlichen Wetters und weil meine Gäste so gut bezahlt haben«, erwiderte Smithler, »habe ich ein Fäßchen Wein aufgemacht, den besten aus der Gascogne. Jeder hat mindestens einen Kelch getrunken.

»Und Erpingham?« fragte Kathryn.

»Na ja, er sagte, er sei müde; er hat seinen mit raufgenommen.«

»Hätte der vergiftet werden können, bevor der Steuereintreiber aufstand?« fragte Colum und reckte sich.

»Das bezweifle ich«, sagte Vavasour.

»Warum, Master Schreiber?« fragte Kathryn.

Der kleine Mann rümpfte die Nase und kratzte sich gedankenverloren. »Also, der Wirt hat uns allen einen Kelch voll gegeben. Ich mag Rotwein nicht besonders: Sir Reginald hat mir einen Probierschluck aus seinem Kelch angeboten.«

»War er denn so freundlich?« fragte Kathryn.

»Oh nein.« Vavasour schüttelte den Kopf. »Er trank auch von meinem Wein. Was ich sagen will, ist, daß Erpinghams Kelch, meiner und der von Master Standon durcheinander gerieten.« Er schlug sich vor die Brust, die Augen weit aufgerissen. »Der Herr sei mein Zeuge«, sagte er. »Ich habe Sir Reginalds Wein nicht vergiftet, aber meines Wissens auch kein anderer«, seine Stimme wurde noch piepsiger. »Ein Mörder hätte unmöglich wissen können, welchen Kelch er vergiften sollte, weil die Gäste sich nach der üppigen Mahlzeit reckten und streckten und ihre Kelche hin und her schoben.«

»Also.« Kathryn ging auf die Treppe zu, Erpinghams Kelch noch immer in der Hand. »Sir Reginald hat Euch eine Gute Nacht gewünscht?«

Vavasour nickte.

»Und er ist nach oben gegangen?«

Erneut zustimmendes Nicken. Kathryn wandte sich lächelnd an den alten Ritter.

»Sir Gervase, vielleicht könnt Ihr und Master Luberon mich begleiten?«

Kathryn und Luberon folgten dem alten Ritter die steile Treppe zum ersten Stock hinauf. Vor dem Zimmer, das Sir Gervase bewohnte, blieben sie stehen.

»Bitte«, sagte Kathryn freundlich, »zeigt mir doch, wie die Türen ächzen und stöhnen.«

Nur zu gern tat Sir Gervase ihr den Gefallen. Er zog den Schlüssel aus seiner Geldtasche, schloß auf und drückte leicht gegen die Tür.

»Das ist nicht sonderlich laut«, murmelte Kathryn.

Sir Gervase grinste schelmisch. »Aha, aber hört Euch das an.«

Er drückte die Tür weiter auf, und Kathryn zuckte zusammen bei dem durchdringenden Quietschen der Lederscharniere. Der alte Ritter schloß die Tür wieder und derselbe Lärm entstand. Kathryn ließ die Schultern sinken. »Du lieber Himmel! Ich gebe Euch recht, Sir Gervase. Diese Geräusche würden sogar Tote aufwecken!«

Sie gingen wieder hinunter zu dem Iren.

»Habt Ihr das gehört, Colum?«

Er kratzte sich den Kopf und grinste. »Wie der Schrei einer Todesfee.«

Kathryn trat wieder zu den anderen, die ihr gespannt entgegensahen, und stellte den Kelch auf den Sims über dem Kamin.

»Wir haben also eine Gruppe von Leuten, die sich im Wirtshaus ›Zum Weidenmann‹ aufhalten. Zwei Abende zuvor hatte der Steuereintreiber, Sir Reginald Erpingham, einen Alptraum, der ihn derart erschreckte, daß er Sir Gervase im angrenzenden Zimmer aufweckte. Gestern abend nahmen alle Gäste an einem festlichen Abendessen teil, das Mistress Blanche vorzüglich zubereitet hatte. Danach öffnete der Wirt ein Fäßchen Rotwein.« Kathryn hielt kurz inne. »Den übereinstimmenden Aussagen zufolge hat Sir Reginald seinen Kelch genommen und ist in sein Zimmer gegangen. Nun ...«

Kathryn fuhr sich über die Lippen. »Als Ärztin könnte ich einen heiligen Eid darauf schwören, daß Erpingham absichtlich und hinterhältig mit einer Dosis Tollkirsche vergiftet wurde. Wir haben aber festgestellt, daß Sir Reginalds Essen nicht vergiftet war, ebensowenig wie sein Wein – es sei denn, unter uns wären zwei oder drei notorische Lügner. Ergo, wie die Gelehrten sich ausdrücken würden«, sagte sie und schenkte Luberon ein Lächeln, »muß jemand noch spät in der Nacht Sir Reginald besucht und ihn vergiftet haben. Er oder sie hat anschließend das Gift spurlos beseitigt und außerdem das Geld aus den Satteltaschen durch Steine ersetzt. Trotzdem wissen wir«, sagte Kathryn mit einer ratlosen Geste, »daß niemand durch das Fenster herein- oder herausgeklettert ist. Es gibt keinen Geheimgang, und Erpinghams Tür war von innen verschlossen und verriegelt.«

»Das kann ich bestätigen«, sagte Standon. »Als ich die Tür aufbrach, steckte der Schlüssel noch im Schloß, die Riegel waren vorgeschoben, und im Zimmer gab es keine Spuren von Gewalt.« Er schaute bestätigungsheischend zu Vavasour hinüber.

Sir Gervase, der offenkundig Kathryns Ratlosigkeit genoß, ergriff das Wort. »Niemand hat in der vergangenen Nacht das Zimmer betreten. Ich lag in meinem Zimmer bis lange nach Mitternacht wach, und ich habe draußen kein Geräusch gehört. Auch Erpinghams Tür hat nicht gequietscht.« Der alte Mann zwirbelte seinen Schnurrbart. »Ich habe überhaupt nichts gehört. Es herrschte Grabesstille.« Er lachte bitter. »Jetzt verstehe ich auch, warum.«

»Seid Ihr dessen sicher?« fragte Colum.

»So sicher wie das Amen in der Kirche«, trompetete der alte Ritter.

»Auch das kann ich bezeugen«, sagte Standon. »Zugegeben, ich war unten an der Treppe, aber ich habe weder Unruhe noch Krach gehört.«

»Das kann nicht sein.« Colum stand auf, er war grau vor Erschöpfung. »Wie kann ein Mann in einem verschlossenen, verriegelten Zimmer vergiftet und seines Geldes beraubt werden, ohne daß es eine Spur gewaltsamen Eindringens gibt oder einen Hinweis darauf, wie der Mörder wieder entkam?«

Kathryn starrte in die verschlossenen Mienen der Anwesenden; sie hoffte, wenigstens eine Andeutung von Schuldgefühl zu entdecken. Die Blicke aller waren jedoch eher erwartungsvoll auf sie gerichtet, als wäre dies eine Art Spiel oder Scharade.

»Mistress Swinbrooke«, sagte Luberon, der gern helfen wollte. »Könnte das Gift auf andere Weise verabreicht worden sein? Durch eine schmutzige Serviette oder ein Bettlaken?«

Kathryn schüttelte den Kopf. »Nein, ich habe das Zimmer sorgfältig untersucht.«

Sie drehte den anderen den Rücken zu und schaute in die Flammen, um ihre Ratlosigkeit zu verbergen. Sie warf Colum, der ähnlich mutlos schien, einen kurzen Blick zu, und Mitleid erfaßte sie. Die Angelegenheit auf sich beruhen zu lassen, das Ganze zum Rätsel zu erklären und wieder in die Ottemelle Lane zurückzukehren, war verlockend. Doch nach Weihnachten würden Untersuchungsbeamte des Königs kommen, oder, noch schlimmer, die königlichen Richter. Sie würden wissen wollen, was Colum unternommen hatte und warum die königlichen Steuern so einfach gestohlen werden konnten.

»Kann es sein«, fragte sich Luberon, »daß das Gift in Nahrungsmitteln oder Getränken war, die sich bereits vorher in Sir Reginalds Zimmer befanden?«

»Das glaube ich nicht«, sagte Vavasour. »Erstens fanden

wir, als wir heute morgen den Raum betraten, keine Spur von Essen oder Trinken außer dem Kelch, der ja nicht vergiftet war.«

»Woher wissen wir denn«, fragte Vater Ealdred, »ob Sir Reginald nicht schon vor dem Abendessen etwas gegessen hat?«

»Wie lange hat das Festmahl gedauert?« fragte Kathryn.

»Ungefähr eineinhalb Stunden«, erwiderte Vater Ealdred.

»Tollkirsche wirkt schnell«, erklärte Kathryn. »Das dauert nicht länger als zwanzig Minuten.«

»Und ich war bei Sir Reginald.« Vavasour sprang auf. Er hatte einen knöchrigen Zeigefinger hoch erhoben, als könnte er sich plötzlich an etwas erinnern. »Ich war vor dem Essen in seinem Zimmer. Wir haben die Steuergelder überprüft, und die Satteltaschen waren voll. Ich habe nicht gesehen, daß Sir Reginald etwas gegessen oder getrunken hätte.«

»Und alle haben an dem Mahl teilgenommen?« fragte Colum.

»Aber ja«, erwiderte Sir Gervase. »Keiner hat den Raum verlassen außer dem Wirt und seiner Frau, die hin und wieder aufstanden, um die Knechte und Diener in der Küche zu beaufsichtigen.«

Kathryn warf dem Wirt einen Blick zu. »Master Smithler, wir haben Eure Zeit und die Eurer Gäste lange genug in Anspruch genommen. Trotzdem müssen Master Murtagh und ich alle noch einzeln befragen. Können wir uns dort hinsetzen?« Sie deutete auf den Fensterplatz, wo vorher die Gäste gesessen hatten.

Smithler zuckte die Achseln. »Wenn's denn sein muß, und wenn's eine Sache der Krone ist, muß es wohl sein.«

Kathryn lächelte in die Runde. »Es tut mir leid, über Eure Zeit verfügen zu müssen, aber das Wetter ist so unfreundlich, daß ohnehin niemand reisen kann.«

»Das wird auch nicht geschehen«, sagte Colum nachdrücklich. »Ab heute darf kein Gast dieses Wirtshauses Canterbury verlassen, es sei denn, er will eine Strafe riskieren.« Er hob eine Hand, um den Tumult zu beschwichtigen. »Ihr seid ab sofort Gäste des Königs, ob Ihr wollt oder nicht. Die üblichen

Forderungen können an die Staatskasse gerichtet werden: ehrlich ausgegebenes Geld wird ehrlich zurückerstattet.« Er warf einen Blick aus dem Fenster. »Was kein großer Verlust ist, wie die werte Ärztin gesagt hat; das Wetter ist unfreundlich, und die Wege sind vereist.« Er tippte warnend auf seinen Schwertgriff. »Auf keinen Fall darf irgend jemand abreisen.«

Colum wirkte mit seiner dunklen, unheimlichen Stimme derart bedrohlich, daß niemand zu protestieren wagte. Blanche Smithler füllte die Kelche mit Wein. Kathryn und Colum setzten sich in die Fensternische. Sie waren froh, der brüllenden Hitze der Feuerstelle entronnen zu sein.

»Colum, Ihr seht müde aus«, murmelte Kathryn.

»Ich glaube, ich könnte durchschlafen bis zum Jüngsten Tag«, seufzte der Ire und nippte an dem dampfenden Kelch. »Das Ganze ist ein Rätsel, das sich der Teufel persönlich ausgedacht hat.«

Kathryn schaute zu den Gästen hinüber, die die Köpfe zusammengesteckt hatten und leise miteinander redeten.

»Einer von ihnen ist ein Mörder«, flüsterte sie. »Einer, zwei, oder vielleicht auch alle.« Sie schloß die Augen und dachte an die graue, von roten Flecken übersäte Leiche, die in jenem schrecklichen Zimmer steif unter den Laken lag. »Wenn ich nur nicht so müde wäre ...« begann sie.

»Dann würdet Ihr ...?« neckte Colum sie.

»Ich weiß nicht.« Kathryn seufzte. »Mir ist unbehaglich, Ire.« Sie strich ihr Kleid glatt. »Es läßt sich nur schwer fassen. Wie das Spiel, bei dem man etwas Schlüpfriges aus dem Wasser holen will. Man hat die Augen verbunden und plantscht wie wild im Wasser herum, bekommt es aber nicht zu packen.«

Kathryn schaute durch die Butzenscheiben auf den Schneeteppich, der den Weg vor dem Wirtshaustor und die angrenzenden Felder bedeckte.

»Es gibt eine Verbindung«, fuhr Kathryn fort und hielt das Gesicht vom Schankraum abgewandt. »Eine Art Verschwörung unter den Gästen. Findet Ihr es nicht seltsam, Colum, wie gut alle diesen Erpingham zu kennen scheinen? Und doch läßt keiner ein gutes Haar an ihm, obwohl er hinterrücks ermordet wurde.«

Colum berührte sacht ihr Knie. »Kathryn, meint Ihr nicht, wir sollten Luberon herüberbitten? Er macht ein Gesicht wie drei Tage Regenwetter.«

Kathryn wandte sich um und winkte den kleinen Schreiber lächelnd zu sich. Luberon saß abseits von den Gästen und bedachte beide mit einem vorwurfsvollen Blick. Die Art und Weise, wie er nun rasch und erfreut auf sie zuwatschelte, erinnerte Kathryn an einen jungen Hund, den sie einmal besessen hatte. Er zog einen Stuhl heran und setzte sich neben Kathryn, die über ihm in der Fensternische thronte.

»Was ist Eure Meinung, klügster aller Schreiber?« neckte ihn Kathryn.

»Man hat Euch heute morgen ins Wirtshaus gerufen«, sagte Colum. »Habt Ihr das Zimmer gesehen?«

»Jawohl«, erwiderte Luberon. »Standon stand davor Wache. Mistress Swinbrooke, eins kann ich Euch versichern: ich habe den Raum sehr sorgfältig untersucht. Als ich mit Euch zurückkehrte, war alles unverändert.«

»Gut«, erwiderte Kathryn. »Auch ich weiß, daß der Weinrest schon geraume Zeit in Erpinghams Kelch stand: eine Staubschicht hatte sich gebildet.«

»Was ist mit dem Gespenst?« fragte Colum.

»Ein Fantasiegebilde«, erwiderte Kathryn. »Sir Reginald war kein Engel, aber auch in der Seele eines Menschen, der ein Herz aus Stein hat, lauern Gespenster. Vielleicht war es ein Schuldgefühl oder ein Alptraum aus seiner Vergangenheit. Master Luberon«, sie warf dem Schreiber einen Blick zu, »alle Gäste scheinen Erpingham zu kennen und zu hassen.«

»Nun ja, er war schließlich Steuereintreiber«, überlegte Luberon. »Zeigt mir einen Steuereintreiber, der beliebt ist, Mistress Swinbrooke, und ich werde das gestohlene Geld aus eigener Tasche ersetzen. Vergeßt nicht, sie sind alle in Kent geboren und Erpingham ebenfalls. Sie dürften ihn gut kennen.«

»Nun denn, wir wollen anfangen«, sagte Colum.

»Moment noch!« warnte Kathryn. »Sind wir sicher, was das Zimmer angeht? Simon hat doch gerade gesagt, daß alle Gäste aus Kent stammen und regelmäßig hierher kommen.« Sie fuhr zusammen, als plötzlich unter den Bodendielen der Fensternische eine Ratte hervorschoß, über die Binsen huschte und in der dunklen Ecke neben der Feuerstelle verschwand.

»Ich habe die Absicht, jeden Stein umzudrehen«, sagte Colum. »Ich werde das Zimmer von oben bis unten absuchen. Wenn es einen Geheimgang gibt, werde ich ihn finden.«

»Das Gespenst?« unterbrach Luberon ihn. »War es vielleicht ein von Menschenhand gefertigtes? Ein Versuch, Erpingham zu Tode zu erschrecken?«

»Im Augenblick«, antwortete Kathryn, »wollen wir uns mit den Lebenden beschäftigen.« Sie hob die Stimme. »Sir Gervase, würdet Ihr uns bitte Gesellschaft leisten?«

Der alte Ritter, sein lächerliches Schwert in einer abgewetzten Scheide vor sich her tragend, marschierte entschlossen herüber und bedeutete Smithler mit einem Fingerschnippen, er möge einen Stuhl bringen. Der Wirt tat wie geheißen, stellte den Hocker geräuschvoll hin und stapfte davon. Der alte Ritter, das Schwert am Kreuzgriff wie einen Amtsstab haltend, ließ sich vorsichtig nieder.

»Sir Gervase«, begann Kathryn und trat Colum sacht auf den Fuß, um ihn wachzuhalten. »Warum haltet Ihr Euch hier im ›Weidenmann‹ auf? Euch gehören Ländereien ...?«

»Bei Islip«, schnarrte Sir Gervase. »Ein mit einem Wassergraben umgebenes Herrenhaus, Scheunen, Gutshöfe, Felder und Weideland.«

»Warum also seid Ihr nach Canterbury gekommen.« fragte Kathryn.

»Um vor den Gebeinen des Heiligen Märtyrers zu beten!« trompetete Sir Gervase. Er beugte sich vor und senkte die Stimme. »Ich gehöre zu denen, wißt Ihr.«

»Zu wem?« fragte Colum.

»Zu den Mördern«, flüsterte Sir Gervase verschwörerisch.

»Von Erpingham?«

»Seid doch nicht albern, Mann!« Sir Gervase klopfte mit

dem Schwert auf den Boden. »Ich bin Nachkomme eines jener Ritter, die Becket ermordet haben. Meine Mutter war eine de Broc, wißt Ihr, Beckets ärgste Feinde. Deshalb gehe ich jedes Jahr um die Weihnachtszeit, die Zeit, in der der Heilige Thomas ermordet wurde, auf meine kleine Pilgerreise. Ich wohne im ›Weidenmann‹; Smithler kann mich nicht ausstehen, und ich ihn genauso wenig, aber es ist ein gutes Wirtshaus. Die Betten sind sauber, die Flöhe verbannt, und die Ratten wissen, wo sie hingehören. Nicht wie in Frankreich. Herr, Mistress, ich kann Euch da Sachen erzählen ...«

»Ja, schon gut«, unterbrach Kathryn taktvoll. »Und Ihr kanntet Sir Reginald?«

Die freundliche Miene des alten Ritters verhärtete sich, er verzog den Mund und knurrte: »Ihn gekannt? Ja, und ob! Und wißt Ihr was, Mistress? Ich bin froh, froh, daß der gottlose Bastard tot ist!«

Vier

Von der Gehässigkeit in der Stimme des alten Mannes überrascht, fragte Colum: »Soll das heißen, Ihr habt Erpingham den Tod gewünscht?«

»Dreht mir nicht das Wort im Mund herum, Ire«, knurrte Sir Gervase und pochte heftig mit dem Schwert auf den Boden. »Ich sage nur: ich bin froh, daß er bekommen hat, was er verdient, sowohl in diesem als auch im nächsten Leben.«

»Warum?« fragte Colum.

»Er war hart wie Granit und eiskalt. Er fürchtete weder Tod noch Teufel. Außerdem war er ein Dieb.«

»Könnt Ihr das beweisen?« fragte Kathryn.

Sir Gervase wandte den Blick ab. »Was so geredet wird.«

Kathryn berührte sanft die Hand des alten Mannes.

»Ihr seid weise und klug, Sir Gervase«, schmeichelte sie ihm. »Ihr wißt noch mehr, oder?«

Der Alte lächelte, denn Kathryns Anteilnahme empfand er als Kompliment.

»Der Mann war ein Wüstling. Der Herr erbarme sich der armen Witwen, die ihre Abgabe oder Steuer nicht zahlen konnten. In dem Fall pflegte Erpingham sie sich in Naturalien zu holen. Er ergötzte sich daran, hübsche, wehrlose Frauen zu quälen und zu erpressen.«

»Hat er dann die Steuer für sie bezahlt?« wollte Kathryn wissen.

»Ich habe noch keinen verarmten Steuereintreiber erlebt«, erwiderte Sir Gervase.

»Warum habt Ihr ihm das nicht öffentlich vorgeworfen?« fragte sie.

»Erpingham war Rechtsgelehrter, hat bei der Advokateninnung gelernt. Kennt Ihr die Geschichte, Mistress Swinbrooke?«

Kathryn schüttelte den Kopf.

»Einmal hat der Teufel gesehen, wie ein Rechtsgelehrter vor einem Stall eine Schlange erschlug; der Teufel grinste, denn es erinnerte ihn daran, wie Kain seinen Bruder Abel erschlug.«

»Habt Ihr etwas gegen Rechtsgelehrte?« fragte Colum.

»Und ob, ich mag keine Rechtsgelehrten, und Erpingham habe ich gehaßt. Hätte ich Beweise gehabt, dann hätte ich mich beim Anwalt der Krone in Westminster beschwert.«

»Ja, aber trotzdem habt Ihr ihn getröstet, als er seinen Alptraum hatte?«

»Oh, ich habe ihm einen Kelch Rotwein gegeben«, erwiderte Percy. Er beugte sich vor und fügte haßerfüllt hinzu: »Aber ihn leiden zu sehen, habe ich genossen.«

»Und sein Tod?« hakte Colum nach.

Sir Gervase hielt sein Schwert in die Höhe. »Ich schwöre es, bei allem, was mir heilig ist: ich habe ihm zwar den Tod gewünscht, aber sein Blut klebt nicht an meinen Händen!«

Kathryn nahm eine Bewegung im Schankraum wahr: aus den Augenwinkeln sah sie, daß Vavasour die Treppe hinaufschlich und wußte plötzlich, was fehlte.

»Master Vavasour«, rief sie. »Geht bitte nicht nach oben!«

Der kleine Schreiber ließ die Schultern hängen und schlurfte mit niedergeschlagener Miene zurück. Colum war der warnende Unterton in Kathryns Worten nicht entgangen. Er stand auf und trat zu den Gästen.

»Keiner verläßt den Raum!« befahl er und warf einen Blick über die Schulter. »Master Luberon, seid so gut und bewacht das Zimmer.«

Colum ging wieder zur Fensternische.

»Braucht Ihr mich noch?« fragte der alte Ritter und lächelte Kathryn um Entschuldigung heischend an. »Mistress Swinbrooke, verzeiht meine schlechten Manieren, meinen Mangel an Nächstenliebe und meine Herzlosigkeit, aber ich konnte den Anblick dieses Steuereintreibers einfach nicht ertragen!«

»Hattet Ihr geschäftlich mit ihm zu tun?« fragte Kathryn.

Sir Gervase hob ruckartig den Kopf. »Du lieber Himmel, nein, wo denkt Ihr hin! Mit Leuten wie Erpingham hatten meine Gutsverwalter und Aufseher zu tun, aber sie hielten mich über den Dorfklatsch auf dem laufenden.«

»Und in der Nacht, als Erpingham starb?«

»Mistress, ich habe Euch alles gesagt, was ich weiß. Keiner kam auch nur in die Nähe von Erpinghams Zimmer.«

Kathryn bedankte sich bei ihm und bat Vavasour und Standon zu sich; der alte Ritter kehrte offenbar erleichtert zu den anderen zurück. Der Schreiber übernahm Luberons Stuhl. Standon setzte sich neben ihn.

»Wohin wolltet Ihr denn vorhin, Master Vavasour?« fragte Kathryn, die Liebenswürdigkeit in Person.

Der kleine Mann beschäftigte sich intensiv mit einem Fleck auf seiner abgetragenen Hose.

»Mistress Swinbrooke hat Euch etwas gefragt«, insistierte Colum.

»Ich habe Euch gefragt«, fuhr Kathryn fort und sah, wie Vavasour sich vor Verlegenheit wand, »weil etwas fehlt, nicht wahr?« Sie beugte sich vor. Vavasour schaute hoch, leckte sich die schmalen Lippen und versuchte, seine Panik zu unterdrücken. Anfangs hatte ihm der dunkelhäutige Ire mit dem verschleierten Blick und dem wuscheligen Haarschopf Angst gemacht. Vavasour hatte lange genug unter Soldaten gelebt und wußte, wann er einen Berufsmörder vor sich hatte. Noch mehr Furcht flößte ihm jedoch die Ärztin ein. Die klaren grauen Augen, die weiche Haut und das freundliche Gesicht konnten nicht darüber hinwegtäuschen, daß sie über einen messerscharfen Verstand verfügte.

»Ich weiß, warum Ihr hinaufgehen wolltet«, sagte Kathryn. »Und ich werde es Euch sagen, Master Vavasour. Da ist Sir Reginald Erpingham Ritter der Grafschaft, Rechtsgelehrter, Steuereintreiber –, ein Mann von Wohlstand und Einfluß. Aber abgesehen von der Kleidung, die er am Leibe trug, und den Satteltaschen, die das Silber des Königs enthielten, hatte er bestimmt noch mehr bei sich. Gewiß war er auf seinen Reisen mehr Komfort und Luxus gewöhnt, oder? Wo ist die Parfümdose, die er sich vor die Nase zu halten pflegte, wenn er mit einem schwitzenden Aufseher oder schmutzstarrenden Gutsverwalter zu verhandeln hatte? Wo ist die Kleidung zum Wechseln, wo sind seine Stiefel, seine private Barschaft und die Dokumente? Wir haben nur die Sachen gesehen, die Erpingham an dem Abend trug, als er starb!« Sie drückte Colums Handgelenk. »Master Murtagh, seid doch so gut und holt die Sachen des Toten aus seinem Zimmer, vor allem den Gürtel und die Geldtasche.«

Colum ging. Kathryn schaute, leise vor sich hin summend, aus dem Fenster. Zum ersten Mal, seit sie dieses bedrückende Wirtshaus betreten hatte, spürte sie einen Anflug von Zufriedenheit: dieselbe innige Freude, die sie empfand, wenn sie einen Patienten behandelte und die Ursache für eine rätselhafte Erkrankung entdeckte. Mit polternden Schritten kam Colum die Treppe herunter; über der einen Schulter trug er die Satteltaschen, über der anderen Erpinghams Kleider.

»Master Luberon schickt Euch seine Empfehlungen«, sagte er lächelnd zu Kathryn, »und bittet Euch, es kurz zu machen. Ich habe ihn gebeten, nach einer versteckten Tür oder einem Geheimgang zu suchen.«

Colum breitete die Kleidungsstücke vor Kathryn aus. Sie hob das feine Leinenhemd hoch, das mit Wollstoff gefütterte Lederwams, ein Paar gepolsterte Reithandschuhe und eine Hose aus dickem Wollstoff. Tief unten in einem hohen Reitstiefel fand Kathryn Sir Reginalds Gürtel und Geldtasche. Aus dem zweiten Stiefel zog sie ein Waliser Messer in einer reich verzierten Scheide. Kathryn untersuchte das Gürtelfutter, öffnete die Schnalle der Geldtasche und holte ein paar Münzen und drei große, mit einem Zwirnsfaden zusammengehaltene Schlüssel hervor. Diese hielt sie hoch.

»So, so«, murmelte sie. »Wollt Ihr mir bitte sagen, Master Vavasour, warum die so wichtig sind, daß Ihr Euch ins Zimmer Eures verstorbenen Herrn schleichen wolltet, um sie zu holen?«

Vavasour zitterte jetzt vor Angst; selbst das schüttere Haar schien sich zu sträuben. Er öffnete den Mund, schloß ihn wieder, schluckte und blinzelte so heftig, daß Kathryn in jeder anderen Situation laut aufgelacht hätte.

»Davon weiß ich nichts«, grummelte Standon und scharrte mit den Stiefeln.

»Nein, aber Master Vavasour«, erklärte Kathryn. »Um Himmels willen, Mann, seid doch nicht so ängstlich! Ihr wolltet diese Schlüssel an Euch nehmen. Warum? Oder soll ich es Euch sagen? Ich vermute, Sir Reginald hat hier in Canterbury ein Haus gemietet. Wenn er in die Stadt kam, wohnte er manchmal dort, oder? Hatte dort Kleidung zum Wechseln, ein paar Wertgegenstände und weiß der Himmel was noch? Habe ich reicht, Master Vavasour?«

Vavasour nickte.

»Daraus ergibt sich eine andere Frage«, fuhr Kathryn fort. »Oder vielmehr zwei. Erstens, wenn Sir Reginald ein Haus in Canterbury besaß, warum übernachtete er dann hier? Zweitens, was wolltet Ihr, Master Vavasour, mit den Schlüsseln anfangen?«

»Was Ihr sagt, stimmt«, murmelte Standon. »Wir sind am Montag in Canterbury angekommen. Ich bekam den Befehl, mit meiner Eskorte hierzubleiben; Sir Reginald und Vavasour verschwanden für kurze Zeit und kamen dann zurück.« Er schnippte mit den Fingern. »Stimmt, Erpinghams eigene Satteltasche fehlt.«

»So, so«, sagte Colum und lächelte Vavasour an. »Was haben wir denn da? Waren die Satteltaschen des Königs schon mit Steinen statt Steuergeldern gefüllt, noch ehe Sir Reginald im ›Weidenmann‹ abstieg?« Er beugte sich vor und klopfte dem kleinen Mann auf die Schulter. »Was wird hier gespielt?«

»Master Murtagh«, sagte Standon und hob beschwichtigend beide Hände. Kathryn schaute Vavasour mitleidig an. Er sah inzwischen aus, als würde er im nächsten Augenblick vor Schreck tot umfallen.

»Master Murtagh«, wiederholte Standon, »ich kann Euch zwar nicht sagen, was Sir Reginald oder Vavasour gemacht haben nach unserer Ankunft, aber die Satteltaschen mit den Steuergeldern blieben in meiner Obhut.«

»Woher wollt Ihr wissen, daß das Geld darin war?«

»Ich bat Sir Reginald, sie zu öffnen, ehe er fortging«, erwiderte Standon. Der Sergeant mit den harten Gesichtszügen räusperte sich. »Ich bin nicht dumm, Ire. Ich will mein Leben nicht auf dem Schafott beenden, weil ich verdächtigt werde, die königlichen Steuern geraubt zu haben.«

»Master Vavasour«, hakte Kathryn nach. »Bis jetzt habt Ihr noch kein Verbrechen begangen. Wenn Ihr die Wahrheit sagt, habt Ihr nichts zu befürchten.«

Der Schreiber schaute sie unverwandt an und seiner Furcht zum Trotz sah Kathryn in den Augen des kleinen Mannes auch eine Spur Berechnung. Du bist nicht so ängstlich, wie du tust, schloß sie daraus; du bist einer von denen, die nach außen hin zittern, darunter aber durchaus kühl sind.

»Sir Reginald besitzt in der Tat ein Haus«, erklärte Vavasour. »Ein kleines, gut gesichertes und kostbar eingerichtetes Wohnhaus in der St. Alphage's Lane.«

»Wozu benutzte er es?« fragte Kathryn.

»Wie Ihr schon sagtet, Mistress, hat Sir Reginald Wirtshäusern und Wirten nie so recht getraut. Manchmal wohnte er in seinem Haus oder benutzte es, um wertvolle Dinge aufzubewahren.«

»Warum ist er also hierher gekommen?« fragte Colum.

Vavasour zuckte nervös die knochigen Achseln. »Das habe ich ihn auch gefragt. Erpingham behauptete, das Essen schmecke ihm, und er genieße die Gastfreundschaft und die Gesellschaft.«

Du lügst, dachte Kathryn. »Hört zu.« Sie streckte sich, um die Verkrampfungen im Rücken zu lockern. »Wir haben über Euren verstorbenen Herrn, möge er in Frieden ruhen, wenig Gutes vernommen.«

»Sir Reginald war sehr genau«, erwiderte Vavasour. »Er war erfahren und spürte rücksichtslos alles auf, was dem König zustand. Daraus kann man ihm keinen Vorwurf machen. Er hatte Feinde, aber ...«

»Aber nur wenige Freunde«, beendete Kathryn den Satz.

»Er freundete sich mit niemandem an«, warf Standon ein. »Er war kalt und hart, wenn es darum ging, die Forderungen der Krone zu vertreten.«

»Und in der Nacht, als er starb?« hakte Kathryn nach. »Stimmt das, was Ihr uns erzählt habt?«

»Erpingham hat mit uns gegessen und getrunken«, sagte der Sergeant. »Dann hat er sich zur Ruhe begeben. Ich sah sonst niemanden in sein Zimmer hinaufgehen. Ich stehe nicht in Master Vavasours Schuld, aber ich kann bezeugen, daß er die Wahrheit gesagt hat: die Weinkelche wurden vertauscht, und nichts Unrechtes geschah mit ihnen.«

»Sagt mir«, unterbrach Colum, »hat Euer Herr regelmäßig unter Alpträumen gelitten?«

»Er schlief wie ein Kind«, erwiderte Vavasour.

»Und was hat in jener Nacht seinen Schlaf gestört?« fragte Kathryn.

»Wenn ich das wüßte, Mistress, würde ich es Euch ebenso erzählen wie alles andere.«

Kathryn dankte ihnen und entließ sie. Als nächstes waren die de Murvilles an der Reihe. Sie setzten sich und hielten sich bei den Händen. Lord Alan war eine angenehme Erscheinung: das frische Gesicht Kathryn zugewandt, schaute er sie aufrichtig an, während er mit leiser Stimme und einem Anflug von Selbstironie sprach. Lady Margaret war höflich, wenn auch ziemlich verwöhnt; sie hatte das hübsche Gesicht in Falten gelegt und schien gelangweilt und gleichgültig gegenüber den Geschehnissen.

»Müssen wir wirklich hierbleiben?« nörgelte sie.

»Ja, das müßt Ihr wohl«, äffte Colum sie nach. Er beugte sich vor und fügte, noch ehe Lord Alan seine Worte als Beleidigung auffassen konnte, hinzu: »Glaubt mir, einen Beamten des Königs zu töten ist eine Sache. Einen königlichen Steuereintreiber zu ermorden und obendrein die Gelder der Krone zu rauben, ist eine andere. Meine Auftraggeber in London würden ohne zu zögern alle Beteiligten ergreifen und in den Tower sperren, bis eine zufriedenstellende Losung gefunden ist.«

»Warum seid Ihr hier?« fragte Kathryn ohne Umschweife.

»Wir sind auf der Rückreise von Dover«, antwortete Lord Alan. »Der Vater meiner Gemahlin ist Kommandant der dortigen Festung. Wir haben uns einer kleinen Pilgergruppe angeschlossen und sind wegen des schlechten Wetters nach Canterbury abgebogen.«

»Habt Ihr zuvor schon einmal hier gewohnt?«

»Auf unseren Reisen nach Dover, ja.«

»Kanntet Ihr Sir Reginald?«

»Er war Steuereintreiber in dieser Grafschaft«, sagte Lord Alan.

»Bedauerlicherweise fielen wir in seine Zuständigkeiten.«

»Hattet Ihr geschäftlich mit ihm zu tun?«

»Nach Möglichkeit nicht!« fauchte Lady Margaret. »Er mag ein Ritter gewesen sein, aber er hatte schlechte Manieren. Er wußte nicht, wie man eine Dame behandelt.«

»Habt Ihr das am eigenen Leib erfahren?« fragte Kathryn.

Lady Margaret errötete und wandte den Blick ab.

»Wir kannten ihn kaum«, erklärte Lord Alan. »Als wir ihm hier begegneten, hielten wir uns von ihm fern. Meine Gemahlin und ich haben ihm kein einziges Mal Beachtung geschenkt.« Er lächelte müde. »Das hat allerdings nichts genützt. Erpingham genoß es offensichtlich, Unbehagen zu verbreiten.«

»Und was wißt Ihr von seinem Tod?«

Der junge Mann fuhr mit dem Finger den Hemdkragen entlang. »Bei Tisch hielten wir großen Abstand. Gestern abend ging er zu Bett. Kurz darauf zogen auch wir uns zurück. Bis Standon heute morgen in aller Frühe an unsere Tür klopfte, haben wir nichts gehört.«

Nachdem die de Murvilles aufgestanden waren und um Erlaubnis gebeten hatten, sich in ihr Zimmer zurückziehen zu dürfen, kam Tobias mit seiner Frau in die Fensternische. Mistress Smithler hatte ein freundliches Lächeln aufgesetzt; ihr Mann indes schaute mißmutig wie immer.

»Erhalte ich eine Entschädigung für das alles hier?« knurrte er.

»Alle Forderungen sind an die Staatskasse oder ans Rathaus zu richten«, wiederholte Colum.

»Mochtet Ihr Sir Reginald?« fragte Kathryn.

»Ja, ich mochte ihn«, erwiderte Tobias trotzig. »Er kam oft hierher. Er war ein guter Gast, aß üppig, bestellte viele Mahlzeiten und verlangte nach den besten Ställen für seine Pferde. Natürlich mochte ich ihn, verdammt nochmal!« Er schüttelte die warnende Hand seiner Frau ab. »Erpingham hat immer seine Rechnungen bezahlt, außer der jetzigen, und wer zahlt die, he?«

»Warum war er hier?« forschte Kathryn.

»Wir habe ihn gut versorgt.«

»Aus keinem anderen Grund?«

»Wenn es einen gab«, entgegnete Tobias, »dann hat er ihn uns nicht genannt.«

»Wußtet Ihr etwas über ihn?«

»Er war Steuereintreiber«, sagte Blanche Smithler. »Er war nicht sehr beliebt, aber sein Geldbeutel war prall gefüllt. Wir hatten mit ihm eigentlich nichts zu tun: unsere Abgaben werden von den Stadtbütteln eingetrieben.«

»Hat er sich mit irgend jemand länger unterhalten?« fragte Colum. »Außer mit Vavasour oder Standon?«

»Er hatte ein ausgiebiges Gespräch mit Vater Ealdred.«

»Wann war das?«

»Gestern nachmittag.«

»Über etwas Bestimmtes?« fragte Kathryn.

»Sie saßen in einer Ecke, wo niemand sie hören konnte.«

»Und Ihr habt nie mit ihm gesprochen?« fragte Colum.

»Nur wenig«, sagte Smithler. »Wir mochten sein Geld.«

»Und als er seinen Alptraum hatte?«

»Er hat uns aufgeschreckt«, bemerkte Blanche. »Aber Sir Gervase schien alles unter Kontrolle zu haben, also haben wir es dabei belassen.«

»Und beim Abendessen, bevor er starb?«

»Wir haben unseren Gästen bei Tisch Gesellschaft geleistet«, erwiderte der Wirt. »Wir sind gute Gastgeber. Meine Gemahlin war in der Küche beschäftigt und ist hin und her gerannt; die Köche und Knechte müssen genau überwacht werden, sonst sind die Soßen verdorben, und das Fleisch ist schlecht gebraten. Ach«, der Wirt räusperte sich, »bevor

Ihr fragt: Sir Reginald hat immer dasselbe Zimmer verlangt. Der Himmel mag wissen, warum! Ich sage Euch eins, Master Murtagh, meine Frau und ich wissen nichts über seinen Tod. Uns geht es nur um Gewinn und sonst nichts.«

Sie erhoben sich; Tobias ging davon. Seine Frau folgte ihm, wandte sich um und lächelte Kathryn über die Schulter hinweg an, als bäte sie um Vergebung für die schlechten Manieren ihres Gemahls.

»Wenn ich mich recht an meinen Chaucer erinnere«, murmelte Colum, »dann würde Master Tobias Smithler einen wunderbaren Arzt abgeben.«

Kathryn tippte ihm sanft auf das Handgelenk. »Vorsicht, Ire, Ihr habt noch etwas gutzumachen.« Sie lächelte. »Ihr seht abgespannt aus.«

»Tja.« Colum reckte sich. »Wir reden noch mit dem Priester, und dann gehen wir ... Oder, wie Chaucers Knappe sagt, ›Es ist genug, daß ein jeglicher Tag seine eigene Plage habe‹.«

»Tut mir leid, Colum, aber wir müssen noch zu Blunts Haus.«

»Hat das nicht Zeit?«

»Das bezweifle ich. Master Luberon hat sehr gedrängt.«

Colum wollte schon protestieren, da trat Vater Ealdred zu ihnen und nahm Platz. Kathryn betrachtete den Priester eingehend: ein glattes Gesicht, sauber geschnittene Tonsur, freundliche Augen, aber auf der Hut.

»›Die letzten werden die ersten sein, und die ersten werden die letzten sein‹«, zitierte der Priester aus den Psalmen.

»Tut mir leid, wenn wir Euch warten ließen«, sagte Kathryn, die den stillen Vorwurf durchaus mitbekommen hatte. »Aber in dieser Angelegenheit ist es besser, jeden einzeln zu befragen.«

Der Priester vollführte mit der Hand eine Geste, als erteile er Kathryns Beleidigung die Absolution.

»Warum seid Ihr in Canterbury? Und warum wohnt Ihr im ›Weidenmann‹?« fragte Colum ohne Überleitung.

»Ich bin Gemeindepfarrer von St. Swithin in Meopham«, begann Ealdred. »Das ist eine geschäftige, blühende Gemeinde. Ich wollte den Schrein besuchen und für meine Pfarrei etwas einkaufen: Pergament, Tinte, neue Federn sowie Vorräte für Weihnachten.«

»Kommt Ihr oft nach Canterbury?«

»Einmal im Vierteljahr: ich komme erst wieder in der Passionswoche hierher und dann zur Mittsommernachtszeit.«

»Wann wart Ihr das letzte Mal hier?«

»Kurz vor Michaeli.«

»Und Ihr wohnt immer im ›Weidenmann‹?« fragte Colum. »Ihr habt doch gewiß Freunde unter den Priestern in Canterbury, die Euch gern aufnehmen würden.«

Ealdred lachte nervös. »Ich ziehe es vor, hier zu wohnen.«

»Ihr wirkt bedrückt, Vater«, bemerkte Kathryn. »Habt Ihr Sir Reginald gekannt?«

»Er hat in meiner Gemeinde Steuern eingetrieben.«

»Aber habt Ihr ihn gut gekannt? Schließlich haben ein paar Gäste behauptet, Ihr hättet Euch angeregt mit ihm unterhalten.«

Ealdred schaute verärgert über die Schulter.

»Vater.« Kathryn zog ihn sanft am Ärmel. »Wir können hier nicht bis zum Sankt Nimmerleinstag sitzen und plaudern: Erpinghams Tod ist eine dringliche Angelegenheit.«

Der Priester hustete.

»Ich habe versucht, ihm die Beichte abzunehmen«, flüsterte er. »Sir Reginald war ein durch und durch böser Mensch, Mistress Swinbrooke. Er hatte ein unangenehmes Auftreten und war wahrlich keine Augenweide. Er fürchtete weder Himmel noch Hölle.«

»Und dennoch kanntet Ihr ihn kaum?« fragte Kathryn.

»Mistress, die Wahrheit ist: Erpingham war ein harter Mann. Die anderen haben es Euch gewiß erzählt: keine Witwe war vor ihm sicher. Er war der geborene Wüstling. In meinem Beichtstuhl habe ich die Geschichten meiner Gemeindemitglieder gehört. Als ich ihn hier traf, habe ich ihn gebeten, sich zu ändern. Ich habe ihn vor dem Jüngsten Gericht und vor dem Fegefeuer gewarnt.«

»Und was hat Erpingham geantwortet?«

»Er hat nur gelacht.«

»Ging er in die Kirche?« fragte Kathryn.

»Wenn, dann ist es mir nicht bekannt. Als Steuereintreiber hielt er sich oft tagelang in meiner Gemeinde auf, aber nicht ein einziges Mal hat Sir Reginald die Tür des Gotteshauses verdunkelt.« Ealdred senkte die Stimme zum Flüsterton. »Ich glaube, er war ein Hexenmeister.«

»Ein Hexer?« fragte Colum.

»Hexer, Zauberer, Magier. In meinem Dorf lebt eine Frau; sie kam zu mir, um eine schreckliche Sünde zu beichten. Sir Reginald hatte sie mißbraucht und in seiner Leidenschaft erklärt, daß er weder Christus noch seine Kirche fürchte und nur den dunklen Mächten der Lüfte vertraue.«

»Glaubt Ihr das?« fragte Kathryn. »Warum sollte ein Steuereintreiber einer Frau, die er vergewaltigte, so etwas sagen?«

»Isolda ist eine junge Witwe«, erwiderte Ealdred vorsichtig. »Erpingham kam zu ihr und sagte, er wolle die für sie festgelegte Steuer vergessen, wenn sie ihm zu Willen wäre. Sie hat zwei Kinder; ihr Mann ist im letzten Krieg umgekommen, und deshalb war sie einverstanden. Am darauffolgenden Abend schickte sie die Kinder zu Nachbarn, und Erpingham kam wieder.« Der Priester hielt inne und schob die Hände in die weiten Ärmel seines Gewandes. »Den Rest könnt Ihr Euch denken«, murmelte er. »An eins aber erinnert sich Isolda genau: in ihrem Schlafzimmer hängt ein Kruzifix. Erpingham bestand darauf, daß sie es zur Wand drehte, dann verstreute er ein helles Pulver und murmelte eine Zauberformel. Isolda fragte ihn nach dem Grund, und Erpingham sagte es ihr.«

»Waren Vavasour oder Standon in irgendeiner Weise daran beteiligt?« fragte Colum.

Der Priester schüttelte den Kopf. »Standon ist so, wie er aussieht: ein Soldat mit hartem Gesicht, der seine Pflicht erfüllt. Vavasour ...« Der Priester verstummte und verzog das Gesicht. »Er ist Erpinghams Schatten. Ein kleines Wiesel. Man soll weder über Lebende noch über Tote urteilen, aber Erpingham und Vavasour haben sich fabelhaft ergänzt. Ich glaube,

Sir Reginald hat seinem Schreiber gegenüber mit seinen Eroberungen geprahlt.«

»Habt Ihr mit Sir Reginald über Isolda gesprochen?« fragte Kathryn.

»Nein, ich habe mich allgemein geäußert. Sir Reginald war ein rachsüchtiger Mann, und die arme Frau hätte leiden müssen.« Der Priester strahlte zufrieden. »Nun werde ich ihr gute Kunde bringen. Der Herr möge mir verzeihen, aber ich bin froh, daß Erpingham tot ist!«

»Glaubt Ihr an Gespenster, Vater?« wechselte Kathryn das Thema.

»Ich glaube an das, was Apostel Paulus gesagt hat, Mistress Swinbrooke: der Teufel geht um wie ein brüllender Löwe und sucht, was er verschlingen kann. Ihr meint Erpinghams Alptraum? Ich sage, es war ein Fingerzeig Gottes.«

»Und Ihr wißt nichts über seinen Tod?«

»Nein, Mistress, nichts.« Ealdred schob seinen Stuhl zurück. »Kann ich nun gehen? Ich muß die Messe abhalten.«

Kathryn fragte sich, welcher Art die Beziehung zwischen dem Priester und Isolda wohl war, sagte aber nichts. Ealdred stand auf und wandte sich zum Gehen, setzte sich jedoch plötzlich wieder.

»Mistress Swinbrooke, gewiß versteht Ihr, was ich gesagt habe? Gerade Ihr.«

»Warum sagt Ihr das, Vater?«

»Ich habe von Euch gehört, Mistress. Ihr habt einen guten Ruf in der Stadt. Vater Cuthbert im Hospiz für die Armen Priester lobt Euch in den höchsten Tönen.«

Kathryn errötete bei dem Kompliment.

»Ihr seid Witwe, nicht wahr? Ihr könnt doch gewiß mit der armen Isolda fühlen? Euer Gemahl«, beeilte sich der Priester fortzufahren, »Alexander Wyville, ging doch mit den Lancastertreuen fort, um bei Barnet zu kämpfen?«

Kathryn schaute an dem Priester vorbei und beobachtete die Katze, die sich in der Kaminecke sorgfältig putzte. Alexander Wyville, dachte sie, der Frauenschänder, der Trunkenbold. Sie blickte den Priester wieder an.

»Ich bin eigentlich keine Witwe. Vater Cuthbert hat Euch gewiß erzählt, daß ich nicht weiß, ob mein Gemahl noch lebt oder nicht.«

»Verzeiht«, sagte Ealdred.

»Warum, Vater? Mir tut es nicht leid.«

Ealdred sah Wut in Kathryns Augen aufblitzen und entfernte sich rasch.

»Ihr habt ein loses Mundwerk, Mistress Swinbrooke«, murmelte Colum. »Der arme Kerl wollte nur Euer Mitgefühl.«

»Ire«, erwiderte Kathryn, »er hat mein Mitgefühl, aber mein Gemahl Alexander Wyville hat es nicht.«

»Ihr werdet gewiß bald schon etwas über seinen Verbleib erfahren.«

Kathryn erhob sich und schaute aus dem Fenster.

»Colum, ich kann nur wiederholen, was ich Euch schon hundertmal gesagt habe: ich habe Alexander Wyville geheiratet, und dann stellte sich heraus, daß er ein trunksüchtiger Schläger war, der mich verließ, um sein Glück im Lager der Lancastertreuen zu suchen. Wenn er tot ist, möge der Herr ihm gnädig sein. Aber wenn er lebt und zurückkehrt, werde ich das Kirchengericht anrufen und um eine Annullierung meiner Ehe ersuchen.«

Colum seufzte; jedesmal, wenn der Name Wyville fiel, geriet Kathryn außer sich.

»Na schön.« Er stand auf. »Fürs erste sind wir hier fertig.«

Sie riefen nach Luberon, und als der Schreiber, froh, dem einsamen, düsteren Raum entkommen zu sein, die Treppe herunterkam, holte Colum die Gäste zusammen.

»Ihr dürft diesen Ort nicht verlassen, bevor die Angelegenheit nicht abgeschlossen ist.«

»Und die Leiche?« fragte Smithler.

»Laßt sie in Laken einhüllen und einsargen und in eine Kirche in der Stadt bringen«, erwiderte Colum.

»In die Heiligkreuzkirche«, schaltete Luberon sich ein. »Leichen dieser Art werden stets dort begraben. Wenn späterhin jemand Anspruch darauf erhebt, kann er das tun.«

Colum und Kathryn wickelten sich fest in ihre Umhänge

und folgten Luberon hinaus auf den Hof, während Tobias Smithler lautstark die Tür hinter ihnen zuschlug.

»Ein hübsches Dilemma«, murmelte Luberon und blickte zum Himmel empor: die Wolkendecke riß auf, und die Sonne schickte ihr mattes Licht zur Erde. »Doch wir sollten dankbar sein: immerhin hat es aufgehört zu schneien.«

»Es fängt an zu tauen«, bemerkte Colum fröhlich. »Ich habe es Euch gesagt, Kathryn, gegen Abend steht Canterbury unter Wasser.«

Kathryn blickte zu dem Fenster hinauf, hinter dem Erpinghams Leiche lag.

»Ja, ja«, erwiderte sie, »aber werden wir dann auch klüger sein, was die Ereignisse betrifft? Was meint Ihr, Ire?«

»›Was ist ein Heller wert, der in zwölf Teile geteilt wird?‹« erwiderte Colum, Chaucer zitierend.

»Oh Gott«, stöhnte Kathryn, »kommt mir jetzt nicht mit Euren abgedroschenen Weisheiten!«

Colum deutete auf das Wirtshaus. »Ein Mann wurde ermordet«, fuhr er leise fort. »Er geht mit einem Kelch Wein in sein Zimmer. Tür und Fensterläden sind fest verschlossen. Keiner besucht ihn, und auch er verläßt das Zimmer nicht mehr. Trotzdem ist er am nächsten Morgen ermordet, und das Silber der Krone ist verschwunden.«

»Wo es wohl sein mag?« ließ sich Luberon vernehmen. »Ich meine, die Steuern?«

Colum gestikulierte hilflos. »Hier kann man jede Münze des Königreiches verstecken.« Mit einer Kopfbewegung deutete er auf das Wirtshaus. »Entweder einer lügt oder alle.«

»Was mir verdächtig vorkommt«, erklärte Kathryn, »ist ihr abgrundtiefer Haß gegenüber Erpingham; es ist doch kein Zufall, daß alle in diesem Wirtshaus waren, als er starb.«

»Wir wollen es für eine Weile ruhen lassen«, schlug Colum vor. »Mistress Kathryn, ich friere, habe Hunger und brauche ein paar Stunden Schlaf.«

»Wir müssen noch zu Blunts Haus«, erklärte Luberon in scharfem Ton.

Colum stöhnte; er war zu Tode erschöpft. Im fahlen Licht

des frühen Mittags sah er grau aus, und unter seinen Augen lagen dunkle Schatten. Auch Kathryn verspürte wenig Neigung, schon wieder Befragungen anstellen und sich der erschreckenden Erfahrung makabrer Morde widmen zu müssen.

»Master Luberon«, beharrte sie. »Ihr müßt uns entschuldigen. Geht zu Erpinghams Haus in der St. Alphage's Lane. Sorgt dafür, daß die Türen versiegelt werden, bis wir es gemeinsam besichtigen können.«

»Und Blunt?« fragte Luberon hartnäckig. »Ich muß einen Bericht für die Ratsversammlung verfassen.«

Kathryn ergriff seine rundliche Hand und drückte sie herzhaft.

»Simon, Simon, die meisten Mitglieder der Ratsversammlung haben sich in ihre Häuser verkrochen und sitzen eingemummt vor prasselndem Feuer. Blunt wurde festgenommen, die Angelegenheit hat noch Zeit.« Sie lächelte. »Am Ende erkrankt uns der Königliche Sonderbeauftragte in Canterbury noch an Fieber, von seiner Ärztin ganz zu schweigen.«

Luberon nickte widerstrebend und begleitete sie mißmutig zurück zur Castle Row und nach Westgate hinauf. Dort verabschiedete er sich und stapfte in Richtung High Street davon. Leise brummte er vor sich hin, was es heiße, öffentliche Ämter zu bekleiden und seine Aufgaben pflichtgemäß zu erledigen.

Kathryn blickte ihm nach. Sehnsüchtig schaute sie die Hill Lane hinunter, Häuser und Läden waren noch immer fest verschlossen. Auf der Straße spielten ein paar Kinder, ihre Schreie hallten durch die kalte Luft.

»Und nun?« fragte Colum. »Ein warmes Feuer und gutes Essen?«

»Colum, kommt noch ein Stück mit mir.«

Der Ire stampfte trotzig auf den schmutzigen Schnee.

»Kathryn, entweder gehe ich nach Hause und schlafe, oder ich lege mich hier auf der Stelle nieder, bis eine arme gute Frau Erbarmen mit mir hat.«

Wehmütig schaute Kathryn auf den Turm von St. Mildred.

»Ich würde gern hineingehen«, sagte sie und deutete auf die Kirche. »Dort liegt mein Vater in der Gruft vor der Marienkapelle begraben.«

»Kathryn, das könnt Ihr auch ein andermal tun.«

»Nein, nein.« Sie schüttelte den Kopf. »Ich war vor zwei Tagen dort und habe Richard Blunt und seinen Sohn bei der Arbeit gesehen. Sie malten atemberaubende, farbenfrohe Szenen auf die Wände des Heiligtums. Die möchte ich mir noch einmal ansehen. Ich will wissen, wieso ein Mann, der solche Schönheit zu malen vermag, ein Gotteshaus verlassen, durch die Straßen von Canterbury laufen und kaltblütig seine Frau und zwei junge Männer umbringen kann.«

Colum biß sich auf die Lippe. Er kannte Kathryns Stimmungen: sie war stur und eigensinnig. Sie würde immer tun, was sie sich in den Kopf gesetzt hatte, und doch spürte er, wie ihm vor Kälte die Beine zitterten. Er ergriff ihre Hand, schob ihren Arm unter den seinen und schlug den Weg zur Ottemelle Lane ein.

»Hört zu«, sagte er, »füllt meinen Magen mit Thomasinas Köstlichkeiten. Laßt mich ein paar Stunden schlafen, und ich gehe mit Euch bis nach Byzanz!«

»Wer könnte ein solches Angebot ablehnen«, lächelte Kathryn.

Fünf

Vater Ealdred ging in sein Zimmer im ›Weidenmann‹. Er nahm ein kleines Fläschchen, in dem er Öl für die Sterbesakramente aufbewahrte, und ging zu dem Raum, in dem der Tote lag.

»Was habt Ihr vor, Vater?« fragte Standon, der am Türrahmen lehnte.

Ealdred warf einen Blick ins unheimliche Dunkel des Zimmers.

»Es ist so finster hier«, flüsterte er. »Sagt, Standon, glaubt Ihr, daß es in einem Haus oder einem Raum spuken kann?«

Standon zuckte gleichgültig die Achseln.

»Ich werde Sir Reginald Erpingham segnen«, erklärte Ealdred. »Er mag zwar ohne letzte Ölung gestorben sein, aber vielleicht schwebt seine Seele noch irgendwo zwischen Himmel und Erde und wartet auf ihr Urteil.«

»Wenn Ihr mich fragt«, grummelte Standon, »ist der Bastard schon längst in der Hölle und brutzelt über dem Feuer!«

Ealdred überhörte seine Worte und betrat den Raum. Er zog die Bettvorhänge zurück, schaute auf das Laken, unter dem Erpinghams Leiche lag und dachte an die Worte seines Bischofs: »Wir wissen nicht, was die Seele nach dem Tode macht. Wenn Herz und Blutkreislauf in den Adern zum Stillstand kommen, heißt das noch lange nicht, daß die Seele bereits zu ihrem Schöpfer zurückgekehrt ist.«

Ealdred zog das Laken zurück und kniete neben dem Bett nieder. Schuldbewußt dachte er an seine eigenen kleinen Geheimnisse. Er hatte dem Iren und Mistress Swinbrooke nicht die volle Wahrheit gesagt, und doch war er bereit, diesem bösen Menschen hier die Absolution zu erteilen. Ealdred schluckte heftig und flüsterte die Worte des Rituals: »Ich, Ealdred, Priester der Gemeinde von St. Swithin, erlöse dich dank der unendlichen Gnade, die uns Jesus Christus durch seinen Tod gewährte, in der Stunde deines Todes und im Angesicht ewiger Verdammnis von deinen Sünden.«

Erpinghams bleiches, scharf geschnittenes Gesicht war zur Zimmerdecke gerichtet. Ealdred stand auf, öffnete das Fläschchen, das er bei sich hatte, und salbte, seinen Ekel unterdrückend, das graue Fleisch des Steuereintreibers: Augenbrauen, Mund, Ohren, Brust, Füße und Hände. Der Priester versuchte, die roten Flecken zu übersehen, die jetzt scharlachrot wurden.

»Zuviel!« flüsterte Ealdred. »Viel zuviel!«

»Was habt Ihr da gesagt, Vater?«

Der Priester wirbelte herum. Vavasour war auf leisen Sohlen ans Bett getreten. Mit seinen zusammengekniffenen Augen und den vorstehenden, gelben Schneidezähnen glich der kleine Schreiber eher einer hungrigen Ratte als einem verängstigten Kaninchen.

»Ich habe gerade die Sterbegebete gesprochen.«

Vavasour tippte dem Toten an den Knöchel. »Das wird ihm viel nützen«, sagte der Schreiber verächtlich. »Der alte Erpingham ist den Weg allen Fleisches gegangen. Und was für ein böser Bub das war, stimmt's, Standon?«

»Seid Ihr froh, daß er tot ist?« fragte Ealdred.

»Froh? Ich bin entzückt, obwohl es schade ist, daß dieser hochnäsige Ire und sein Flittchen mit dem Adlerblick die Schlüssel an sich genommen haben.«

»Hatte er denn so viel zu verbergen?« fragte Ealdred.

Vavasour ging um das Bett herum und kam so dicht, daß Ealdred seinen schlechten Atem riechen konnte.

»Nun kommt schon, Vater«, flüsterte er, »wir haben doch alle unsere kleinen Geheimnisse, oder etwa nicht? Ihr habt ihnen doch bestimmt die Geschichte von Isolda aufgetischt: auch ich könnte so einiges erzählen.« Vavasour setzte ein höhnisches Lächeln auf. »Ich könnte ihnen etwas über Euch erzählen. Warum Ihr und die anderen hier im ›Weidenmann‹ seid. Wer weiß?« Das Lächeln verschwand und machte einer verächtlichen Grimasse Platz. »Vielleicht könnte ich ihnen sogar sagen, wer den alten Erpingham umgebracht hat!«

»Was soll das heißen?« fragte Ealdred.

Vavasour betrachtete seine schmutzigen Fingernägel. »Sir Reginald hat mir beschrieben, wie laut Isolda geschrien hat, laut, sehr laut.«

Ealdred packte den Mann beim Wams.

»Nehmt Eure Hände weg, Vater!«

Der Priester stieß ihn von sich.

»Es ist noch nicht vorbei«, höhnte Vavasour.

»Was ist noch nicht vorbei?« Sir Gervase Percy, der Geräusche gehört hatte, stand jetzt im Türrahmen hinter ihnen. Vavasour setzte ein Unschuldslächeln auf.

»Oh, nichts ist vorbei, oder? Und mir könnt Ihr nichts vormachen, Sir Gervase. Ihr stampft hier herum wie ein altes Streitroß und klopft mit dem Schwert auf den Boden. Aber Ihr habt meinen Herrn gehaßt.«

»Stimmt, alle haben ihn gehaßt«, mischte Standon sich ein.

Vavasour trat unbeeindruckt auf den Sergeanten zu.

»Ja, auch Ihr, Standon. Habt Ihr dem Iren gesagt, wie Erpingham Steuern von Eurer Mutter einzutreiben pflegte?«

Der Soldat trat einen Schritt vor und stieß gegen die nicht eingehängte Tür. Vavasour wich rasch zurück und hob mahnend den Zeigefinger.

»Nicht doch, keine Gewalt. Wenn ich zu plaudern anfange, ist keiner von Euch sicher.« Mit großen Schritten verließ er den Raum und zwängte sich zwischen Standon und Percy hindurch. »Bedenkt stets«, rief er ihnen zu, »das Spiel ist noch nicht aus, denn zwischen Lipp' und Kelches Rand schwebt der dunklen Mächte Hand!«

Kathryn lag und schaute unverwandt zum reich bestickten Baldachin ihres Himmelbettes empor. Sie war mit Colum nach Hause gekommen, wo Thomasina die Dinge in die Hand genommen hatte. Das Haus war sauber und blitzte wie nagelneu. In der Küche duftete es nach gebratenem Huhn, und in dem kleinen Ofen neben der Feuerstelle wurde eine cremige Soße aus gemahlenen Mandeln, Gewürznelken, Pfefferkörnern, Ingwer, Zucker, Essig und Eigelb warmgehalten.

Alle freuten sich, als sie Colum sahen. Aufgeregt auf und ab hüpfend, rief Wuf:

»Er ist wieder da! Er ist wieder da! Er ist wieder da!«

Agnes starrte den großen Iren, der die Wildnis von Kent bezähmt hatte, aus runden Augen an. Selbst Thomasina, das Gesicht von der Hitze des Feuers rot und verschwitzt, murmelte etwas von einem falschen Penny, der immer wieder aufkreuzte. Colum griff sie um die Taille, kitzelte sie und ließ nicht eher los, bis Thomasina lachend erklärte, auch sie sei froh, daß der Ire zurückgekehrt sei. Colum wollte nichts trinken: er verkündete, er sei erschöpft, und wenn Kathryn ihn nicht die Treppe hinaufgeschoben hätte, wäre er im Stehen in der Küche eingeschlafen. Auch Kathryn hatte sich hingelegt. Nun stützte sie sich auf einen Ellbogen und schaute zur Stundenkerze hinüber. Es war gegen vier Uhr nachmittags, und die Patienten, die Thomasina am Vormittag fortgeschickt hatte, dürften bald wiederkommen. Sie seufzte und schwang ihre Beine über die Bettkante, zog ein Paar weiche Schnürstiefel an und wusch sich Gesicht und Hände in einer Schüssel Rosenwasser. Sie trocknete sich sorgfältig mit einem weichen Wolltuch ab, steckte das Haar hoch und ging in die Küche hinunter.

Wuf kam sofort auf sie zu und hielt ein geschnitztes Stück Holz hoch.

»Habe ich selbst gemacht!« rief er. »Colum hat mir das Holz mitgebracht, und Thomasina hat mir die Werkzeuge gegeben!«

Gedankenverloren nickte Kathryn, dann betrachtete sie die Schnitzarbeit und sah, was das Findelkind gemacht hatte. Sie nahm es vorsichtig in die Hand und setzte sich auf die unterste Treppenstufe.

»Hast du das allein gemacht, Wuf?«

Der kleine Junge strahlte vor Freude, sein blasses Gesicht leuchtete von der Kinnspitze bis hinauf zum unordentlichen, blonden Haarschopf.

»Ja, natürlich! Als ich im Lager war, haben die Soldaten es mir beigebracht.«

Voller Bewunderung betrachtete Kathryn die Jagdszene, die der Kleine geschnitzt hatte: ein Mann auf dem Pferd, halb im Sattel umgewandt, blies in ein Horn; vor ihm hetzte ein Windhund auf ein Gebüsch zu, in dem sich ein keck dreinschauender Fuchs verbarg. Kathryn schaute auf.

»Wie alt bist du, Wuf?«

»Jetzt bin ich fast sechs Monate hier«, überging Wuf ihre Frage. »Bin ich bald dein Sohn?«

Kathryn drückte ihn an sich und gab ihm einen Kuß auf die schmutzige Wange. »Du bist, was du sein willst, Wuf: mein Sohn, mein Bruder, mein Freund.«

»Kann ich dein Mann sein?« Schnell hielt sich Wuf eine Hand vor den Mund. »Oh, tut mir leid«, hauchte er. »Du hast schon zwei, oder?«

Kathryn warf den Kopf in den Nacken und lachte.

»Ich habe einen Mann, Wuf. Das habe ich dir doch schon einmal erklärt, und was ich dir nicht erklärt habe, hast du gewiß mitbekommen, weil du an der Küchentür gelauscht hast. Alexander Wyville ist in den Krieg gezogen und nicht wieder zurückgekehrt.«

»Ja, er ist ein gemeiner Bastard!«

»Wuf!«

»Na ja, das hat jedenfalls Thomasina dem Iren gesagt. Wenn Wyville zurückkommt, bringt der Ire ihn dann um?«

»Dich werde ich umbringen!« ertönte eine Stimme vom Treppenabsatz. Colum stand dort und rieb sich die verschlafenen Augen.

»Nein, das machst du nicht!« schrie Wuf und hüpfte. »Thomasina läßt dich nicht. Thomasina paßt schon auf.«

»Seht, was Wuf gemacht hat.« Kathryn versuchte, vom Thema abzulenken.

Colum kam die Treppe herunter und war verblüfft. »Es ist eine Miserikordie!« sagte er überrascht. »Wißt Ihr, so eine Schnitzerei am Chorgestühl.« Er schob sich zwischen Kathryn und der Wand hindurch und setzte sich auf die Treppe. »Wie alt bis du, Wuf?« wiederholte er Kathryns Frage.

»Oh, das wollte ich gerade sagen«, erwiderte Wuf. »Einer von den Soldaten, bei denen ich war, hat geschätzt, daß ich gerade meinen elften Sommer hinter mir hätte. Er war Zimmermann. Er hat mir gezeigt, wie man so was macht. Er sagte, man müßte ein ...«

»... ein gutes Auge haben?« fragte Kathryn.

»Genau. Jedenfalls«, fuhr Wuf atemlos fort, »will ich es dir schenken, Kathryn. Gefällt es dir?«

Noch ehe sie sich bedanken konnte, war Wuf davongetänzelt und hatte Agnes im Vorbeigehen noch zugerufen, ob sie auch ein Geschenk wolle. Kathryn stand auf und strich ihr Kleid glatt.

»Ist Euch der Essensduft in die Nase gestiegen, Ire?«

»Wenn ich nicht bald etwas zu essen bekomme«, murmelte er, »werde ich Thomasina verspeisen!«

»Ein ganz schöner Brocken«, sagte Kathryn. »Aber zuerst muß ich mich um meine Patienten kümmern.«

Colum machte sich auf den Weg zur Küche, um einen Happen zu erbetteln, und Kathryn ging in den großen Raum an der Vorderfront des Hauses, den sie, so Gott wollte, schon bald in einen Laden verwandeln würde. Staunend schaute sie sich um. Colum hatte gute Arbeit geleistet: Der Ladentisch war aus frischem Holz, die Regale und kleinen Wandschränke exakt gearbeitet und sauber poliert. Sie hatte bei der Gewürzgilde um eine Lizenz nachgesucht, und sobald die Straßen wieder passierbar waren, würde die Lieferung, die sie in London bestellt hatte, ankommen. Kathryn flatterte vor Aufregung der Magen; sie würde nicht nur einheimische Kräuter und Pflanzen verkaufen, sondern auch fremde: Melisse, Ysop, Islandmoos, Zimt, Myrrhe und Aloe.

»Hoffentlich habe ich Erfolg«, flüsterte sie und schaute zum Kerzenrad empor, das an einem Flaschenzug unter den Dachbalken hing. Der Laden wäre eine zusätzliche Einnahmequelle. Vielleicht könnte sie die Gewinne vergrößern: sie würde sich ein eigenes Feld kaufen, einheimische Kräuter anbauen und könnte auf ihren Zwischenhändler verzichten. Kathryn lehnte sich an den Ladentisch und strich über das polierte Holz. Aber was würde dann geschehen? Sie hatte ihre Patienten und war Stadtärztin. Wer sollte den Laden führen? Thomasina etwa? Oder Agnes? Colum? Kathryn lächelte bei der Vorstellung, der Ire würde sich eine Schürze umbinden. Binnen einen Monats hätte er alle vergiftet, dachte sie. Oder soll ich als Ärztin weitermachen?

»Na, träumt Ihr, Kathryn?« Thomasina stand im Türrahmen, die Hände bis zu den Ellenbogen mit Mehl bestäubt.

»Ich habe nur gerade über den Laden nachgedacht.«

Thomasina trat auf sie zu. »Es wird ein großer Erfolg«, sagte die alte Amme. »Daran denkt Ihr auch eigentlich nicht, oder? Ihr denkt an den Iren.«

Kathryn lächelte. »Nun, ja und nein. Ich war in dem Wirtshaus«, sagte Kathryn. »Ein scheußlicher Mord, Thomasina, in einem Alptraum von einem Zimmer. Der Himmel weiß, ob wir den Mörder finden. Und es geht um Geld, um königliche Steuern.«

Thomasina schnalzte nicht gerade damenhaft.

»Aber als ich hier im Laden stand«, fuhr Kathryn fort, »und Wufs Geplapper beim Spielen zuhörte, habe ich mich gefragt, ob ich diese unerquicklichen, finsteren Begegnungen mit Verbrechern eigentlich mag.«

»Und beim armen Blunt seid Ihr auch nicht gewesen?« fragte Thomasina.

»Nein, vielleicht gehen wir nach dem Essen, Thomasina, du könntest mir helfen.«

»Bei Blunt?«

»Nun, du kennst die Geschichte: Blunt kehrte nach Hause zurück, ermordete seine Frau und die beiden jungen Männer, die mit ihr schäkerten. Der eine versuchte, durch ein Fenster zu entkommen, aber Blunt hat ihn mit einem Pfeil getroffen; der Mann fiel auf die Straße, der Witwe Gumple direkt vor die Füße.«

»Ach du lieber Himmel!« stöhnte Thomasina. »Muß die denn unbedingt mit hineingezogen werden?«

»Thomasina, ich möchte nur, daß du sie fragst, was genau vorgefallen ist. Kannst du das für mich erledigen?«

Thomasina nickte. »Und was ist mit dem Iren, Mistress? Bleibt er den Winter über hier?«

Kathryn tippte Thomasina zart auf die Nase. »Jawohl, Thomasina, und so Gott will und wenn es nach mir geht, auch den nächsten Winter. Nun komm. Wenn ich mich nicht irre, sind unsere Patienten gekommen.«

Kathryn eilte aus dem Laden, und Thomasina folgte ihr, leise vor sich hin brummelnd. Aus ihrer Schreibkammer holte Kathryn ihr Herbanium und einen Korb voller Tiegel und ging zurück in die Küche.

Die Krankheiten waren zum Glück nicht schwerwiegend. Zwei, drei Kinder mit rauhem Hals, denen Kathryn eine Tinktur aus Majoran verschrieb. Mollyns der Müller klagte über Magenschmerzen.

»Zu viel Bier«, grummelte Thomasina.

»Halt den Mund!« brüllte der Müller sie an.

Kathryn beruhigte ihn: sie gab Mollyns einen Tee aus wildem Thymian und trug ihm auf, den eine Woche lang dreimal täglich zu trinken – nach dem Abendessen, morgens früh und mittags. Der Müller warf Thomasina einen finsteren Blick zu und stapfte zur Tür. Die anderen Patienten klagten hauptsächlich über Schnittwunden oder Prellungen. Da war Hagar, die Waschfrau, die auf dem Eis ausgerutscht war und sich Handgelenk und Arm verletzt hatte. Sie bedankte sich munter schnatternd für die Zaubernuß und ging. Als letzter kam Rawnose der Bettler an die Reihe, der meist draußen war und jedes Gerücht aufschnappte und weiter verbreitete. Nun hatte er an Zehen und Fingern entzündete Frostbeulen. Kathryn verabreichte ihm getrocknete, zerstoßene Blättchen der Schwarzpappel.

»Die Frostbeulen an den Fingern kann ich ja noch verstehen«, murmelte sie, »aber du hast gute Stiefel, Rawnose, und warme Beinkleider. Hier ist noch ein Paar.« Sie gab ihm eine alte Hose von Colum. »Aber wie hast du dir die Frostbeulen an den Zehen geholt?«

»Ich weiß nicht«, jammerte Rawnose, das arme, entstellte Gesicht noch blau vor Kälte. »Ich gehe ins Wirtshaus und bekomme den besten Platz neben der Feuerstelle, oft in der Herdecke. Dann nichts wie runter mit den Handschuhen, den Stiefeln und den Beinkleidern, und ich röste alles am Feuer.«

Kathryn drückte ihm das Kräuterpräparat in die Hand und rief, Agnes möge einen Becher gewärmten Würzwein bringen. Sie dachte an die Warnungen ihres Vaters vor Frostbeulen, und während Rawnose genüßlich den warmen Wein schlürfte, versuchte sich Kathryn genau zu erinnern.

»Stimmt etwas nicht damit?« fragte Rawnose und deutete mißtrauisch auf das kleine Glas, das Kathryn ihm gegeben hatte.

»Oh nein«, murmelte Kathryn. »Aber die Frostbeulen werden wiederkommen.«

Der Bettler hatte sich bereits in seine Lumpen gehüllt und war fast zur Tür hinaus, als Kathryn plötzlich die Worte des Vaters wieder einfielen.

»Nein, warte noch!« rief sie. »Rawnose, du hast gesagt, du gehst ins Wirtshaus und wärmst dir sofort Hände und Füße am Feuer?«

Der Bettler kratzte sich das Gesicht an der Stelle, an der einst die Nase gesessen hatte.

»Oh ja, Mistress, sie lassen mich immer durch.«

Kathryn drückte ihm eine Münze in die Hand. »Mach das in Zukunft nicht mehr. Wenn deine Hände sehr kalt sind, und du hältst sie ans Feuer, reißt die Haut auf und irgendein Saft im Blut gerinnt.« Sie schüttelte den Kopf. »Ich weiß auch nicht, warum.«

»Aber ich erfriere!« heulte er.

»Nun«, fuhr Kathryn fort, »versuch zuerst auf natürliche Weise wieder warm zu werden. Sorg dafür, daß Finger und Zehen erst ein paar Minuten einigermaßen trocken und warm sind, und die Frostbeulen werden nicht wiederkommen.«

Bewundernd und sprachlos schaute Rawnose die ach so weise Ärztin an.

»Seid Ihr sicher, Mistress?« Er ließ den Blick durch die Küche schweifen, und Kathryn ertappte ihn dabei, daß er sehnsüchtig auf den Tisch schaute.

»Hast du Hunger, Rawnose?«

Der Bettler leckte sich gierig die Lippen.

»Dann bleib doch zum Abendessen bei uns.«

Rawnose brauchte keine zweite Einladung. Er warf die Lumpen von sich und eilte wie ein Windhund zu einem Schemel am Feuer.

»Wasch dir erst mal deine dreckigen Hände!« bellte Thomasina.

Rawnose trottete in die Spülküche, wo Wuf und Agnes ihm halfen, die aufgesprungenen Hände zu baden. Colum kam die Treppe herunter.

»Auf, auf, gute Frau!« knurrte er Thomasina an. »Essen oder gegessen werden!«

Kathryn räumte die Tiegel und Bandagen fort, wusch sich die Hände und setzte sich auf ihren Platz Colum gegenüber. Thomasina und Agnes trugen auf. Kathryn sprach das Dankgebet, das sie recht schnell herunterleierte, weil Rawnoses Augen immer größer wurden beim Anblick von Weißbrot, duftendem Hühnereintopf und einer großen Platte Gemüse, das in einer kräftigen Soße gekocht war.

Thomasina und Agnes füllten die Teller; Rawnose und Colum aßen, als wäre dies ihre letzte Mahlzeit auf Erden. Wuf eiferte ihnen nach. Kathryn klopfte mit dem Hornlöffel auf den Tisch.

»Die Griechen haben gesagt, eine gute Verdauung sei die beste Medizin. Wuf, iß langsam.« Kathryn zwinkerte Colum zu. »Versuche, dem Beispiel der anderen zu folgen.«

Colum legte sein Messer hin. »Wir müssen Blunts Haus anschauen.«

»Der arme Mann«, schaltete Rawnose sich ein, den Mund voll Hühnerfleisch.

»Mund zu beim Essen!« fauchte Thomasina.

Rawnose gehorchte sofort.

»Was sagt denn die Gerüchteküche?« fragte Kathryn.

Rawnose räusperte sich und zuckte die Achseln. »Mai und

Dezember sollten eben nicht heiraten: der alte Blunt war von Alisoun betört. Er hat den Rat seiner Freunde und seiner Haushälterin Emma Darryl in den Wind geschlagen.«

»Aber gleich zwei Männer mit Pfeil und Bogen umbringen«, zwitscherte Agnes.

»Er war ein meisterhafter Bogenschütze«, ging Thomasina dazwischen. »Ich habe Richard Blunt schon gekannt, als er noch ein junger Mann war. Er kam mit seinem geistesschwachen Sohn und der Haushälterin Emma aus der Grafschaft.« Sie warf Kathryn einen kurzen Blick zu. »Euer Vater mochte ihn gut leiden. Richard Blunt war damals eine fröhliche Seele und ein begnadeter Tänzer. Er ist immer mit den Schauspielern um den Maibaum getanzt, leichtfüßig und strahlend.« Sie senkte den Blick. Alle tot, dachte Thomasina, alle, die ihre Jugend begleitet hatten: ihre Ehemänner, ihre kleinen Kinder, ihre Freunde. Ins offene Grab hinabgesenkt, und jetzt auch noch Blunt mit seinem glücklichen Lachen, dieser geschickte Schütze, er würde wegen einer Hure hängen. Thomasina ließ den Kopf hängen. Tränen brannten in ihren Augen, doch dann schaute sie auf und sah, daß Wuf sie traurig betrachtete. Sie rutschte auf der Bank herum.

»Tut mir leid«, murmelte sie. »Manchmal verdrängt die Vergangenheit die Gegenwart. Der Herr stehe Richard Blunt bei! Sagt, Kathryn«, fügte Thomasina hinzu und wechselte rasch das Thema, »was hat es mit der Sache im ›Weidenmann‹ auf sich?«

»Davon habe ich auch läuten gehört«, grinste Rawnose. »Mausetot ist er, der alte Erpingham.«

»Was hältst du von den Smithlers?« fragte Colum.

Rawnose murmelte etwas Unverständliches vor sich hin, wandte sich jedoch wieder seinem Essen zu.

»Wormhair«, sagte Agnes, und ihr war anzusehen, daß es sich um etwas Wichtiges handeln mußte.

»Wormhair, dein Geliebter?« zog Wuf sie auf. »Ich habe ihn vor dem Altar von St. Mildred gesehen. Warum stehen ihm die Haare immer so ab?«

»Sch, Wuf«, sagte Kathryn. »Agnes, was wolltest du sagen?«

»Wormhair sagt, daß es im Wirtshaus spukt.«

»Das habe ich auch gehört«, erklärte Thomasina und wischte sich den Mund mit einer Serviette ab. »Was ist eigentlich dort passiert, Mistress?«

Kathryn, die sich bewußt war, daß auch Rawnose und Wuf die Ohren gespitzt hatten, beschrieb kurz Erpinghams Tod und die rätselhaften Begleitumstände.

»Es sind die Gespenster!« verkündete Rawnose.

Kathryn warf Colum einen Blick zu und verdrehte die Augen himmelwärts. Spätestens morgen, dachte sie, kennt ganz Canterbury die Geschichte.

Es klopfte an der Tür, und Agnes sprang auf, um zu öffnen. Die Aussicht auf einen weiteren Besucher gefiel Kathryn nicht gerade, daher war sie erleichtert, als Luberon durch den Korridor kam, einen kleinen Biberhut auf dem Kopf und die untere Gesichtshälfte fast vollständig hinter dem braunen Umhang versteckt. Er trat in die Küche, stampfte den Matsch von den Füßen und schüttelte Wassertropfen ab.

»Ich dachte, ich komme am besten vorbei«, erklärte er mit Blick auf das Huhn.

Auch er brauchte keine zweite Einladung. Im Handumdrehen hatte er den Umhang abgelegt und sich zwischen Thomasina und Agnes auf die Bank gezwängt. Fröhlich rieb er sich die Hände, als eine Schüssel mit köstlichem Hühnerfleisch vor ihn hingestellt wurde.

»Wir sollten ein Wirtshaus aufmachen«, bemerkte Colum trocken.

Luberon lächelte nur und nickte heftig.

»Ich bin nicht nur wegen Eures Essens hier«, sagte er, nachdem er ein paar Happen gegessen hatte. »Ich bringe auch Informationen mit. Es kann gut sein, daß es im Wirtshaus ›Zum Weidenmann‹ spukt«, fuhr Luberon klangvoll fort. »Im Jahre 1235, zur Zeit des verstorbenen Heinrich II, verliebte sich ein Priester in eine hübsche junge Frau aus der Stadt.« Er warf Kathryn einen verschmitzten Blick zu.

»Um Eurer Frage zuvorzukommen der Priester hieß Erpingham. Louis de Erpingham. Er war Domherr der Kathedrale und hatte einen sehr üblen Ruf. Ein Gericht hat Louis einmal beschuldigt, sich mit Schwarzer Magie und anderen Teufelsriten zu befassen, aber es konnte nie bewiesen werden. Jedenfalls ...«

Luberon genoß es, im Mittelpunkt zu stehen. Vor allem Rawnose war ganz Ohr. Der Bettler konnte sein Glück kaum fassen: zuerst wurde er von Kathryn behandelt, dann bekam er neue Beinkleider und ein herzhaftes Abendessen, und nun wurde er auch noch mit neuestem Klatsch versorgt, der ihn für mindestens eine Woche ernähren würde.

»Jedenfalls«, wiederholte Luberon, »hat sich Louis in diese junge Frau verliebt. Weiß der Himmel, was passiert ist, aber eines schönen Sommertages fand man sie auf dem Friedhof der Heiligkreuzkirche tot auf. Der Verdacht fiel sofort auf den Kanonikus Louis de Erpingham. Er versteckte sich und versuchte, verkleidet aus Canterbury zu fliehen. Nun müßt Ihr wissen, daß das Wirtshaus ›Zum Weidenmann‹ vor mehr als zweihundert Jahren noch weit außerhalb der Stadtmauern stand. Louis de Erpingham hat offenbar dort gewohnt und – ob er einem Anfall von Melancholie erlag oder aus Angst gefangen zu werden, ist nicht ganz klar – sich in demselben Raum aufgehängt, in dem unser Steuereintreiber ermordet wurde.«

»Stammte Sir Reginald aus dieser Familie?« fragte Colum.

»Schon möglich«, erwiderte Luberon. »Vielleicht fühlte er sich wegen der gruseligen Erinnerung an seinen Vorfahr zu dem Zimmer hingezogen. Wie auch immer, Berichte behaupten, daß es in den zweihundert Jahren seit dem Tode Louis Erpinghams hin und wieder, sowohl im Wirtshaus als auch in dem betreffenden Zimmer, gespukt haben soll. Seltsame Erscheinungen, nächtliche Geräusche, ekelhafte Gerüche, unheimliche Schreie; es heißt, das sei der Geist des erhängten Priesters. Der Ort wurde exorziert, aber im Laufe der Jahre blühten die Legenden geradezu.« Luberon nippte an seinem Weinbecher, den Thomasina großzügig gefüllt hatte, während sie fasziniert diesem saftigen Brocken Stadtgeschichte lauschte.

»So, so«, sagte Kathryn und lehnte sich zurück. »Ein Erpingham hat sich also vor über zweihundert Jahren im ›Weidenmann‹ erhängt. Und jetzt wird Sir Reginald im selben Zimmer vergiftet aufgefunden.«

»Meint Ihr, unser verstorbener Steuereintreiber hat von der Geschichte gewußt?« fragte Colum.

»Vielleicht«, sagte Kathryn. »Erpingham war ein finsterer Mann, aber er war auch ein erfahrener Schreiber und Rechtsgelehrter. Mag sein, daß er dieselben Schriften gelesen hat wie Master Luberon.«

»Und das Gespenst?« fragte Colum. »Nein, lacht mich nicht aus, Kathryn. Ich bin zwar Ire und mit Legenden über die Nichttoten, die Todesfeen, großgeworden«, Colum wandte den Blick ab, »aber manchmal sind die Geschichten ...«

»Was für Geschichten?« rief Wuf dazwischen.

»Ich lebte einmal in einem kleinen Dorf«, begann Colum, noch ehe Kathryn ihn bremsen konnte, »da gab es eine böse alte Frau. An einem Abend wie diesem, als draußen alles tief verschneit war, klopfte sie an unsere Haustür.«

»Das ist doch nichts Schlimmes«, sagte Wuf.

»Und ob. Weißt du, ich ging zu meinem Vater und sagte ihm, die alte Hexe sei da, und er bekam schreckliche Angst und wurde ganz bleich. Er rannte zur Tür und öffnete, aber die Alte war verschwunden.«

»Warum hatte er Angst?« fragte Kathryn neugierig.

»Weil die Frau an eben jenem Tag gestorben war«, antwortete Colum mit Grabesstimme. »Ich habe es ihm nicht geglaubt, weil ich sie leibhaftig vor mir gesehen hatte. Aber mein Vater deutete auf den jungfräulichen Schnee; Dämonen und Gespenster hinterlassen natürlich keine Fußstapfen.«

»Unsinn!« trompetete Thomasina.

»Ich weiß nicht«, sagte Colum. »Manchmal passieren solche Sachen eben. Egal, Master Luberon, was habt Ihr sonst noch herausgefunden?«

»Ich war an Sir Reginalds Haus in der St. Alphage's Lane.«

»Und?«

»Alles verschlossen, verriegelt und verrammelt: dort morgen früh einen Besuch zu machen, lohnt sich bestimmt.« Luberon nahm noch einen Schluck Wein. »Über Erpingham habe ich nichts weiter herausbekommen, über Master Blunt hingegen gab das Stadtarchiv sehr viel her. Offensichtlich hat er Lügen aufgetischt.«

»Welche zum Beispiel?« fragte Kathryn.

»Nun, es heißt doch, er sei verwitwet und mit seiner Haushälterin Emma Darryl und dem geistesgestörten Peter, seinem Sohn, aus Warwickshire gekommen.«

»Und?« drängte Kathryn.

»Nun ja, einer der Kerkermeister im Rathaus erzählte Blunt, als der ihn nach Neuigkeiten fragte, den Klatsch über Erpinghams Tod im ›Weidenmann‹. Als Blunt das hörte, begann er wie wahnsinnig zu lachen, hustete und prustete; der Kerkermeister dachte schon, er hätte einen Anfall und wollte wissen, was er denn so komisch fände. Da gestand Blunt überraschenderweise, daß er Master Erpingham gut gekannt hat.« Luberon schloß die Augen, um seine Gedanken zu sammeln; nach dem Weg durch den Schnee und dem herzhaften Mahl, das er gerade zu sich genommen hatte, war er müde und erschöpft. »Ja, so war's. Blunt erklärte, Erpingham habe vor Jahren versucht, ihn einen Kopf kürzer zu machen.«

»Ihn einen Kopf kürzer zu machen?« wiederholte Colum. »Aber das ist doch der Ausdruck für die Ermordung eines Gesetzlosen. Ja, Wuf, ich weiß, was du fragen willst, ein Gesetzloser wird auch Wolfskopf genannt, weil jeder ihn wie einen Wolf töten darf, wenn er ihn sieht.«

»Ich habe darüber nachgedacht«, fuhr Luberon fort. »Deshalb habe ich im Stadtarchiv nachgesehen und herausgefunden, daß Erpingham in jungen Jahren ein Beamter der Krone war, königlicher Jagdpfleger in Kent. Er hatte die besondere Aufgabe, Gesetzlose aufzuspüren und Blunt ganz besonders.«

Kathryn stützte das Kinn in beide Hände und schaute Colum an.

»Glaubt Ihr, daß alle diese Morde miteinander verbunden sind?« fragte sie.

Colum erhob sich und schob den Stuhl zurück. »Wie heißt es doch in Irland: alle Wege, und seien sie noch so verworren, führen schließlich ans Ziel.«

»Wie bitte?« rief Kathryn. »Kein Zitat aus Chaucer?«

»Ich kenne eins«, scherzte Colum zurück. »›Satan, der stets darauf aus ist, den Menschen zu täuschen.‹ Nun, mich hat er gewiß getäuscht. Los jetzt«, drängte er, »Master Luberon, Mistress Kathryn, der Tag ist noch nicht zu Ende. Ihr wollt Blunts Haus einen Besuch abstatten, also laßt uns gehen.«

Kathryn holte ihren Umhang und zog gefütterte Stiefel an. Sie erteilte Thomasina Anweisungen und ermahnte Wuf, sich gut zu betragen. Dann ging sie mit Colum und Luberon hinaus in die dunkle, eiskalte Nacht. Colum, inzwischen ausgeruht und satt, war in Hochform. Er zeigte zum sternenklaren Himmel empor.

»Habe ich es Euch nicht gesagt«, rief er, »das Wetter ändert sich. Seht, Kathryn, morgen früh ist es wärmer und taut.«

»Gott sei Dank!« schnaufte Luberon. »Ein grauenhafter Fund ist gemeldet worden: irgendein armer Landstreicher ist letzte Nacht draußen bei Westgate betrunken oder müde in einen Graben gefallen. Man hat seine Leiche heute morgen entdeckt, aufrecht wie eine Eissäule stand sie da.« Luberon schob sich zwischen Kathryn und Colum. »Ich vermute, in Kingsmead sieht es noch nicht besser aus?«

Colum atmete aus und schaute dem weißen Atem in der eiskalten Nachtluft nach. »Nein, wir haben Vorräte eingelagert, und die Pferde stehen im Stall, aber die Arbeiten am Herrenhaus müssen noch warten.«

Am Ende der Ottemelle Lane bogen sie in die Steward Street. Es war stockdunkel. Nur an den Häusern der Kaufleute hingen Laternen aus Hornblende, und aus den Ritzen der Fensterläden drang ein wenig Licht. Irgendwo heulte ein Hund klagend den Wintermond an, und hungrige Katzen streunten herum und suchten zwischen dem gefrorenen

Abfall vergeblich nach einem Happen. Die drei Wanderer kamen an einer Wirtshaustür vorbei, die einen Spaltbreit offenstand. Lärm, Gerüche und Gelächter wirkten draußen auf der kalten, menschenleeren Straße sonderbar. Kathryn und ihre Begleiter gingen weiter. Sie hatten Mühe, in sicherem Abstand von der Gosse, die in der Mitte der Straße verlief, festen Halt zu finden. Die Gosse selbst war zugefroren, doch das Eis zeigte an einigen Stellen bereits Risse. Schließlich gelangten sie in die Church Lane, und die Kuppel von St. Mildred kam in Sicht, erleuchtet von der großen Laterne, die in ihrem Turm hing.

»Blunt wohnt in einer Gasse am anderen Ende«, bemerkte Luberon. »Wir gehen heute abend nur dorthin«, erklärte Kathryn, vor Kälte schnatternd. »Ganz gleich, welche Geheimnisse Master Erpinghams verschwiegenes Haus auch hütet, sie müssen warten.«

Luberon blieb stehen und scharrte verlegen mit den Füßen. Kathryn klatschte in die behandschuhten Hände.

»Kommt, Simon, es ist zu kalt, um stehenzubleiben. Was ist?«

Der Schreiber räusperte sich. »Wir müssen nicht nur den Ort des Verbrechens besichtigen«, murmelte er, Kopf und Gesicht unter der Kapuze verborgen. »Aber Master Murtagh ist der Sonderbeauftragte des Königs, und Ihr seid die zuständige Ärztin. Ihr müßt Euch auch die Leichen ansehen.«

Kathryn schloß die Augen und stöhnte; Colum stieß einen lauten gälischen Fluch aus.

»Mein Gott, Luberon!« rief er. »Haben wir für heute nicht genug Leichen gesehen?«

Kathryn hakte sich bei Colum unter, dann bei Luberon.

»Wir werden sie uns ansehen«, sagte sie. »Ich nehme an, sie sollen morgen beigesetzt werden?«

Luberon nickte.

»Ist Euch zu Erpinghams Tod noch etwas eingefallen?« fragte er rasch. »Ich wollte Euch vorhin in der Küche nicht danach fragen.«

Kathryn warf einen Blick über die Mauern des eisigen Friedhofs von St. Mildred.

»Nein, der ist nach wie vor ein Rätsel. Aber eines sage ich Euch. Das Wirtshaus ›Zum Weidenmann‹ hat wirklich sehr viele Geheimnisse, und ich fürchte für alle, die dort wohnen!«

Sechs

Blunt bewohnte ein schmales Eckhaus in einer Gasse nahe den hoch aufragenden Türmen von St. Mildred. Kathryn zeigte auf die Gasse.

»Ein Opfer landete da unten. Ich frage mich nur, was Witwe Gumple zu dieser späten Stunde hier zu suchen hatte?« Sie blickte an der Hausfront empor. »Mein Vater hat mir sehr viel über die Geschichte der Stadt erzählt. Dieses Haus ist wahrscheinlich viele hundert Jahre alt, denn die Wohnstube liegt im ersten Stock, die Fenster gehen zur Seite.«

»Alles schön und gut, aber ich friere!« stöhnte Colum und hämmerte gegen die Tür.

Sie hörten Schritte, und eine heisere Frauenstimme fragte, wer draußen sei. Luberon erklärte es ihr; Ketten rasselten, Riegel wurden zurückgeschoben, und die Tür schwang auf. Die Frau, die vor ihnen stand, hielt einen Stock in der Hand. Ihre kleine, plumpe Gestalt war in einen schäbigen Umhang gehüllt, graues, wirres Haar fiel über die Schultern herab; aus einem strengen Gesicht mit Adlernase, schmalen Lippen und einem energischen Kinn schauten ihnen zwei wache Augen entgegen.

»Ihr seid Emma Darryl?« fragte Luberon.

»Natürlich!« erwiderte die Frau. »Und Ihr seid bestimmt Master Luberon. Wir sind uns schon einmal begegnet. Eure Gefährten sind der Beauftragte des Königs, der Ire Murtagh, und natürlich Mistress Swinbrooke.« Sie schenkte Kathryn ein mattes Lächeln. »Ihr erinnert Euch wahrscheinlich nicht mehr an mich, aber ich habe Euren Vater gekannt, er war ein guter Mann. Es tat mir leid, als ich von seinem Tod erfuhr.«

Kathryn dankte ihr.

»So kommt doch herein.«

Kathryn und ihre Begleiter folgten ihr. Die Diele war schlicht, roch aber frisch. Kathryn sah seltene Kräuter in den

Töpfen an der Wand, als Emma sie über schmale, ausgetretene Stufen nach oben führte. Sie kamen auf einen kleinen Flur, dem sie nach rechts folgten bis zur Wohnstube. Emma bat sie hinein. Verblüfft sah Kathryn, wie geräumig das Zimmer war. Hinter der Fassade hätte sie etwas derartiges nicht vermutet. Die Wohnstube war hübsch eingerichtet. An den Wänden hingen bunt bemalte Wandbehänge aus Leinen. In der großen Feuerstelle, deren Einfassung die Form einer Bischofsmitra hatte, prasselte ein munteres Fichtenholzfeuer. An der Wand gegenüber befand sich unter den verrammelten Fenstern eine große Nische mit gepolsterten Sitzen. Tische, Stühle und gepolsterte Schemel waren geschmackvoll über den Raum verteilt. An den Wänden standen große, eisenbeschlagene Kommoden. Im Eingang war der Fußboden mit sauberen trockenen Binsen und Kräutern bestreut. Im übrigen bestand der Fußboden aus poliertem Holz, auf dem dicke Wollteppiche lagen. Zwei Stühle standen am Feuer. Auf dem einen räkelte sich ein junger Mann, der mit leerem Blick in die Flammen starrte.

»Ja, hier geschah es«, erklärte Emma Darryl. »Komm, Peter, wir haben Gäste.«

Der junge Mann erhob sich etwas schwankend vom Stuhl und trottete auf sie zu. Er war untersetzt, und das ausdruckslose Gesicht wurde von einer rostbraunen Mähne umrahmt. Aus seinem Mundwinkel rann dünner Speichel über das Kinn, und die kindlichen Augen waren noch rot vom Weinen. Er murmelte einen Gruß, schüttelte ihnen die Hand und unternahm einen unbeholfenen Versuch, Kathryn die Hand zu küssen. Sie schenkte ihm ein Lächeln, als sie seinen matten Händedruck spürte. Eine kurze Verwirrung entstand, als Peter, vor sich hin brummelnd, noch mehr Stühle an die Feuerstelle rückte, und Emma ihnen aus der Küche am Ende des Flurs kleine Becher Würzwein brachte. Colum versuchte, sich mit Peter zu unterhalten, während Emma hin und her eilte und Kathryn das Zimmer genauer in Augenschein nahm. Sie senkte die Augenlider; die junge Alisoun hatte wohl da gesessen, wo sie, Kathryn, jetzt saß, und hatte mit den beiden

Männern geschäkert und gelacht. Dann war Richard Blunt zur Tür hereingekommen, den Bogen schon gespannt. Kathryn hatte Meisterschützen in Aktion gesehen und wußte, wie schnell und zielsicher sie schießen konnten. Alisoun und ein junger Mann, vielleicht vom Alkohol benebelt, starben sofort; der zweite versuchte, das Fenster zu erreichen und machte sich am Fensterflügel zu schaffen. Er öffnete ihn und stieß die Fensterläden auf. Ja, überlegte Kathryn, dafür hatte er genug Zeit, aber als er auf die Fensterbank kletterte, war Blunt bereits da und schoß ihm direkt in den Rücken. Der Tod war bei allen drei Opfern sofort eingetreten. Der Pfeil eines Langbogens war mindestens einen Meter lang und mit einer Eisenspitze versehen; am Ende steckten Graugansfedern, die eine sichere Flugbahn gewährleisteten. Der Pfeil erhielt durch den Langbogen eine solche Wucht, daß er mühelos einen Ritter in voller Rüstung durchbohren konnte. Colum wandte sich Kathryn zu.

»Ihr macht Euch Gedanken wie immer, Kathryn?« Er lächelte. »Ja, so stelle ich es mir vor: Die drei Opfer waren betrunken und saßen träge herum.« Er zeigte auf die Kerzen, die überall im Raum verteilt waren. »Selbst für den schwächsten Schützen ist es hell genug.«

Als Emma zurückkam, hielt er kurz inne; sie setzte sich neben Peter und faltete die Hände im Schoß.

»Seid Ihr schon bei Master Blunt gewesen?« fragte Emma.

»Nein«, antwortete Kathryn, »tut mir leid, aber wir waren durch den Tod Sir Reginald Erpinghams im Wirtshaus ›Zum Weidenmann‹ verhindert. Habt Ihr davon gehört?«

Emma nickte.

»Habt Ihr Erpingham gekannt?«

»Nein.« Emmas Antwort war zu kurz, zu hastig, obwohl die unbewegte Miene nichts verriet. »Soweit ich weiß, war er ein böser Mensch«, fuhr sie fort. »Und er hat sein Schicksal wahrscheinlich verdient, ganz im Gegensatz zu Master Blunt.«

»Wie lange kennt Ihr den Maler schon?« fragte Colum.

»Seit dreißig Jahren.«

Kathryn betrachtete die Frau. Sie wirkte schlicht und zurückhaltend, doch Kathryn spürte eine innere Stärke.

»Um Eurer Frage zuvorzukommen, Mistress Kathryn«, sagte Emma. »Ich habe Master Blunt gedient, weil er ein guter Mann ist. Er hat sich um mich gekümmert. Ich war ein Findelkind, wo hätte ich schon hingehen können? Außerdem war er ein begnadeter Maler. Er hätte Alisoun, diese Hure, nie heiraten dürfen.« Die letzten Worte stieß sie so böse hervor, daß Kathryn sofort klar wurde: selbst wenn Emma Darryl das Gegenteil behauptete, sie liebte Richard Blunt von ganzem Herzen.

Kathryn richtete sich auf und stellte den Weinbecher neben sich auf den Boden.

»Mistress Darryl, bevor wir fortfahren, will ich Euch sagen, was wir wissen. Master Blunt stammt nicht aus Warwickshire. Ich vermute, er ist hier in Kent geboren, irgendwo in der Nähe von Rochester. Begabt wie er war, hat er gewiß eine stürmische Jugend verlebt und in den Wäldern der Grafschaft Kent vielleicht ein bißchen gewildert. Das machte ihn zu einem Gesetzlosen, und er wurde, bevor er entweder seinen Namen änderte oder den König um Gnade bat, von einem königlichen Jagdpfleger mit Namen Reginald Erpingham gejagt. Dieser wurde später zum Ritter geschlagen und zum wichtigsten Steuereintreiber des Königs in dieser Grafschaft ernannt.« Kathryn hob kurz die Hände, als Emma den Mund aufmachte. »Nein, das hat Blunt bereits gestanden.«

Die Haushälterin lehnte sich auf ihrem Stuhl zurück und schaukelte leicht.

»Es stimmt«, seufzte sie. »Mein Herr heißt eigentlich Ralph Sockler, und er war früher ein Gesetzloser; er hat drei Hirsche des verstorbenen Königs getötet und Erpingham ganz schön an der Nase herumgeführt. Am Ende ist Blunt geflohen. Er trat in den Dienst des Grafen von Warwick und zog mit ihm.« Emma lachte auf und drückte die Hand des jungen Mannes. »Ich will reinen Tisch machen: Blunt war vor Alisoun nicht verheiratet, der Junge hier ist unser gemeinsames Kind.«

»Hat Blunt sich geweigert, Euch zu heiraten?« fragte Kathryn.

Die Haushälterin schüttelte den Kopf. »Nein, ich wollte ihn nicht heiraten. Warum einen Mann wegen einer leidenschaftlichen Nacht auf ewig an sich binden? Und alles aufgeben für ein Leben voller gegenseitiger Vorwürfe? Ich vermute, Blunt hat mich geliebt. Wir haben gute Zeiten verlebt. Wir waren auf dem letzten Schiff, das Calais verließ, nachdem der Krieg vorüber war. Wir haben uns in Canterbury niedergelassen und gedacht, die Vergangenheit hätte uns vergessen.«

»Und Erpingham?« fragte Colum.

»Letztes Jahr im Sommer hat er Blunt zufällig auf dem Buttermarkt getroffen und ihn sofort unter Druck gesetzt.« Emma hielt inne und betrachtete das Gesicht des jungen Mannes, aber Peter saß auf seinem Stuhl wie ein gehorsames Kind und verstand nicht, was vor sich ging.

»Hat Erpingham Master Blunt gedroht?«

»Ich glaube, es war mehr als das, Mistress Swinbrooke. Er kam oft hierher. Master Blunt hat ihn immer unter vier Augen empfangen; ich glaube, Sir Reginald schreckte nicht einmal vor Erpressung zurück.«

»Habt Ihr oder Euer Herr den Steuereintreiber im Wirtshaus ›Zum Weidenmann‹ aufgesucht?« fragte Colum.

Die Haushälterin verzog das Gesicht. »Nein, aber Erpingham hat uns dorthin bestellt. Er hat Blunt geschrieben, sein Kommen angekündigt, das Datum mitgeteilt und ihm empfohlen, seine Rechnung zu begleichen.«

»Mit anderen Worten, Schweigegeld zu zahlen?«

»Ja, aber Blunt hat sich geweigert, hinzugehen.«

Emma beugte sich vor und warf noch ein Holzscheit ins Feuer. »Ist es nicht seltsam«, murmelte sie wie zu sich selbst, »wie sich die Dinge entwickeln? Der arme Richard macht sich wegen Erpingham die größten Sorgen, und seine süße kleine Frau spielt die ganze Zeit mit jedem dahergelaufenen jungen Mann Ringelreihen.«

»Ihr wußtet davon?« fragte Kathryn.

»Jedermann in Canterbury wußte es, nur er nicht. Sie hatte Feuer in den Lenden, diese Alisoun. Sie hat Richard wegen seines Geldes geheiratet. Bevor sie auftauchte, hatte er viel Silber bei den Goldschmieden hinterlegt.«

»Und Master Blunt hatte keine Ahnung von Alisouns Tändeleien?« fragte Kathryn.

»Oh, vielleicht hat er einen Verdacht gehegt, aber er hat die Augen verschlossen und sich in seine geliebte Malerei vertieft.«

»Was geschah an dem Abend, als Alisoun starb?«

Die alte Haushälterin schaute in die Flammen und rieb sich die Schläfe.

»Ich weiß eigentlich nicht so recht«, murmelte sie. »Richard und Peter hatten ein Gemälde in St. Mildred beendet. Sie kamen erst spät nach Hause, weil sie erst noch in einer Schenke waren. Nein, nicht im ›Weidenmann‹, obwohl Blunt Erpinghams Drohungen nicht aus dem Kopf gingen. Es hatte angefangen zu schneien, und der Schnee blieb liegen, deshalb beeilte sich Blunt nach Hause zu kommen. Peter hat er zur Bäckerei geschickt, um nachzusehen, ob sie noch geöffnet hatte.« Sie warf einen Blick in die Runde. Tränen standen ihr in den Augen. »Ich wußte, was los war. Mein Zimmer liegt im oberen Stock, aber was hätte ich denn tun sollen? Hätte ich es dem Herrn gesagt, hätte er nur geantwortet, Alisoun sei jung und brauche vielleicht die Gesellschaft von Gleichaltrigen. Wenn ich dem Flittchen Vorhaltungen gemacht hätte ...« Die Haushälterin schwieg und kratzte sich am Kopf. »Nun, sie hatte zwar ein hübsches Gesicht und einen süßen Mund, aber Alisoun konnte fluchen wie ein Soldat.« Emma hielt inne, um sich die Augen abzutupfen. »Sie drohte mir, daß ich entlassen würde, wenn ich Blunt etwas sagte.«

»Aber hätte er das denn getan?« fragte Kathryn.

»Alisoun hatte einen schönen, weichen und geschmeidigen Körper. Im Bett hätte sie jeden Mann überredet.«

»Fahrt fort«, bat Kathryn, sie sah den Schmerz in den Augen der Frau.

»Wir müssen es wissen«, flüsterte Kathryn. »Um Himmels willen, Mistress Darryl, in jener Nacht sind drei Menschen umgekommen.«

»Kommt Papa nach Hause?« ließ sich der junge Mann plötzlich mit dünner, schriller Stimme vernehmen. Mit großen Augen schaute er Kathryn an. »Wir haben das Gemälde noch nicht fertig. Ich bin froh, daß Alisoun fort ist. Sie hat mich immer ausgelacht und in den Arm gezwickt. Einmal hat sie mir sogar ein Bein gestellt, und ich bin die Treppe runtergefallen.« Der einfältige Junge starrte in die Runde. »Papa muß wiederkommen. Bald ist Weihnachten.«

»Still, mein Junge!« Emma streichelte ihm sanft die Hand und lächelte Kathryn entschuldigend an. »Heute Abend ist er etwas durcheinander. Ich glaube, er ahnt etwas: normalerweise geht es ihm besser.« Sie legte einen Arm schützend um die Schultern des jungen Mannes. Er wiegte sich im Sitzen vor und zurück, den Daumen fest im Mund.

»Es ging alles so schnell«, fuhr Emma nüchtern fort. »Master Blunt kam nach Hause; wegen des Schnees hatte er die Stiefel ausgezogen und kam leise die Treppe herauf. Er stieß die Tür auf und ...« Sie biß sich auf die Lippe. »Richard ist ein freundlicher Mann, aber in seiner Jugend war er aufbrausend und obendrein ein meisterhafter Bogenschütze. Ich habe gesehen, wie er innerhalb von einer Minute mit sechs Pfeilen ins Ziel traf. Ich glaube kaum, daß Alisoun und ihre Gefährten viel gemerkt haben. Das erste, was ich mitbekam, war das Aufklappen der Fensterflügel und das Geschrei des jungen Mannes, der zu fliehen versuchte. Ich habe mir etwas übergezogen und bin hinuntergerannt.« Emma zuckte die Achseln. »Der Rest ist Euch bekannt.«

Kathryn betrachtete sie schweigend.

»Der Herr hat schrecklich ausgesehen«, fuhr Emma fort. »Er stand einfach da auf der Türschwelle, den Bogen in der Hand, den Köcher zu seinen Füßen. Alisoun lag mit offenem Mieder vor dem Feuer, ein Pfeil in ihrem Hals. Der zweite Pfeil hat den jungen Mann direkt ins Herz getroffen. Dann hörte ich den Lärm auf der Gasse. Peter kam nach Hause, und dann trafen die Büttel der Stadt ein.« Sie atmete tief. »Mehr habe ich nicht zu sagen.« Sie nahm den Arm von Peters Schultern und schlug leise schluchzend die Hände vors Gesicht.

Kathryn hockte sich neben sie und tätschelte ihr die Hand.

»Was hätten wir tun sollen?« Die Haushälterin schaute mit tränenüberströmtem Gesicht auf. »Was hätte ich tun sollen, Mistress?«

Kathryn schüttelte den Kopf. »Braucht Ihr irgend etwas?«

»Nein.« Emma wischte sich mit dem Handrücken über die Augen. »Geht zu meinem Herrn. Sagt ihm, es sei alles in Ordnung. Versucht ihn ein wenig zu trösten.«

Kurz darauf verließen sie das Haus. Colum war von dem, was er mit angehört hatte, sichtlich bedrückt; Luberon verbarg das Gesicht unter der Kapuze, doch Kathryn sah, daß er sich die Augen abtupfte. Colum blickte zum sternenklaren Himmel empor und führte Kathryn und Luberon vorsichtig von den Häusern fort und den Schneebrettern, die von den Dächern zu stürzen drohten.

»Der Herr sei ihnen allen gnädig!« flüsterte er und schaute auf Kathryn herab. »Was können wir tun?«

»Nichts«, erwiderte sie. »Er hat drei Menschen umgebracht. Auf Gottes weiter Flur gibt es nichts, was wir für Richard Blunt tun können.«

»Alisoun war ein durchtriebenes Weib«, fügte Luberon hinzu. »Der Herr schütze uns, es hätte jeden von uns treffen können. Aber kommt.«

Sie gingen um St. Mildred herum und betraten den verlassenen, vereisten Friedhof. Sie stolperten über den Pfad, der an windschiefen Kreuzen und zersprungenen Grabsteinen entlangführte. Es herrschte eisige Stille; nicht einmal eine Nachtschwalbe oder eine Eule auf Jagd durchbrach die Lautlosigkeit des Friedhofs, der unter einer Schneedecke begraben lag.

»Mir nach!« rief Luberon über die Schulter. »Ich habe diesen Pfad freilegen lassen.«

Er blieb stehen und deutete in die Finsternis. »Hier wird man sie beisetzen. Obwohl die Gräber nur flach sind, weil der Boden steinhart gefroren ist. Vielleicht können wir im Frühling tiefer graben ...« Luberon verstummte und führte sie weiter.

Das Leichenhaus war ein kleines Backsteingebäude an der Friedhofsmauer, das man durch die Totentür im Seitenschiff der Kirche gut erreichen konnte. Luberon blieb stehen und zog ein Zündholz hervor. Nach mehreren Versuchen gelang es ihm schließlich, die beiden Laternen aus Hornblende, die über dem Eingang hingen, anzuzünden. Eine davon reichte er Colum, schloß die Tür auf und ging voran. Nie zuvor war Kathryn in einem derart kalten und unfreundlichen Raum gewesen. Luberon zündete auch die Fackeln an, doch auch ihr Licht und der Duft von Weihrauch, der einem Rauchgefäß an der Wand entströmte, konnten Tod und Verwesung nicht überdecken. Drei Fichtenholzsärge standen nebeneinander auf einem langen Tisch. Luberon zog seinen Dolch und hob die Sargdeckel. Dann schlug er die schwarzen Leichentücher und die weißen Gazetücher darunter zurück und bedeutete Kathryn und Colum mit einer Handbewegung, näherzutreten. Kathryn starrte voller Entsetzen auf die drei jungen Leute. Wäre ihre Haut nicht grünlich-weiß und von wächserner Beschaffenheit gewesen, was im Licht der Fackeln noch grauenhafter wirkte, man hätte sie für Schlafende halten können. Kathryn berührte Alisouns Arm. Die junge Frau war zu Lebzeiten offenbar eine Schönheit gewesen; blonde Haare umrahmten wie glänzendes Gold ein hübsches, ovales Gesicht mit ebenmäßigen Zügen. Die jungen Männer waren wohlgenährt und kräftig. Kathryn bedauerte das grausame Schicksal, das diese drei jungen Menschen ebenso zerstört hatte wie das Leben von Richard Blunt.

»Die Einbalsamierer haben schon angefangen«, flüsterte Luberon. Er hüstelte verlegen. »Ich habe mich geirrt – die Leichen werden morgen nicht beigesetzt, sondern erst einmal ihren Verwandten übergeben. Trotzdem glaube ich, daß die Männer hier beerdigt werden, zumindest bis im Frühjahr die Straßen wieder passierbar sind.«

»Was ist?« zischte Colum Kathryn zu, die sich an den Leichen zu schaffen machte.

Trotz seines Militärdienstes hatte Colum Angst – die offenen Särge, die gräßlichen Leichen im flackernden Licht der Fackeln, die Grabesstille in diesem kalten Schuppen, und draußen nichts als weiße Lautlosigkeit. Der Ire dachte an Geschichten aus seiner Jugend und an die großen Begräbnisfeiern in den Dörfern um Dublin. Er erinnerte sich, daß die Alten geraunt hatten, die Toten würden nicht direkt zu Gott fahren, sondern im Schatten lauern, um traurig vom Land der Lebenden Abschied zu nehmen. Colum schaute in eine dunkle Ecke. Stand dort der Geist der schönen Alisoun? Er machte einen Satz und fluchte, als eine Ratte unter dem Tisch entlanghuschte und ins Freie rannte.

»Himmelherrgott!« fauchte er. »Was ist los?«

Kathryn betastete die Haut der Leichen. Sie hob die schweren Kleider, die Alisoun umhüllten, und ließ eine Hand sanft über den Bauch der toten Frau gleiten. Sie überhörte Colums Frage.

»Master Luberon, kann ich mir die Wunden ansehen?«

Totenbleich wich Luberon zurück und hielt sich den Magen.

»Macht was Ihr wollt«, erwiderte er rasch. »Ich glaube, die Nachtluft wird mir guttun.«

Colum hätte sich ihm angeschlossen, aber Kathryn hielt ihn am Handgelenk fest.

»Kommt, Ire«, murmelte Kathryn, »hier gibt es weder Geister noch Todesfeen. Helft mir, sie umzudrehen.«

Colum biß die Zähne zusammen, schloß die Augen halb und gehorchte. Im stillen dankte er Gott, daß er Handschuhe trug und die Leichen nicht auf der bloßen Haut spüren mußte. Kathryn indes blieb ungerührt.

»Unzweifelhaft Pfeilwunden«, kommentierte sie und zeigte auf die scharlachrot umrandete, klaffende Wunde in der Brust des jungen Mannes. »Aber wieviel Gewalt steckt hinter dem Schuß!«

»Ich habe einmal gesehen, wie ein Pfeil mitten durch einen Mann hindurchging«, sagte Colum. »Warum, Kathryn, stimmt etwas nicht damit?«

Kathryn zeigte auf das Loch in Alisouns Hals.

»Oh Gott, Colum, so schaut Euch das an!«

Colum betrachtete die Wunde. Sie war groß, das Fleisch kaum zerfetzt. »Blunt hat sie von vorn getroffen«, konstatierte er. »Vielleicht kam sie auf ihn zu?«

Kathryn drehte die Leichen mit Colums Hilfe wieder um und zog die Gaze und die schwarzen Wolltücher zurecht. Dann schloß sie die Särge.

»Ich habe genug gesehen«, flüsterte sie. »Kommt Zeit, kommt Rat!«

Mit dieser rätselhaften Bemerkung trat sie vor die Tür, nahm Schnee in beide Hände und wusch sich sorgfältig.

»Ihr könnt die Lichter löschen, Simon«, rief sie. Ihre Stimme klang glockenhell über den trostlosen weißen Friedhof.

Luberon beeilte sich, ihrem Wunsch nachzukommen.

»Nun.« Kathryn trat zwischen den Schreiber und Colum und hakte sich bei ihnen unter. »Colum, als Leichenbeschauer des Königs könnt Ihr berichten, daß die drei in der Tat tot sind und ohne Zweifel ermordet wurden. Master Luberon, Ihr könnt die notwendigen Dokumente ergänzen.« Sie warf einen Blick auf die Eiben, deren schwarze Konturen im silbernen Mondlicht so wirkten als wären gräßliche Höllengestalten in der Winterkälte erstarrt.

»Kommt«, sagte sie. »Für heute abend habe ich genug von Gräbern und Friedhöfen.«

»Stimmte etwas nicht mit den Leichen?« fragte Colum, als sie durch das Friedhofstor hinausgingen.

»Kommt Zeit, kommt Rat«, sagte Kathryn noch einmal. »Aber was machen wir nun: gehen wir zu Bett oder sehen wir uns Sir Reginald Erpinghams geheimes Haus in der St. Alphage's Lane an?«

»Herrgott, wie spät ist es?« fragte Luberon und stampfte mit den Füßen, denn ihm war kalt.

»Weiß der Henker!« erwiderte Colum. »Alle Glocken schweigen.« Er schaute zu den Sternen. »Aber es ist schon lange dunkel. Ich schätze, es ist zwischen neun und zehn Uhr.«

»Laßt uns in die St. Alphage's Lane gehen«, drängte Kathryn. »Mich interessiert, was Erpingham dort aufbewahrt haben mag.«

»Welche Möglichkeiten bestehen denn?« fragte Luberon, während sie zurück zur Ottemelle Lane gingen. »Ich meine, was Erpinghams Tod angeht?«

Kathryn atmete hörbar aus und schaute den weißen Wolken in der kalten Nachtluft nach. Wie Dampf aus einem Kochtopf, dachte sie. Warum ist das so? Sie erinnerte sich an den heftigen Streit, den ihr Vater mit seinen Kollegen darüber gehabt hatte, ob Krankheiten durch Atemluft übertragbar seien. Wenn ja, dachte Kathryn gedankenverloren, würde die kalte Nachtluft die Ansteckungsgefahr verringern oder verstärken?

Plötzlich rutschte Colum an einer eisglatten Stelle aus und alle drei konnten sich nur mit Mühe auf den Beinen halten. Sie lachten und scherzten, versanken aber in tiefes Schweigen, als sie an Kathryns Haus vorübergingen. Sobald sie jedoch bei St. Margaret's Street um die Ecke gebogen waren, begann Luberon wieder nach Erpingham zu fragen.

»Vieles ist mir noch nicht klar«, gab Kathryn offen zu. »Da ist ein Steuereintreiber, der dasselbe ißt und trinkt wie alle anderen. Er geht nach oben in sein Zimmer und nimmt einen Kelch mit unvergiftetem Wein mit. Der einzige, der es ihm kurz danach gleichtut, ist der alte Gervase. Später ziehen sich auch die anderen zurück, und Standon begibt sich auf seinen Wachposten am Fuße der Treppe. Am nächsten Morgen ist Erpingham tot. Nicht die geringste Spur von Gift, kein Hinweis auf einen Mörder, der zu ihm kam. Fenster und Zimmertür sind verschlossen und verriegelt. Wir wissen, daß niemand ihn mochte. Einige sind da sehr ehrlich – sie haben ihm den Tod gewünscht, aber es gibt keinerlei Beweise dafür, daß sie an diesem Mord beteiligt waren.«

»In dem Zimmer spukte es«, fügte Colum hinzu, den der Besuch im unheimlichen Leichenhaus nachhaltig beeindruckt hatte.

»Oh ja, ich weiß«, erwiderte Kathryn und schaute an den

Häuserfronten zu beiden Seiten der Straße empor. »Erpingham war ein gottloser Mann, der allem Finsteren und Makabren zugetan war. Vielleicht war er sogar stolz darauf, daß einer seiner Vorfahren in jenem Zimmer gestorben ist. Trotzdem war Erpingham, wenn man dem alten Ritter glauben will, zu Tode erschrocken, als er seinen Alptraum hatte.«

Kathryn und ihre beiden Begleiter blieben stehen, als eine Gruppe aus der Hawk Lane trat. Kathryn zählte rasch fünf oder sechs verhüllte, zerlumpte Gestalten. Sie gingen langsam, trugen Stöcke, und ihr Anführer hielt eine dürftige Laterne in die Höhe.

»Habt Erbarmen!« jammerte er. »Oh, ihr guten Christen, habt Erbarmen!«

Colum griff nach seinem Schwertknauf. Die Gruppe kam auf sie zu. Kathryn stieg ein sonderbarer, saurer Geruch in die Nase. Als der Anführer nähertrat, schlug einer aus der Gruppe zwei hohle Stöcke aneinander, dem das Klingeln eines Glöckchens und der Ruf »Unrein! Unrein!« folgte.

»Bei den Titten von Maeve!« sagte Colum und packte sein Schwert. »Leprakranke!«

Luberon trippelte in einen Hauseingang.

Der Anführer der Leprakranken blieb vor Kathryn stehen und hob den Kopf. Kathryn stockte das Blut in den Adern. Mitleid und Angst zugleich überkamen sie. Das Gesicht des Mannes war vollkommen zerfressen: ein blutiger Fleck markierte die Stelle, an der die Nase gesessen hatte; ein Auge war durch eine Wucherung an der rechten Wange zugewachsen, und die schreckliche Krankheit hatte begonnen, sich in seinen Unterkiefer zu fressen. Der Mann streckte eine verstümmelte Hand vor.

»Wir frieren so«, röchelte er. »Um unseres lieben Herrn willen!«

Kathryn langte in ihren Geldbeutel; nach kurzem Zögern leerte sie den gesamten Inhalt in die Hände des Mannes.

»Geht wieder in die Hawk Lane«, sagte sie. »Ganz unten, auf der gegenüberliegenden Straßenseite, seht ihr ein großes Gebäude, das wie eine Kirche aussieht.« Sie hielt inne und schaute dem Mann in das gesunde Auge. »Klopft an, redet mit dem Priester dort, Vater Cuthbert. Hinter dem Hospiz gibt es eine Scheune. Sagt ihm, Mistress Swinbrooke habe euch geschickt.«

»Ja, und Colum Murtagh, der Beauftragte des Königs.« Der Ire, der sich seiner Furcht schämte, trat näher.

Der Leprakranke hob eine Hand, drehte sich um und führte seine entstellten Gefährten wieder in die Dunkelheit.

Luberon watschelte aus seinem Versteck.

»Tut mir leid, Mistress, wirklich, aber die jagen mir Angst ein.«

Kathryn drückte ihm den Arm. »Simon, auch ich hätte mich erschrocken, aber mein Vater hat mir beigebracht, daß Lepra nicht ansteckend ist, solange man nicht mit ihnen badet, ißt, trinkt und schläft.«

Sie stand an der Ecke der Hawk Lane und sah den dunklen Schatten nach, die in der Gasse zwischen den schiefen Häusern verschwanden. Das Klappern der Stöcke und das Klingeln des Silberglöckchens hallte unheimlich durch die eisige Stille. Kathryn regte sich nicht. Aus einem unerfindlichen Grund dachte sie an ihren verschwundenen Mann, Alexander Wyville. Was, wenn es ihm schlecht ginge oder er so krank wie diese Menschen wäre? Oder wenn er verkleidet herumreiste?

»Kommt, Kathryn!« drängte Colum.

Sie gingen auf der verlassenen Straße, vorbei an der Kirche von St. Margaret und überquerten den Seidenmarkt. Canterbury war wie eine Geisterstadt; selbst an der großen Schenke ›Zum Hoffnungstropfen‹ leuchtete nur gedämpftes Licht, und die Fensterläden waren geschlossen. Auf der Straße bewegte sich nichts außer streunenden Katzen, obwohl Kathryn hier und da in einem Hauseingang einen dunklen Schatten sah und an den Straßenecken Bettler oder Straßenräuber, die verzweifelt nach einem Geschäft Ausschau hielten. Sie kamen am Hetzpfahl für Bullen vorbei, der am Rande des Buttermarktes stand. Ein paar Reisende suchten Schutz vor der eisigen Kälte im Wirtshaus ›Zur Sonne‹, einer großen Schenke bei Christchurch Gate. Darüber ragten die erhabenen, mit Zinnen versehenen, viereckigen Türme der Kathedrale empor, als könnten sie den sternenübersäten Himmel berühren. Der Pranger und die Peitschpfähle vor Christchurch Gate waren leer.

»Die Gerichte arbeiten nicht«, sagte Luberon.

»Sie werden es bald wieder tun«, fügte Colum hinzu. »Wenn es wärmer wird. Morgen früh wird Tauwetter einsetzen, und dann Gnade Gott allen, die ein Loch im Dach haben.«

»Werden die Gäste im ›Weidenmann‹ bleiben?« fragte Kathryn.

»Oh ja«, erwiderte Colum. »Sie müssen.«

»Ich versuche mir gerade vorzustellen«, sinnierte Luberon, »was Erpingham wohl getan hat, als er in sein Zimmer kam. Wir wissen, daß er allein hinaufgegangen ist mit einem Weinkelch. Offenbar hat er die Tür verriegelt und verschlossen. Dann hat er sich ausgezogen, wahrscheinlich einen Schluck Wein getrunken. Was könnte er noch gemacht haben?«

Kathryn blieb stehen und packte Luberon am Handgelenk. »Oh, klügster aller Schreiber«, hauchte sie atemlos. »Natürlich! Aber dadurch wird das Rätsel nur noch größer!«

»Wodurch?« fragte Colum.

»Ire, was würdet Ihr tun, wenn Ihr ein Steuereintreiber wärt, und das Silber, das Ihr eingenommen hättet, befände sich in Satteltaschen in Eurem verschlossenen Zimmer? Nun wart Ihr unten und kommt zurück?«

»Ich würde die Satteltaschen überprüfen«, erwiderte Colum.

»Und wenn sie leer wären?« fuhr Kathryn fort. »Ihr würdet hinunterlaufen und Alarm schlagen. Demnach«, schloß Kathryn, »muß das Silber, als Erpingham sich an jenem Abend zurückzog, noch in den Satteltaschen gewesen sein; es sei denn, Erpingham war mit etwas anderem beschäftigt. Aber was könnte das gewesen sein?«

Diese Frage konnten ihre Gefährten nicht beantworten. Sie gingen an der mächtigen Kathedrale vorbei; nach der

Turn Again Lane überquerten sie die Sun Street und bogen in die St. Alphage's Lane ein. Dort war es stockfinster, und Luberon hatte Schwierigkeiten, Erpinghams Haus wiederzufinden. Doch schließlich gelang es ihnen: ein schmales, zweistöckiges Gebäude, das zwischen den Häusern zu beiden Seiten eingezwängt schien. Luberon gab Kathryn die Schlüssel; sie öffnete die Haustür, und die Gruppe betrat die mit Steinplatten ausgelegte Diele. Colum strich ein Zündholz an, zündete ein Binsenlicht an und schaute sich nach Kerzen um. Nachdem er ein paar gefunden hatte, begannen sie ihre Suche.

Das Haus war sehr klein: eine Küche und ein kleines Empfangszimmer im Parterre, im ersten Stock eine leerstehende Bodenkammer neben einem üppig möblierten Schlafzimmer. Während sie noch weitere Kerzen anzündeten, bestaunten Kathryn und Colum Pracht und Reichtum von Erpinghams kleinem Refugium. Im Schlafzimmer hingen Wandteppiche, auf dem Boden lagen Läufer, und in jeder Ecke stand eine Kohlepfanne aus Kupfergold. An den Wänden waren Kerzenhalter aus Bronze befestigt. Das Bett war ebenfalls kostbar: Baldachin und Bettdecke des großen Himmelbettes waren aus Seide und hatten silberne Troddeln. Das große Kissen war mit Daunen gefüllt, der Bezug paßte zu den Bettlaken aus glattem, rotem, golddurchwirktem Seidenstoff. Unten in der Küche standen Bronzetöpfe und Zinnbecher ordentlich auf den Regalen. Neben einem kleinen Backofen hingen Fleischmesser, Kessel und Schöpflöffel, gespült und poliert, an glänzenden Haken an der Wand. Im kleinen Empfangszimmer war es nicht anders: Holzpanele an den Wänden, sogar oberhalb eines kleinen Kamins. In jeder Ecke stand ein gepolsterter Schemel; auf dem Boden lagen Wollteppiche. Ein polierter, ovaler Tisch, um den Stühle mit hohen Lehnen standen, nahm die Mitte des Raumes ein.

»Ein kleines Liebesnest«, erklärte Colum. »Bei einflußreichen Adligen oder königlichen Beamten habe ich dergleichen schon gesehen. Erpingham muß ein wohlhabender Mann gewesen sein, um dieses Haus für derart unregelmäßige Besuche zu unterhalten. Ich wette, er war den Damen der Stadt wohlbekannt, oder jeder anderen Frau, die ihm in die gierigen Hände fiel.«

»Unter dem Tisch steht eine Truhe«, rief Luberon, ging in die Hocke und zeigte darauf.

Colum zog sie hervor. Sie war etwa zwei Meter lang, mit Metall beschlagen und mit Eisenbändern verstärkt. Sie hatte drei Schlösser, doch die Schlüssel, die Kathryn bei sich hatte, paßten nicht. Colum ging in die Küche und kam mit einem Hammer zurück. Mit groben Schlägen schlug er die Schlösser entzwei und klappte den Deckel auf. Ein süßer, angenehmer Duft erfüllte den Raum. Kathryn nahm einen Beutel mit Kräutern aus der Truhe, ein kleines, in Kalbsleder gebundenes Buch und Pergament. Sie schlug das Buch auf. Wegen der leuchtenden Farben hielt sie es zunächst für ein Stundenbuch, doch dann betrachtete sie die Gemälde genauer und lächelte. Sie reichte es Colum.

»Kein Gebetbuch«, murmelte sie. »Jede Seite zeigt eine hübsche junge Frau in allen möglichen Stellungen – nackt, wie der Herrgott sie schuf.«

Colum riß ihr das Büchlein förmlich aus der Hand; Kathryn begann, die Pergamentstücke zu untersuchen. Sie griff noch einmal in die Truhe.

»Ah, da ist noch etwas!«

Kathryn zog kleine Beutel heraus, den gelblichen Schädel eines Hundes, ein Kreuz, auf das eine vertrocknete Fledermaus mit dem Kopf nach unten genagelt war, die Wurzel einer Alraune und Wachsbällchen. Kathryn betrachtete diese Werkzeuge der Schwarzen Magie mit Abscheu und warf sie in die leere Truhe.

»Laßt uns gehen«, sagte sie, betrachtete die Pergamente und steckte sie dann in die Tasche.

Colum und Luberon waren einverstanden. Sie machten noch einen Rundgang durch das Haus, konnten jedoch weder eine zweite Truhe noch ein Geheimzimmer entdecken. Luberon versprach, am nächsten Morgen noch einmal herzukommen für eine zweite Durchsuchung. Kathryn nickte gedankenverloren. Sie hatte die Pergamente sorgfältig untersucht, vor allem die Zeichnung eines großen Weidenmannes, ähnlich dem Bild auf dem Schild des Wirtshauses, in dem Erpingham gestorben war. Ein Riese aus Zweigen und Ästen und in deren Gewirr mehrere Initialen, die Kathryn sofort wiedererkannt hatte.

Sieben

Am nächsten Morgen erwachte Kathryn erst spät, und sie lachte, als sie aus dem Bett stieg und die Fensterläden öffnete.

»Ein Ire hat immer recht!«

Die Sonne schien, und starkes Tauwetter hatte eingesetzt. Auf den Dächern der gegenüberliegenden Häuser in der Ottemelle Lane rutschte der Schnee bereits auf die Dachrinnen zu, und Kathryn hörte auch vom Giebel ihres eigenen Hauses Wasser tropfen. Sie öffnete die Fensterflügel, atmete die eiskalte Luft ein und lauschte. Unter dem Fenster rumpelten Karren vorbei, und laute Rufe erschallten. Die Stadt würde mit großer Geschäftigkeit die verlorene Zeit aufholen. Die Sonne hatte den Morgendunst bereits vertrieben, und Kathryn vernahm das Geläut der Kathedrale, das zur Morgenmesse rief. In der klaren Morgenluft übertönten sie sogar das Rattern der Karren, das Peitschenknallen und das Geschrei der Händler. Kathryn fröstelte, schloß das Fenster, wusch sich rasch und zog sich an. Sie zündete die Stundenkerze an und schnitt sie sorgfältig mit einem Messer bis zum zehnten roten Ring herunter. Die Glocken der Kathedrale hatten die zehnte Stunde verkündet. Kathryn tupfte etwas von ihrer kostbaren Salbe auf Hals und Handgelenke, schlug die Decke zurück und zog das Bett ab: Thomasina würde das gute Wetter ausnutzen und das Bettzeug waschen.

»Kathryn! Kathryn!« Wuf hüpfte draußen im Flur herum.

Sie öffnete die Tür, und der kleine Junge hielt ihr eine Holzscheibe unter die Nase.

»Ich habe sie selbst geschnitzt!« verkündete er stolz. »Damit kann ich auf dem Eis spielen!«

Kathryn strich ihm zerstreut über den Kopf und wünschte Agnes einen Guten Morgen; die Magd trug bereits ein Bündel Bettwäsche zum kleinen Waschhaus, das im hinteren Teil des Gartens stand.

In der Küche war Thomasina damit beschäftigt, einen großen Topf Haferschleim zu kochen. Die alte Amme richtete sich auf und schaute Kathryn streng an. »Ihr seid gestern abend spät nach Hause gekommen!«

Kathryn lächelte. »Das gehört zum Geschäft einer Leichenbeschauerin, Thomasina!« Sie schaute zu dem frischgebackenen Brot hoch, das in einem Korb unter der Decke hing, vor naschhaften Mäusen geschützt. »Das riecht aber gut.«

»Lenkt nicht vom Thema ab!« fuhr Thomasina sie an. »Was habt Ihr mit dem verdammten Iren getrieben?«

Kathryn trat neben sie. »Er hat mich vergewaltigt, Thomasina«, flüsterte sie. »Mich in eine dunkle Gasse gezogen und grausam geschändet.«

Thomasina streckte ihr die Zunge heraus. »Belügt mich nicht!« Sie drehte sich um und rührte in der Hafergrütze. »Aber Ihr habt schon als kleines Kind viel Fantasie gehabt.«

Kathryn schnitt eine Grimasse und setzte sich an den Tisch. Nach dem Besuch von Erpinghams Haus war sie mit Colum zurückgekehrt. Sie hatten nicht über ihren Fund gesprochen, weil Colum einen seiner plötzlichen Stimmungsumschwünge erlebt hatte. Nach einem Blick in den sternenklaren Himmel hatte er begonnen, ihr von seinen jugendlichen Streifzügen durch Irland zu erzählen.

»Der Himmel dort ist sehr klar. Ich bin immer hinausgegangen und habe gesungen. Es soll Glück bringen, wenn man zu den Sternen singt: die Urahnen behaupten, wenn sich die Sterne bewegen und die Planeten, sei der Himmel voller Musik.«

Ohne Kathryns Antwort abzuwarten, hatte Colum ein sehnsüchtiges, bittersüßes gälisches Lied angestimmt. Kathryn lächelte vor sich hin.

»Hier ist Eure Hafergrütze!« Thomasina donnerte die Schüssel vor Kathryn auf den Tisch. »Und Eure Milch, und da steht der Honig. Und wenn Ihr da sitzen wollt wie die Katze, die Sahne stibitzt hat, soll mir das recht sein!« Thomasina wandte sich ab und ging fort, als hätte sie einen Ladestock verschluckt.

Kathryn goß Milch in die Schüssel, nahm einen Löffel Honig und begann, sie langsam zu schlürfen.

»Hier ist Euer Bier.« Thomasina ließ einen Krug gewässerten Bieres über den Tisch schlittern.

Kathryn legte den Hornlöffel beiseite.

»Komm her, Thomasina.«

Die alte Amme kam zögernd näher, und Kathryn ergriff ihre Hand.

»Wir sind nach Hause gegangen«, erklärte Kathryn. »Unter sternenklarem Himmel. Colum hat mir etwas vorgesungen. Thomasina, willst du uns daraus einen Vorwurf machen? Mord, Eifersuchtsdrama, und mitten in der Nacht noch Leichenschau! Und ständig das Rätsel um Erpingham im Kopf!«

Thomasinas Miene wurde freundlicher. »Seid nur vorsichtig«, bat sie. »Soll ich immer noch zu Witwe Gumple gehen?«

»Nein«, erwiderte Kathryn.

Thomasina wandte sich ab, schloß die Augen und murmelte ein Dankgebet. Sie verachtete Witwe Gumple von ganzem Herzen. Diese war in ihren Augen nicht nur arrogant und scheinheilig; Thomasina hatte ihr auch vor Monaten ein Geständnis abgerungen. Die Erpresserbriefe an Kathryn, in denen es um das Verschwinden von Alexander Wyville ging und ihre Herrin verhöhnt wurde, stammten aus der Feder der Witwe. Thomasina schmunzelte: die Briefe kamen nicht mehr, obwohl noch immer keine Menschenseele wußte, wo Alexander Wyville sich aufhielt.

»Wie ging es den Blunts?« fragte Thomasina.

»Emma Darryl ist eine starke Frau«, sagte Kathryn und nahm wieder ihren Löffel zur Hand. »Peter befindet sich noch in einer Art Trance. Colum und ich wollen heute im Laufe des Tages zu Richard gehen.«

Thomasina rührte in dem Topf mit Hafergrütze. Während sie zusah, wie der Brei allmählich sämig wurde, hing sie ihren Gedanken nach. Alles verändert sich, dachte Thomasina. Seit der Ire aufgetaucht war, hatte Kathryn sich gewandelt: sie trat energischer und selbstbewußter auf als früher. Murtagh hatte ihr neuen Lebensmut gegeben: Kathryn hatte ihre scharfe Beobachtungsgabe und ihren Verstand benutzt, um einigen Mördern das Handwerk zu legen. Nach ihrem Erfolg in der Burg Anfang des Jahres hatte sogar der König einen Beutel voll Gold und einen persönlichen Dankesbrief an seine ›liebe und hochverehrte Ärztin Kathryn Swinbrooke, wohnhaft in der Ottemelle Lane‹ geschickt. Trotzdem hatte die Tragödie im Hause Blunt Thomasinas Sinn für die Vergänglichkeit und die Wechselwirkungen des Lebens geschärft. Sie hatte immer eine Schwäche für den Maler mit seinen flinken Augen und dem fröhlichen Lachen gehabt. Nun würde er am Galgen auf dem Buttermarkt hängen. Sein Körper würde sich winden und zucken, während ihm das Seil den Atem abschnürte. Eine vage Idee nahm in ihrem Kopf allmählich Gestalt an.

»Kann ich mitkommen?« fragte sie über die Schulter.

»Wohin?« Frisch rasiert und mit zerzaustem Haar betrat Colum die Küche.

»Ins Rathaus.« Thomasina drehte sich um. »Mistress, ich würde Master Blunt gern meine Aufwartung machen.«

Kathryn schaute ihrer Amme in das rote, rundliche Gesicht und sah den fest zusammengekniffenen Mund und das trotzig vorgeschobene Kinn.

»Das ist eigentlich nicht nötig ...« begann Colum.

»Natürlich kannst du«, sagte Kathryn rasch, »sobald ich meine Patienten verarztet habe, die gleich kommen werden.«

Thomasina bedankte sich. Im Nu war sie wieder bester Laune und neckte den Iren: er sei nichts als ein Müßiggänger und Tunichtgut, der seine Zeit damit verbrachte, sich nach braven Christinnen zu verzehren. Sie reichte Colum Hafergrütze und stellte Brot und Butter auf den Tisch.

»Müßt Ihr nicht in Kingsmead einmal nach dem rechten sehen?« fragte Kathryn.

Colum schlürfte an seinem Löffel und lächelte träge.

»Holbech ist ja da«, antwortete er und meinte seinen Feldwebel. »Er hat ein Auge auf alles. Dem König sind seine Steuern und die Aufklärung von Erpinghams Tod bestimmt wichtiger. Ihr habt gestern abend etwas entdeckt, nicht wahr, Kathryn?«

Kathryn legte den Löffel beiseite und ging in ihre Schreibkammer. Sie holte die Pergamentstücke, die sie in Erpinghams Haus gefunden hatte, und breitete sie zwischen sich und Colum auf dem Tisch aus.

»Das ist der Weidenmann.« Kathryn zeigte auf die unbeholfene Zeichnung eines Riesen aus geflochtenen Zweigen. »Wenn ich mich recht an die Geschichten meines Vaters erinnere, war der Weidenmann ein riesiger Käfig aus Zweigen, der die Form eines menschlichen Körpers hatte. Die Urbevölkerung, diejenigen, die hier lebten, bevor die Römer kamen, pflegten ihre Gefangenen in den Weidenmann zu stecken und ihn dann anzuzünden als Opfer für die Götter.«

»Ja, ja.« Colum drehte das Pergament um. »Ich habe ähnliche Geschichten in Irland gehört.« Er schaute Kathryn an. »Und?«

»Nun, die Zeichnung stellt das Wirtshaus dar. Auf dem Schild, das draußen vor der Tür hängt, befindet sich ein ähnliches Bild von einem Weidenmann. Es ist besser ausgeführt, aber das spielt keine Rolle. Wichtig ist ...« Kathryn zeigte auf die kleinen freien Felder, in denen Initialen eingetragen waren. »Was seht Ihr hier?«

Colum betrachtete die Zeichnung gründlich. »Tja, in diesem Quadrat stehen die Buchstaben G.P« Er warf Kathryn einen fragenden Blick zu. »Sir Gervase Percy etwa?«

»Weiter«, beharrte Kathryn.

»A.M.«

»Alan de Murville«, erwiderte Kathryn.

»Natürlich«, sagte Colum verblüfft. »Die Initialen aller Gäste sind hier eingezeichnet.«

»Und schaut Euch das Datum an, das in römischen Ziffern zwischen den Beinen des Weidenmannes steht.«

Colum stieß einen Pfiff aus. »Der sechzehnte Dezember.«

»Das beweist«, fuhr Kathryn fort, »daß es kein Zufall war, daß Erpingham und die anderen Gäste nicht zufällig zur gleichen Zeit im ›Weidenmann‹ ankamen.«

Colum tippte auf die anderen Pergamentstücke. »Und was ist mit denen?«

»Nicht viel«, sagte Kathryn und tupfte sich den Mund mit einer Serviette ab. »Berechnungen, Zahlen, obwohl auch hier wieder die Anfangsbuchstaben auftauchen: G.P, A.M., sogar die von Vater Ealdred.«

»Kann es sein«, fragte Colum, »daß wir gestern unsere Zeit verschwendet haben? Woher wollen wir wissen, ob nicht alle Gäste Erpinghams Tod geplant haben? Ob nicht einer für den anderen zeugt?«

»Das wissen wir nicht!« Kathryn hielt inne, als es an der Tür klopfte. »Aber damit werden wir uns später befassen, denn da kommen meine ersten Patienten.«

Die Hilfesuchenden kamen in Scharen. Die beiden alten Jungfern, Eleanor und Maude, beklagten sich über Gliederreißen. Kathryn verabreichte ihnen schwarzbeerige Zaunrübe. Anschließend kam Bryan der Glöckner und hielt sich den Bauch.

»Ich habe Durchfall«, stöhnte er. »Mistress, es ist so furchtbar!«

Kathryn tastete sanft seinen dicklichen Bauch ab und suchte nach einem Knoten oder einer Verhärtung, fand aber nichts.

»Was habt Ihr gegessen?«

»Frisches Brot«, erwiderte Bryan, »und unverdorbenes Fleisch.«

Kathryn lächelte ihn an. »Und was habt Ihr getrunken?«

Der Glöckner errötete. Kathryn trug ihm auf, mit frisch gebrautem Bier vorsichtig zu sein, und gab ihm einen Auszug aus Kalmuswurzeln. »Schüttet das in sauberes, klares Wasser«, wies Kathryn ihn an. »Laßt es mindestens eine halbe Stunde neben dem Feuer stehen, und nehmt täglich zwei- oder dreimal vor den Mahlzeiten einen Eßlöffel voll. Und«, rief sie dem Glöckner nach, der sich die kleine Phiole geschnappt hatte und pfeilschnell zur Tür eilte, »trinkt mindestens eine Woche kein Bier!«

Der letzte Patient war Wynken der Nachtwächter. Er war ein großer, stämmiger Mann in mittleren Jahren und polterte ungeschickt ins Haus, den Kopf leicht zur Seite geneigt. Thomasina, die ein Auge auf den ernsten Gesetzeshüter geworfen hatte, flatterte bekümmert um ihn herum.

»Was fehlt Euch?« fragte Kathryn.

»Ich habe einen Fleck!« bellte Wynken. »Einen Fleck am Hals. Könnt Ihr mir eine Salbe geben, Mistress? Damit ich ihn einreiben kann?«

»Setzt Euch«, befahl Kathryn. »Und nehmt den Umhang ab.« Als Wynken protestieren wollte, fuhr sie fort: »Wie soll ich etwas behandeln, das ich nicht gesehen habe?«

Der Nachtwächter gehorchte. Kathryn zog den schmutzigen Hemdkragen zurück und warf Thomasina einen vielsagenden Blick zu, als sie die böse rote Schwellung sah, die etwa eine Handbreit unterhalb der Nackenpartie des Nachtwächters saß.

»Das ist kein Fleck, mein lieber Wynken«, erklärte sie, »das nennt man Karbunkel.« Kathryn berührte es leicht, und Wynken jaulte auf.

»Na, dann schmiert doch etwas Salbe drauf.«

»Tja, ich könnte es auch mit Feenwasser segnen«, konterte Kathryn. »Aber Ihr wollt doch, daß ich es behandle?«

»Oh ja, bitte«, jammerte der Nachtwächter. »Um der Liebe Christi willen!«

Kathryn hielt inne, weil es an der Tür klopfte. Als sie Luberons Stimme von der Haustür her hörte, wandte sie sich lächelnd wieder ihrem Patienten zu. »So, Wynken«, sagte sie, »was ich jetzt mache, wird mir mehr wehtun als Euch. Thomasina, bring mir eine Kerze, zwei Nadeln und mein kleines, scharfes Messer.«

Wynken, der durch die Worte aufgeschreckt war, wollte die Flucht ergreifen.

»Ihr bleibt sitzen«, befahl Kathryn und drückte ihn energisch auf den Stuhl zurück.

Thomasina brachte Nadeln und Messer, eine Schüssel heißes Wasser und eine kleine Rolle Verbandszeug. Kathryn prüfte, ob Nadeln und Messer sauber waren und fuhr langsam damit durch die Kerzenflamme. Wynken sah ihr über die

Schulter hinweg zu und stöhnte hin und wieder auf, wenn der Kragen die Beule berührte.

»Oh Gott, Mistress, was habt Ihr vor?«

Kathryn lächelte. »Ich weiß auch nicht warum, aber mein Vater, der Herr habe ihn selig, hat mir immer gesagt, Feuer sei die beste Reinigung. Und jetzt, Wynken, beugt den Kopf nach vorn und betet zu Gott.«

Kathryn begann leise über das Wetter zu reden, dann fragte sie, warum Wynken, der in der Gemeinde als aufrechter Witwer galt, noch keine zweite Frau gefunden habe? Kathryn schaute bei dieser Frage schelmisch zu Thomasina hinüber und schmunzelte. Sobald Wynken sich entspannte, hörte sie auf, die Haut in der Umgebung der Entzündung zu betasten und öffnete den Karbunkel mit einem sauberen Schnitt. Sie preßte den Eiter heraus und säuberte die Wunde sorgfältig, bevor sie eine kleine Kompresse aus getrocknetem Moos auflegte. Wynken heulte, und Thomasina fuhr ihn an, er solle den Mund halten. Sowie Kathryn mit dem Verbinden fertig war, lächelte der Nachtwächter erleichtert. Er zahlte seine Münze und wanderte zur Tür hinaus, ein lautes Lob der Heilerin auf den Lippen.

Kathryn wusch sich sorgfältig die Hände, brachte Phiolen und Verbandszeug in ihre Schreibkammer und ging wieder in die Küche zu Luberon und Colum. Der Ire schaute besorgt und reichte Luberon ein Stück Segeltuch.

»Was ist los?« fragte Kathryn.

»Frenland«, erwiderte Colum. »Erinnert Ihr Euch an den Mann, mit dem ich Vorräte eingekauft habe?« Er nahm Luberon den Beutel ab und schob ihn über den Tisch.

Kathryn öffnete ihn und rümpfte die Nase bei dem Gestank, der ihr entgegenschlug. Sie zog die zerfetzten, blutigen Überreste eines Umhangs heraus und schob sie schnell wieder in den Beutel. »Ist das Frenlands?«

Colum nickte. »Holbech hat Reiter ausgeschickt, um die Vorräte zu holen, die ich auf dem Gehöft gelassen hatte. Es liegt in der Nähe der Wegkreuzung, an der Frenland mich verlassen hat. Ein Stück weiter fanden sie das hier. Master

Luberon meint, das sieht so aus, als wäre Frenland von wilden Hunden angegriffen und schlimm zugerichtet worden.« Er zuckte die Achseln. »Vielleicht sogar getötet.«

»Wer hat Euch die Sachen gebracht, Simon?« wollte Kathryn wissen.

Der kleine Schreiber schaute auf seine Hände, sichtlich um die richtigen Worte ringend.

»Frenlands Frau kam ins Rathaus und brachte das mit.« Er warf Colum einen schiefen Blick zu. »Sie hat alle möglichen Anschuldigungen gegen Euch vorgebracht.«

Colum stöhnte und stützte das Kinn in eine Hand.

»Sie hat ein essigsaures Gesicht«, murmelte Colum, »und eine spitze Zunge. Was behauptet sie denn, Simon?«

»Ihr hättet Frenland im Stich gelassen, wäret in Panik geraten oder hättet sonstwas mit ihm gemacht ...« Luberon verstummte.

»Was zum Beispiel?« fragte Kathryn scharf.

Luberon rutschte auf seinem Stuhl herum. »Nun ja«, murmelte er, »sie behauptet, Colum hätte ihn vielleicht sogar umgebracht.«

»Unsinn!« erklärte Kathryn.

Luberon schaute Colum an. »Ihr solltet zu ihr gehen, Ire, und mit ihr reden.«

Kathryn nahm den Beutel vom Tisch und schob ihn in eine Ecke neben der Feuerstelle.

»Nein, Colum, das tut Ihr nicht! Wir haben im Rathaus zu tun.« Sie blickte in scharf an. »In Blunts Haus ist etwas Furchtbares geschehen, aber nicht so, wie uns beschrieben wurde. Mistress Frenland muß eben warten.«

Kathryn bat Thomasina, die Umhänge zu holen und alles zu richten, was sie mitnehmen wollten.

»Was ist dieser Frenland für ein Mensch?« fuhr Kathryn fort.

Colum hob die Schultern. »Ein guter Mann, eine Frohnatur. Er hat im letzten Krieg bei Lord Hastings gedient: seine Frau ist ein alter Drachen, und Frenland versteht etwas von Pferden.«

»Worüber habt Ihr gesprochen?« fragte Kathryn. »Ich meine unterwegs, als Ihr die Vorräte holen wolltet!«

Colum zog ein langes Gesicht. »Wir haben uns über Canterbury unterhalten, über die Stallungen.« Verlegen scharrte er mit den Füßen.

»Worüber noch?« fragte Kathryn.

»Gerüchte über Euren Gatten.« Colum hob eine Hand. »Um Himmels willen, Kathryn, das war doch nicht schlimm!« Er kratzte sich am Kopf. »›Ich bete zu Gott, möge das Leben all jener Männer, die sich nicht unter die Fuchtel ihrer Frau begeben, nur ein kurzes sein.‹« Colum grinste. »So spricht die Frau aus Bath. Frenland war der lebende Beweis dafür.«

Kathryn schüttelte den Kopf. »Ja, und lauten nicht die letzten Worte der Frau aus Bath: ›Und wer das Geld im Säckel läßt, dem schicke Gott alsbald die Pest.‹« Sie wies auf den Beutel am Boden. »Ich werde mich um Mistress Frenland kümmern, wenn wir wieder da sind.«

Hinter Kathryns Rücken zwinkerte Colum Luberon zu. Wenn er es recht bedachte, so war er über die Anschuldigungen, die Mistress Frenland gegen ihn vorbrachte, nicht sonderlich erbost. Sie hatte keinerlei Beweise, und der Mann war verschwunden, ohne nur zu fragen. Colum war mehr von Kathryns aufschäumender Wut und Entschlossenheit fasziniert. In der Regel war sie heiter und etwas spöttisch; wie brüsk sie die Anschuldigungen gegen ihn zurückwies, tat ihm wohl. Luberon und Colum folgten ihr aus dem Haus. Sogleich rutschte er auf dem Eis aus und schlug der Länge nach hin.

»Bei Mogglins Schwanz!« fluchte er und rappelte sich wieder auf, rieb seinen Arm und klopfte sich das schmutzige Eis vom Umhang. Kathryn trat zu ihm. »Colum?«

»Nichts«, sagte er. »Außer meinem Stolz ist nichts verletzt.«

»Ich wollte Euch noch sagen«, gestand Luberon, »daß der Schnee zwar schmilzt, das Eis aber gefährlich glatt ist.«

Der Schreiber behielt recht. Ottemelle Lane und alle anderen Straßen waren vereist. Das hatte jedoch viele Menschen nicht davon abgehalten, auf den Markt zu strömen, wo die

Stände, Buden und Läden gute Geschäfte machten. Doch hier und da rutschte jemand aus und fiel hin. Thomasina kam mit kleinen, vorsichtigen Schritten hinter ihnen her. Plötzlich blieb sie stehen, lehnte sich an eine Hauswand und hielt sich die Seiten vor Lachen: Schreiber Goldere, der in seinen engen Beinlingen und hochhackigen Stiefeln einherstolzierte, das lockige Haar geschniegelt und onduliert, fiel unsanft auf sein Hinterteil und hauchte mit spitzem Mund ein verblüfftes: »Oh!« Seine schicke Fußbekleidung machte es ihm nahezu unmöglich, wieder auf die Beine zu kommen.

Auch die Mistkarren waren unterwegs und versuchten, die hart gefrorenen Abfallberge, die überall im Weg lagen, abzutransportieren. Zwei Büttel aus der St. Margaret's Street hatten die zugefrorene Abflußrinne in der Mitte der Straße aufgehackt: der Gestank von dem erstarrten Unrat, der dort lag, war so durchdringend, daß die Passanten sich Nase und Mund zuhalten mußten. Ein Schwein, daß unter einem Schneehaufen erfroren war, wurde freigeschaufelt. Mit kurzen Stöcken oder Messern bewaffnete Bettler machten sich daran, Fleischstücke aus dem gefrorenen Kadaver zu schneiden. Auf dem Buttermarkt füllten die Büttel den Stock mit jenen Missetätern, die während des starken Frosts nach der Sperrstunde noch unterwegs gewesen waren oder kleinere Verbrechen begangen hatten. Ein Taschendieb, der zum zweiten Mal erwischt worden war, wurde mit den Ohren an die Kreuzlatte eines Pfostens genagelt. Einem Fälscher, der zum dritten Mal angeklagt war, brandmarkte der Henker der Stadt die Wange mit einem glühenden Eisen – eine bleibende Erinnerung an seine Taten –, und er schrie so laut, daß er alle Rufe des Marktplatzes übertönte. Eine fluchende und spuckende Hure hatte man über einen Karren gebeugt, um ihr das schmutziggraue Hinterteil auszupeitschen. Zwei Fleischer standen am Kreuz. Man hatte ihnen das verdorbene Fleisch, das sie verkauft hatten, vor den Mund und um den Hals gebunden. Straßenkinder und Bettler, die nach der Einsamkeit der vergangenen Tage auf Schabernack aus waren, versammelten sich bei den Missetätern und bewarfen sie mit

Schneebällen und stinkendem Unrat. Bauern aus der Umgebung kamen mit schweren Schritten in die Stadt. Sie schoben Schubkarren vor sich her oder trugen schwere Lasten auf dem gebeugten Rücken. Sie wollten rasch ihre Waren verkaufen und etwas Geld verdienen, ehe der Schnee zurückkam. Ein Liedverkäufer probte auf den Stufen eines Wirtshauses einen neuen Lobgesang, während ein dunkler Reisender in auffallend bunten Lumpen auf den Stufen von St. Andrew stand und von seinen Reisen ins Gelobte Land erzählte.

Kathryn und ihre beiden Begleiter gingen die High Street entlang, blieben kurz vor der Schenke ›Zum Hoffnungstropfen‹ stehen, um einem Leichenzug Platz zu machen, der sich den Weg zur Kirche St. Helen bahnte. Der Leichenkarren war vollgestopft mit Särgen, einfachen Kisten aus Fichtenholz, die teilweise nicht richtig zugenagelt waren. Ein Passant erzählte Kathryn, die Leichen seien die einer ganzen Familie, die in ihrem Haus erfroren war.

Auf den Treppen im Rathaus herrschte dichtes Gedränge. Kaufleute, Rechtsgelehrte und Stadtverordnete lechzten förmlich danach, Neuigkeiten auszutauschen und zum Alltag überzugehen. Als Colum vorüberging, traten sie zur Seite und verbeugten sich respektvoll. Obwohl der Zorn des Königs auf die Stadt, die das Haus Lancaster unterstützt hatte, inzwischen nicht mehr so loderte, war Colum als Repräsentant der Krone in Canterbury wohlbekannt, geachtet und sogar gefürchtet. Ein Amtsdiener führte sie einen Korridor hinunter und über eine steile Treppe in den Keller zu den Kerkerzellen. Hier gab es weder Licht noch Wärme, weder prasselndes Feuer noch glühende Kohlebecken, und Kathryn zitterte in der feuchten Kälte. Sie warf Thomasina über die Schulter einen prüfenden Blick zu. In der Regel kommentierte die alte Amme alles, was sie sah, doch diesmal war sie – abgesehen von ihrem Gelächter, als Goldere auf dem Eis ausrutschte – auffallend schweigsam und verschlossen.

»Ihr wollt zu Blunt?« Der eingemummte Kerkermeister trat aus der Dunkelheit und rasselte mit den Schlüsseln. Er verbeugte sich ehrerbietig vor Colum, grinste einfältig und entblößte gelbe Zähne. »Ich habe Euch nicht gesehen, Herr, und die Damen auch nicht.«

»Zeig uns, in welcher Zelle Blunt sitzt«, herrschte Colum ihn an.

Der Kerkermeister gab ihnen ein Zeichen, und sie folgten ihm in die Dunkelheit. Nur über einer Zellentür flackerte eine einsame Fackel. Der Kerkermeister öffnete und winkte sie in den schmalen, übelriechenden Raum. Kathryn spürte die nassen Binsen unter den Füßen, und der Gestank, der ihr entgegenschlug, ließ sie nach Luft schnappen. Ratten huschten durch die Dunkelheit. Plötzlich entdeckte Kathryn eine zusammengesunkene Gestalt, die in einer Ecke kauerte. Ketten rasselten, als sie sich bewegte. Der Kerkermeister brachte eine Kerze und befestigte sie auf einem Eisendorn in der Wand.

»Ich warte lieber draußen«, murmelte Luberon.

Thomasina lehnte sich an die Wand und beobachtete Kathryn, die auf die Gestalt zuging und sich vor sie hockte.

»Master Blunt«, flüsterte sie, »ich bin Kathryn Swinbrooke; Ihr wolltet mich sprechen.«

Der Gefangene hob den Kopf. Kathryn wurde von Mitleid übermannt. Blunt hatte sich so verändert, daß sie ihn nicht wiedererkannt hätte: Haare und Bart waren verfilzt und schmutzig, das Gesicht sah bleich aus im flackernden Licht der Kerze und auf den hervorstehenden Wangenknochen hatten sich Fieberbläschen gebildet.

»Ihr seid also doch noch gekommen«, krächzte der Mann. Mit einer schwachen Handbewegung deutete er auf die Zelle. »Nicht gerade komfortabel hier, Mistress Swinbrooke.« Blunt starrte in die Dunkelheit. »Und wer ist noch da?«

»Master Murtagh, der Beauftragte des Königs in Canterbury.«

»Ich habe von Euch gehört, Ire.« Blunts schmales Gesicht verzog sich zu einem Lächeln. »Und wenn Kathryn Swinbrooke hier ist, dann kann Thomasina nicht weit sein, flink wie sie ist!«

Ein unterdrücktes Schluchzen war die Antwort.

»Weine nicht«, sagte Blunt leise. Dann begann er zu husten, und der geschundene Körper wurde von Krämpfen geschüttelt.

Kathryn beobachtete ihn aufmerksam und sah, daß sich der Speichel auf Blunts Lippen rot verfärbte.

»Colum«, zischte sie, »habt Erbarmen und bittet um einen Schluck Wein für ihn!«

»Ich habe etwas mitgebracht«, sagte Thomasina.

Sie reichte Kathryn einen kleinen Weinschlauch, den diese Blunt in die Hände drückte.

»Trinkt«, drängte sie ihn.

Blunt, kreidebleich und mit Tränen in den Augen, zog den Stöpsel heraus, hielt den Weinschlauch hoch und ließ sich den Strahl in den Mund laufen, was einen erneuten Hustenreiz auslöste. Erschöpft sank Blunt gegen die Wand.

»Ihr wart bei Emma und dem Jungen?«

Kathryn nickte. »Warum wolltet Ihr mich sehen, Richard? Ich kenne Euch kaum, aber Euer Anblick schmerzt mich, und mein Vater wäre entsetzt gewesen, hätte er miterlebt, in welch erbarmungswürdigem Zustand Ihr seid.«

»Ich habe es selbst verschuldet«, erwiderte Blunt und trank gierig einen zweiten Schluck aus dem Weinschlauch. »Jetzt bin ich ein alter Mann, Mistress Kathryn. Aber mein Handwerk habe ich immer verstanden. Von Jahr zu Jahr wurden meine Geldbeutel praller. Dann habe ich Alisoun kennengelernt.« Blunt wollte sich bequemer hinsetzen, aber die Eisenmanschetten um seine Hand- und Fußgelenke, die mit Ketten an einem Ring in der Wand befestigt waren, hinderten ihn.

»Und Ihr habt sie und die beiden jungen Männer umgebracht?« fragte Kathryn.

Blunt beugte sich zu Kathryn vor, die nicht mit der Wimper zuckte, als ihr der üble Körpergeruch und schlechte Atem entgegenschlug.

»Ich habe von Euch gehört, Kathryn. Es heißt, Ihr seid die beste Ärztin in der Stadt. Ich wußte, daß man Euch beauftragen würde, die Leichen zu untersuchen. Ich bitte Euch, habt Erbarmen und rührt nicht an dem äußeren Schein. Wollt ihr jedoch die Wahrheit erfahren, dann schaut im Heiligtum von St. Mildred nach – ja dort!« Er packte ihr Handgelenk. Bevor er weitersprechen konnte, wurde er von einem neuen Hustenanfall geschüttelt. Als er den Kopf hob, bemerkte Kathryn den blutigen Speichel in seinen Mundwinkeln. »Bitte«, flüsterte er, »Ihr kennt doch das klassische Sprichwort: ›Quieta non movere‹.«

»Schlafende Hunde soll man nicht wecken«, erwiderte Kathryn.

Thomasina, die hinter ihr stand, begann leise zu schluchzen. Blunt hob den Kopf und warf einen Blick über Kathryns Schulter.

»Weine nicht um mich, Thomasina. Meine Tage sind gezählt, und ich habe weiß Gott die Sonne auf meinem Gesicht gespürt. Ich wurde mit der Liebe einer guten Frau beschenkt und habe viele Wände bemalt. Geht und schaut Euch die Kirchen von Rochester, Gravesend und Dover an. In meinen Gemälden werde ich überleben, wenn andere längst vergessen sind.«

»Können wir etwas für Euch tun?« fragte Kathryn.

Blunt schüttelte den Kopf. »Sagt Emma und Peter, daß ich sie liebe. Sie sollen nicht zur Verhandlung kommen. So einsam wie ich geboren wurde, will ich auch sterben.« Noch einmal packte er Kathryns Handgelenk. »Aber ich kenne Euch, Mistress Swinbrooke – um der Liebe unseres Herrn willen, weckt keine schlafenden Hunde auf!«

Kathryn erhob sich. »Habt Ihr Sir Reginald Erpingham gekannt?« fragte sie.

Nun lächelte Blunt. »Und ob! Er war ein hartherziger, grausamer, seelenloser Teufel. Ich sterbe als glücklicher Mann, denn ich weiß, daß Erpingham bekommen hat, was er verdient. Wißt Ihr, daß er mich aufforderte, zum ›Weidenmann‹ zu kommen, damit ich meine Rechnungen begleiche?« Blunt räusperte sich und spuckte auf den schwarzen, glitschigen Boden. »Tja, nun hat Gott meine Rechnungen mit ihm beglichen, nicht wahr? Erpingham war ein Erpresser. Er war dumm und hat den Tod verdient. Wenn ich ins Wirtshaus gegangen wäre, hätte ich ihn wahrscheinlich auch umgebracht.«

»Wollt Ihr damit sagen, daß diejenigen, die hingingen, die Schuld an seinem Tod tragen?« fragte Kathryn.

»Einer von ihnen gewiß«, bestätigte Blunt. »Aber das mag der liebe Herrgott wissen. Das müßt Ihr herausfinden! Vor Jahren war Erpingham hinter mir her, nicht weil ich ein Wilddieb war, sondern weil ich mich geweigert hatte, Schweigegeld zu zahlen wie die anderen.«

»Aber über seinen Tod wißt Ihr nichts?«

Blunt schüttelte den Kopf. »Der Herr sei mit ihm, ich weiß von nichts.«

»Ich habe dir etwas mitgebracht«, ließ sich Thomasina vernehmen. Sie trat aus dem Schatten und drückte Blunt ein kleines, in Leinen eingeschlagenes Päckchen in die gefesselten Hände. »Etwas Brot, Käse und Dörrfleisch.«

»Danke.« Blunt lächelte Kathryn an. »Und nun geht, bitte!«

Colum hämmerte gegen die Tür, und der Kerkermeister ließ sie in den schlecht beleuchteten Gang hinaustreten.

»Was sollte das alles heißen?« flüsterte Colum.

Kathryn schüttelte nur den Kopf. »Nicht jetzt, Colum. Wir müssen uns die Gemälde in St. Mildred anschauen: ich möchte, daß Blunt es mir persönlich sagt.«

»Habt Ihr irgend etwas erfahren?« fragte Luberon, als sie das Rathaus verließen.

Auf der Treppe drehte Kathryn sich um und sah die beiden an. Sie tippte Colum vor die Brust.

»Ihr seid der Beauftragte des Königs, Ire. Ihr, Simon, seid der Stadtschreiber. Vielleicht ist es vorläufig das Beste, wenn ich meine Gedanken für mich behalte. Aber eines kann ich Euch sagen. Blunt ist ein sterbender Mann.« Sie warf Thomasina, die blaß und traurig abseits stand, einen Blick zu. »Du hast es doch selbst gesehen, nicht wahr?«

Thomasina nickte.

»Wenn er hustet, spuckt er klumpiges Blut«, fuhr Kathryn fort. »Seine Lungen verfaulen.«

»Wird er wirklich sterben?« fragte Luberon und lächelte

dann verlegen. »Ich meine, er wird keine wochenlangen Verhandlungen durchstehen? Die Stadtrichter werden seinen Fall einfach ans nächste Assisengericht verweisen.«

Kathryn deutete auf die High Street, wo Kinder dicke Scheite hinter sich herzogen – Holz, das nur an den Abenden vor Weihnachten verbrannt wurde.

»Ich bin Ärztin«, antwortete sie, »und es würde mich wundern, wenn Blunt am ersten Weihnachtstag noch lebte. Kommt, biegen wir hier ab! Ich möchte mich in St. Mildred umsehen.«

Kathryn wollte die Sache jetzt nicht weiter bereden. Sie bahnten sich ihren Weg durch das nachmittägliche Gedränge und eilten an den Hausierern, Händlern und Kesselflickern vorbei, die an allen Ecken herumlungerten. In St. Mildred trat Kathryn schnurstracks vor den Altar, beugte das Knie, zündete die beiden großen Bienenwachskerzen auf dem Tisch im Heiligtum an und ging in die Apsis, um das Gewölbe hinter dem Altar zu betrachten. Thomasina sank traurig auf einen Stuhl, während Colum und Luberon Kathryn Kerzen hielten, damit sie sich die Bilder genau besehen konnte, die Blunt in den vergangenen zwölf Monaten gemalt hatte. Das eine war ein Bestiarium, das einen Phoenix, einen Pelikan und eine Eule darstellte, die von Elstern bedrängt wurden, sogar eine Seejungfrau war zu erkennen. Das zweite handelte von Jesus Christus, der, nackt bis auf ein Lendentuch, seine zwölf Wunden zeigte. Daneben waren die Tierkreiszeichen gemalt. Das größte Gemälde stellte die Heiligen Drei Könige dar. Sie waren prächtig gekleidet, und einer trug einen Falken auf dem Handgelenk. Vor ihnen standen drei grauenhafte Skelette. Kathryn bewunderte die leuchtenden Farben und das Geschick des Künstlers. Die Bilder sprachen ebenso wortreich wie eine Predigt über die ewigen Wahrheiten, die Vergänglichkeit des Lebens und die Unmittelbarkeit des Todes. Das letzte Gemälde indes, das, an dem Blunt gearbeitet hatte, ehe es zu der tödlichen Begegnung mit Alisoun kam, zog Kathryns Aufmerksamkeit auf sich. Es war eine Szene aus dem Alten Testament, in der Abraham Gott seinen Sohn Isaac opfert. Der Junge liegt gefesselt auf dem Altar, und Abraham blickt zum Engel empor, welcher versucht, ihn von seinem Vorhaben abzubringen und die Hand mit dem Dolch darin festhält.

»Haltet die Kerzen näher heran«, drängte sie.

Colum und Luberon gehorchten, und Kathryn sah noch angestrengter hin. Kein Zweifel, die Züge Abrahams glichen denen des alten Mannes in der grauenhaften Zelle im Rathaus. Dann schaute sie sich die Hand Abrahams an und sah, daß der Dolch auf seine eigene Brust zielte und nicht auf seinen Sohn. Kathryn berührte vorsichtig das Bild und lächelte Colum traurig an.

»Ich habe genug gesehen«, flüsterte sie. »Ich kenne die Wahrheit.«

Acht

Es dämmerte bereits, als Kathryn und Colum sich auf den Heimweg machten. Zur gleichen Zeit stand Vavasour, der Schreiber des Steuereintreibers, an seinem Fenster und starrte hinaus. Kathryn hätte den kleinen Schreiber kaum wiedererkannt: keine Spur mehr von nervös zuckender Nase oder fahrigen Gesten. Stocksteif und mit versteinerter Miene schaute er unverwandt in die Dunkelheit. Hin und wieder rieb er sich die Augen oder lächelte verstohlen, als freute er sich insgeheim über einen Witz.

»Wer nur genug Geduld hat, wird reichlich belohnt«, flüsterte Vavasour vor sich hin und steckte die Daumen in den breiten Ledergürtel, den er um die schmale Taille trug. Erpingham hatte das Zeitliche gesegnet – bei Gott nicht zu früh, soviel stand für Vavasour fest. Nun würde er nicht mehr auf Erpinghams Befehle warten müssen wie ein Köter, dem man hin und wieder ein Stückchen Fleisch oder trockenes Brot hinwirft. Vavasour kaute auf den Lippen herum. »Auch wenn der Braten aufgegessen ist, bleibt noch genügend Soße«, murmelte er.

Die scharfsinnige Swinbrooke, überlegte Vavasour, hatte bestimmt das verschwiegene Haus in der St. Alphage's Lane aufgespürt, aber Erpingham besaß noch andere Verstecke in der Grafschaft. Vavasour hatte die feste Absicht, sie im Laufe der Zeit selbst zu nutzen. Oh, natürlich würde Erpingham ihm fehlen! Der verruchte alte Knochen hatte Vavasour vorzüglich mit seinen amourösen Streifzügen unterhalten, hatte ihm von den hochtrabenden Witwen erzählt, die ihn lieber im Bett befriedigten als ihre Zahlungen zu leisten. Erpingham, mit seinen Geldreserven bei den Bankiers, hatte sich seine verbotenen Umtriebe ein Vermögen kosten lassen. Vavasour dachte an die Nacht, in der Erpingham von Alpträumen heimgesucht wurde. Der Steuereintreiber hatte sich stets seiner bösen Vorfahren und seiner Verbindung zu diesem besonderen Zimmer im ›Weidenmann‹ gerühmt. Nun hatte Erpingham für seine Dummheit bezahlt. Wer hielt sich auch in einem Wirtshaus inmitten seiner Feinde auf! Der Mord an ihm war allen ein Rätsel, aber er, Vavasour, konnte beweisen, wie alles abgelaufen war. Schadenfroh rieb er sich die Hände.

»Zwischen Lipp' und Kelches Rand schwebt der dunklen Mächte Hand«, flüsterte Vavasour, und das würde er schon bald unter Beweis stellen.

Der kleine Schreiber schaute auf die Stundenkerze, die ruhig auf dem Tisch brannte. Die Flamme hatte bereits den siebzehnten roten Kreis erreicht: es war fünf Uhr nachmittags, die Zeit, die in der Botschaft genannt war. Um fünf Uhr sollte Vavasour die große Wiese gegenüber dem Wirtshaus überqueren und dann den Fußspuren im Schnee folgen, die ihn hügelabwärts ins Tal unterhalb der Wiese führen würden. Dort sollte Vavasour seinen Anteil an den vielen hundert Pfund erhalten, die aus den Satteltaschen des Steuereintreibers gestohlen worden waren. Der Schreiber setzte sich auf die Bettkante und zog sich die Stiefel über die spindeldürren Beine.

»Warum an diesem einsamen Ort?« murrte er.

Zur Vorsicht legte er seinen Schwertgürtel um, an dem Schwert und Dolch in Ringen steckten. Zusätzlich nahm er die kleine Armbrust mit und steckte fünf Pfeile in seinen Gürtel. Vavasour war nicht dumm: er wollte gewappnet sein. Im übrigen sollte dort eine Laterne brennen. Vavasour warf sich den Umhang über und verbarg die Armbrust darunter. Dann verließ er das Zimmer.

»Geht Ihr aus?« fragte ein Diener, als er die Treppe herunterkam.

»Nur zu einem kurzen Spaziergang«, sagte Vavasour mit geheimnisvollem Lächeln.

»Es ist kalt und ungemütlich«, sagte Tobias Smithler, der an den Weinfässern stand und einen Krug füllte.

Vavasour warf einen Blick durch den Schankraum. Nur der alte Ritter Sir Gervase Percy hielt sich dort auf. Er saß an der

Feuerstelle und wärmte sich die Füße; mit zusammengekniffenen Augen blickte er Vavasour an.

»Entfernt Euch nicht zu weit«, warnte er ihn. »Ihr habt gehört, was der Ire gesagt hat. Wir sollen alle hierbleiben, bis die Sache aufgeklärt ist.«

Vavasour zwang sich zu einem Lächeln.

»Was ist denn nun mit der Leiche von Sir Reginald?« fragte der Wirt.

»Sie wurde ins Leichenhaus der Burg gebracht«, erwiderte Vavasour, die Hand auf der Türklinke. »Erpinghams Seele ist bei Gott, und sein Körper wird verrotten. Was will man machen?«

Er ging zur Tür hinaus und schlug sie hinter sich zu. Er überquerte das vereiste Pflaster im Hof. Unter dem Torbogen blieb er stehen. Dichter, weißer Nebel lag über der Landschaft und hüllte den Weg und die Bäume zu beiden Seiten ein. Vavasour überquerte den Weg und sprang erschrocken zur Seite, als aus der Dunkelheit eine Gestalt auftauchte.

»Was zum ...?« Vavasours Hand schloß sich um die Armbrust.

»Ich bin's nur, Herr.«

Vavasour atmete erleichtert auf, als er Raston erkannte, einen alten Diener aus dem Wirtshaus. Der Mann hatte offensichtlich ein schlechtes Gewissen, denn er hielt eine Hand unter seinem wollenen Umhang verborgen. Gewildert hat er, dachte Vavasour – daher also beziehen Master und Mistress Smithler ihr frisches Fleisch. Vavasour ging weiter; er würde es sich merken, wie Sir Reginald zu sagen pflegte. Dieses Wissen war allemal eine freie Mahlzeit wert – andererseits wäre vielleicht ein Stelldichein mit Mistress Smithler auch nicht zu verachten! Vavasour spürte die Erregung in seinen Lenden. Appetitlich genug war sie ja – oder, wie sein Herr zu sagen pflegte, eine träge Schönheit mit langem, blondem Haar. Vavasour fragte sich, ob sie ihm willig wäre. Reginald hatte immer behauptet, sie sei zu haben.

»Wenn Ihr genug bietet, gibt sich jedes Weib mit Freuden hin«, hatte der Steuereintreiber immer geprahlt, wenn er in gehobener Stimmung war. Vavasour öffnete das Tor zur Wiese. Nun, bald hätte er jede Menge Gold und Silber – genug, um sich alle Wünsche zu erfüllen. Aber vorerst mußte er durch den kniehohen Schnee stapfen. Gutgläubig folgte er den Fußspuren vor ihm. Nach einigen Metern blieb Vavasour plötzlich stehen. Sonderbar! Wieso lag der Treffpunkt in der Talsohle? Vavasour biß sich auf die Lippen. Nun, er zumindest würde seinen Teil der Abmachung einhalten. Aber wenn er vom Hügel aus unten im Tal keine Laterne sähe, würde er ins Wirtshaus zurückkehren, eine üppige Mahlzeit zu sich nehmen und dann sofort den Iren aufsuchen und sich als Kronzeuge anbieten. Der Schreiber zögerte. Sollte er das wirklich tun? Irgendwo in der Dunkelheit heulte eine wütende Füchsin den Vollmond an, und eine Eule, die vergeblich an den Rainen nach Beute jagte, schrie kläglich.

Auch ich bin ein Jäger, dachte Vavasour, nur ich werde nicht mit leeren Händen dastehen! Er stapfte weiter. Seine Stiefel waren gut, aus feinstem Leder, aber der Schnee war so tief, daß er Vavasour in die Stiefel drang, und er schüttelte sich, als er die weiße Nässe an den Beinen spürte. Am liebsten wäre er umgekehrt. Plötzlich hörte er ein Geräusch hinter sich und drehte sich so ruckartig um, daß er beinahe gestolpert und gestürzt wäre. Folgte ihm jemand?

»Ist da wer?«

Doch er sah nur das endlose Weiß und die Lichter des Wirtshauses in der Ferne. Schließlich erreichte Vavasour den Hügelkamm. Er klopfte sich den Schnee vom Umhang und schaute ins Tal hinunter, das im fahlen Mondlicht silbrig schimmerte. Er strengte seine Augen an, um die Dunkelheit und die Nebelschwaden zu durchdringen. Schließlich erblickte er den schwachen Schein einer Laterne – ein gespenstisches Licht, dachte Vavasour, aber er beschloß, weiterzugehen. Leise in sich hineinlachend folgte er den Spuren im Schnee. Sie führten ihn auf das Laternenlicht zu, das ihn immer schneller vorwärtstrieb, je heller es wurde. Als ihn wieder Zweifel beschlichen, tröstete Vavasour sich mit dem Gedanken, wie klug es doch war, sich im Freien zu treffen, weit weg von forschenden Augen und fragenden Blicken. Er wünschte nichts sehnlicher, als daß alles schon vorbei wäre. Wie viel hatte Sir Reginald gescheffelt? Gewiß viele hundert Pfund! Ein veritables Vermögen! Er, Vavasour, könnte einen anderen Namen annehmen und ein Herrenhaus an der Grenze nach Wales kaufen! Oder inmitten der saftig grünen Felder von Devon und Grundbesitzer werden! Als er am Fuße des Hügels ankam, blieb Vavasour stehen und schaute zur Laterne hin.

»Ich komme«, rief er. »Ich habe mich zwar gefragt, wieso Ihr mich ausgerechnet hier treffen wolltet, aber hier bin ich.« Vavasour kniff die Augen zusammen, denn er konnte den genauen Standpunkt der Laterne nicht ausmachen. Er seufzte und stapfte weiter. »Ich will mehr als die Hälfte!« rief er. »Sagen wir zwei Drittel?« Plötzlich blieb er wie angewurzelt stehen, sein Herzschlag stockte. Der Boden unter seinen Füßen gab nach. »Oh Gott!« Vavasour lief weiter, doch das Eis brach, und er sank bis zur Hüfte ins eiskalte Wasser.

»Hilfe!«

Die Laterne schien sich zu bewegen.

»Oh Gott, so helft mir doch!«

Das Gewicht von Schwertgürtel und Armbrust zog ihn nach unten, und Vavasour sank unerbittlich immer tiefer. Er schlug um sich, aber der Umhang war zu schwer. Vavasour hatte das Gefühl, als würde ihm der Kopf nach hinten gezogen. Die Kälte war qualvoll. Er machte eine letzte Anstrengung, aber das Wasser zog ihn nach unten. Vavasours Augen fielen zu, und er wurde bewußtlos.

Aufgeschreckt durch die fremdartigen Geräusche, schrie die junge Eule noch einmal auf, ehe sie in den Schutz der dunklen Bäume flog.

Am nächsten Morgen stand Kathryn früh auf und spielte eine Weile draußen im Garten mit Wuf, der sich ein neues Spiel ausgedacht hatte. Er hatte kleine Holzstöckchen auf den zugefrorenen Karpfenteich gestellt, die er mit seiner selbstgeschnitzten, polierten Holzscheibe zu treffen versuchte.

Kathryn freute sich, daß das Tauwetter anhielt: der Himmel war blau, und die Morgensonne hatte bereits Kraft.

»Meinen Kräuterbeeten tut das viele Tauwasser gut«, bemerkte sie, während sie durch den Garten blickte. »Im Frühling werden wir eine gute Ernte haben. Dann gibt es viel zu tun, Wuf, die Kräuter wollen gepflückt und getrocknet werden.«

»Das kann ich gut«, sagte der kleine Junge.

»Ja, natürlich kannst du das«, rief Thomasina, die in der Küchentür stand. »Aber jetzt kommt ihr beiden erst einmal rein und eßt etwas.«

Kathryn schnitt eine Grimasse und schaute Wuf an. »Ich glaube, wir gehorchen ihr lieber.«

Drinnen gesellte sich Agnes zu ihnen an den Tisch. Sie aßen eine Schüssel Hafergrütze mit heißer Milch, gewürzt mit Muskatnuß. Danach stellte Thomasina eine Platte kleiner Weißbrote auf den Tisch, eine Schale Butter und Marmelade aus saftigen Johannisbeeren, die sie in diesem Jahr eingekocht hatte. Agnes saß still und mit blassem Gesicht da und hörte nicht einmal auf Wufs munteres Geplapper.

»Was ist los, meine Kleine?« fragte Thomasina.

Die junge Magd hob das Gesicht. In den hellblauen Augen standen Tränen. »Ach, es ist wegen Wormhair«, erklärte sie. Wormhair war ihre große Liebe.

Er diente unter der Woche als Lehrling bei einem Tuchmacher, und an Sonntagen war er der ungeschickteste Meßdiener von St. Mildred.

Kathryn erschrak und fragte sich, was vorgefallen war. Agnes war so etwas wie eine Ersatztochter oder jüngere Schwester für sie, ein Findelkind, das ihr Vater einst mit nach Hause gebracht hatte. Agnes hatte immer darauf bestanden, zu arbeiten, und konnte tagelang schmollen, wenn Kathryn versuchte, sie daran zu hindern. Obwohl sonst ein vernünftiges Mädchen, hatte sie eine unsterbliche Leidenschaft für Wormhair entwickelt. Ungeachtet seines spitzbübischen Gesichts und der verfilzten, struppigen Haare sah Agnes ihn stets als ihren Lanzelot.

»Geht es ihm nicht gut?« fragte Kathryn.

»Nun ja, er ist ...« Agnes fuhr sich mit der Zunge über die Lippen. »Als Ihr gestern Abend nicht da wart, Mistress, stand Wormhair auf einmal mit Schmerzen und Bauchkrämpfen vor der Tür. Ich weiß, daß heute morgen keine Patienten kommen, aber ...«

»Mistress Kathryn gibt samstags keine Arznei aus«, posaunte Thomasina.

»Aber ich habe ihm trotzdem gesagt, daß er kommen kann«, fuhr Agnes hastig fort. Als es dann plötzlich laut an der Tür klopfte, sprang sie auf. »Ich glaube, da ist er schon.«

Aber es war Luberon, der mit großen Schritten in die Küche trat und sich vergnügt den tropfnassen Schnee vom Umhang klopfte, ohne auf Thomasinas Aufschrei zu achten.

»Im ›Weidenmann‹ hat es einen erneuten Todesfall gegeben«, verkündete er wichtigtuerisch. »Vavasour, der Dummkopf, ging auf der großen Wiese spazieren, lief den Hügel hinab und wollte wohl den kleinen Teich unten im Tal überqueren, weiß der Himmel, warum.«

Luberon nahm Platz und schenkte Thomasina ein einschmeichelndes Lächeln. »Bitte eine Schüssel Eurer Hafergrütze für mich, oh himmlischstes aller Geschöpfe.«

Thomasina, die den Schreiber mit dem rundlichen Gesicht insgeheim mochte, nahm eine warme Schüssel von der Feuerstelle, stellte sie vor ihn hin und schob ihm den Milchkrug und die Töpfe mit Honig und Muskatnuß zu.

»Was um alles in der Welt hatte er dort verloren?« Colum trat in die Küche. Er hatte einen Steigbügel in der Hand, den er repariert hatte. Luberon räusperte sich. »Ich sagte Todesfall, aber auch hier könnte es sich durchaus wieder um einen Mord handeln. Der alte Raston, einer der Diener und wahrscheinlich ein Wilderer, traf Vavasour, als dieser den Weg überquerte. Raston ging ins Wirtshaus und berichtete den Smithlers, was er gesehen hatte. Sie reagierten verdutzt. Jedenfalls war Rastons Neugier geweckt, und er beschloß, Vavasour zu folgen. Als er oben auf dem Hügel ankam, sah er, daß Vavasour am Rande des Tümpels stehenblieb und dann hinübergehen wollte. Etwas an der Sache ist jedoch sonderbar: Raston ist sicher, daß jemand mit einer Laterne in der Hand auf Vavasour wartete.«

»Eine Laterne!« rief Colum aus.

»Nun ja, nur so konnte Raston erkennen, was vor sich ging.« Luberon streute sich Muskatnuß über die Hafergrütze. »Und dann geschah es. Raston hörte, wie das Eis brach. Er sah, daß Vavasour um sich schlug, aber er war zu alt und der Pfuhl zu weit entfernt, als daß er ihm hätte helfen können. Raston eilte den Hügel hinunter, aber als er den Teichrand erreichte, war Vavasour verschwunden, das Licht ebenfalls.«

Luberon schaute Kathryn an. »Das ist alles, was ich weiß. Der Junge, den Smithlers zu mir schickten, hat berichtet, sein Herr wolle den Pfuhl nach Vavasours Leiche absuchen lassen.« Ein dünnes Lächeln umspielte Luberons Lippen. »Es geht bereits die Mär über Gespenster um: der Fluch des Weidenmannes habe Vavasour in den Tod gelockt.« Der Schreiber schnaubte verächtlich. »Wir müssen wohl oder übel wieder hinaus.«

»Das hatten wir ohnehin vor. Ich habe den Gästen noch einige Fragen zu stellen«, erklärte Kathryn. Dann erhob sie sich und trat an die Feuerstelle, neben der die Überreste von Frenlands Umhang lagen.

»Ich möchte Euch um einen Gefallen bitten, Simon.« Sie zwinkerte Colum rasch zu, verließ die Küche, holte die abgegriffene Pergamentlandkarte ihres Vaters aus ihrer Schreibkammer und reichte sie Luberon. »Die Straßen sind inzwischen passierbar«, sagte sie. »Niemand kennt sich in Kent und auf seinen vielen Nebenstraßen besser aus als Ihr, Simon. Laßt Euch von Colum die Wegkreuzung sagen, wo Frenland verschwand, und dorthin geht!« Kathryn lächelte Luberon an. »Bitte, erkundigt Euch in den Gehöften und Dörfern am Wegesrand. Vielleicht ist dort etwas über Frenlands Tod bekannt.«

»Aber ich wollte ...« hob Colum an, verstummte aber, als Kathryn ihm einen warnenden Blick zuwarf.

»Master Murtagh«, sagte sie mit gespielter Feierlichkeit. »Ihr seid Sonderbeauftragter der Krone in Canterbury. Der königliche Steuereintreiber wurde ermordet, und möglicherweise hat seinen Schreiber dasselbe Schicksal ereilt. Eure Pflicht ist es, zum ›Weidenmann‹ zu gehen.«

Luberon, der die Gesetze und ihre Bestimmungen kannte, nickte weise. Kathryn lehnte sich über den Tisch und ergriff seine fleischige Hand. »Simon, bitte, erledigt das für mich und helft mit, Colum von diesen bösartigen Gerüchten reinzuwaschen.«

»Ich brauche eine Eskorte«, erklärte der kleine Schreiber.

»Colum wird dafür sorgen«, erwiderte Kathryn. »Außerdem wird er Euch einen Brief an Holbech mitgeben.«

»Aber ich muß Euch doch auch noch wegen Blunt befragen«, entgegnete Luberon.

»Wenn Ihr zurückkommt«, versprach Kathryn. Sie gab Colum ein Zeichen. »Mein Gott, Ire, seid nicht so schwerfällig!«

Kathryn eilte wieder in ihre Schreibkammer und nahm ein Stück Pergament zur Hand, eine Feder und ein Tintenfaß aus Horn und schrieb eine Vollmacht, die Luberon mit nach Kingsmead nehmen sollte. Dann rief sie Colum zu sich, schmolz ein wenig rotes Wachs und drückte das Siegel seines Ringes hinein. Colum setzte mühsam seine Unterschrift unter den Brief.

»Warum so eilig, gute Frau?« fragte er verärgert.

Kathryn stellte sich auf die Zehenspitzen und küßte ihn auf beide Wangen.

»Sagt nicht ›gute Frau‹ zu mir, Ire. Tut einfach, was man Euch sagt. Master Luberon wird nach Kingsmead gehen und diesen Brief Holbech zeigen. Er hat die Landkarte meines Vaters bei sich, die er auf keinen Fall verlieren darf. Vielleicht findet er ja heraus, was Frenland zugestoßen ist.«

Colum schaute sie eindringlich an. »Wenn ich noch einmal ›gute Frau‹ zu Euch sage, würdet Ihr mich dann noch einmal küssen?«

Kathryn schlug ihm spielerisch auf die Finger. »Ich möchte

Luberon aus dem Weg haben«, sagte sie. »Ich will nicht über die Morde im Hause Blunt ausgefragt werden.«

»Warum?«

»Wartet noch ein Weilchen«, sagte Kathryn, »dann werde ich es Euch erklären.«

»Aber warum schickt Ihr ihn zu einem fruchtlosen Unterfangen los?«

»Oh, es ist kein vergeblicher Gang«, erwiderte Kathryn. »Heute früh habe ich Frenlands Umhang noch einmal untersucht. Ich war ziemlich verblüfft, denn ich entdeckte Lederteilchen.«

Colum sah sie stirnrunzelnd an.

»Denkt doch mal nach«, sagte Kathryn lächelnd.

»Ich will keine falschen Hoffnungen wecken, aber um Himmels willen, Colum, so gut ich Luberon auch leiden mag, gebt ihm den Auftrag und schickt ihn fort!«

Colum schlenderte wieder in die Küche. Kathryn hörte, wie er Luberon schmeichelte und ihm versicherte, er sei in dieser Angelegenheit sein vertrauenswürdigster und fähigster Stellvertreter.

»Honig rapseln kannst du gut, Ire«, flüsterte Kathryn vor sich hin.

»Thomasina!«

Die alte Amme watschelte herein, die Kittelärmel bis über die Ellenbogen hochgekrempelt, die stämmigen Unterarme und Hände mit Mehl bedeckt.

»Thomasina, du weißt, daß Blunt sterben wird.«

»Jawohl, so wie der gehustet hat!«

»Ja ja, der Husten«, wiederholte Kathryn. »Hör zu, Thomasina. Sorg dafür, daß Agnes auf Wuf aufpaßt. Und versuche herauszufinden, welcher Arzt Blunt behandelt hat. Geh hin und befrage ihn. Sag ihm, du kämst in meinem Auftrag.« Kathryn schaute nachdenklich auf ihre Finger. »Aber Thomasina, verrate niemandem, was du erfährst.«

Kurze Zeit darauf verließen Kathryn und Colum gemeinsam das Haus. Sie eilten die Wistraet hinunter zur Gemeinde St. Mary of the Castle, dann weiter durch eine Gasse zum

›Weidenmann‹. Kathryn beantwortete Colum keine einzige Frage, hieß ihn jedoch achtzugeben, wo er hintrete, denn sie sei immerhin im Auftrag des Königs unterwegs und könne sich nicht um einen Beauftragten des Königs kümmern, wenn er sich ein Handgelenk verstauche oder den Arm aufschlüge. Als sie in die Schankstube traten, brachten Tobias Smithler und ein paar Diener gerade Vavasours wasserdurchtränkte Leiche herein.

»Noch ein Todesfall, Mistress Swinbrooke«, rief der Wirt ihr entgegen. »Wo sollen wir die Leiche hinlegen?«

Kathryn deutete auf einen Tisch. Smithler machte Anstalten zu widersprechen.

»Du lieber Himmel, Mann!« polterte Colum los. »Es dauert ja nicht lange.«

Smithler nickte den Dienern zu, die Vavasour auf den Tisch legten. Kathryn hatte schon viele Leichen gesehen, aber diese hier war besonders garstig. Vavasour war zugleich ertrunken und erfroren. Das schüttere Haar stand ihm wie Eiszapfen vom Kopf, und das Gesicht war weißblau verfärbt und zu einer grausigen Maske erstarrt, die Vavasours gräßlichen Todeskampf widerspiegelte. Kathryn durchsuchte die Leiche schnell und fachmännisch.

»Wonach sucht Ihr?« tönte Sir Gervase.

»Ich suche nach einer Verletzung«, erwiderte Kathryn. Sie bedeutete Colum, die Leiche umzudrehen. »Aber ich kann keine finden. Dieser Mann ist ertrunken.«

»Ein Unfall?« fragte Smithler.

Kathryn blickte auf das entstellte Gesicht hinunter. »Was um alles in der Welt hatte Vavasour auf einem zugefrorenen Teich zu suchen?«

Die de Murvilles schüttelten fassungslos den Kopf.

»Ich kann ja verstehen, wenn einer hinausgehen will, um Luft zu schnappen, aber warum muß er dann in einer solchen Nacht mitten im Winter über die große Wiese spazieren? Und warum läuft er durch fast meterhohen Schnee, um einen zugefrorenen Tümpel zu überqueren?«

»Er wußte vielleicht nicht, daß da einer war.« Raston, der

Wilderer mit dem verhutzelten Gesicht, zwängte sich zwischen den anderen hindurch. »Er wurde in den Tod gelockt, Mistress! Ich habe die Laterne gesehen, die in der Dunkelheit geschwenkt wurde. Vavasour ging darauf zu. Ich hörte, daß er etwas rief, als würde er jemanden begrüßen. Dann ging er über den Teich. Der Rest ist Euch bekannt.«

»Wir wollen uns die Stelle ansehen«, schlug Colum vor und klopfte dem alten Wilderer auf die Schulter. »Und ich wäre Euch sehr verbunden, Master Raston› wenn Ihr mitkommen und uns genau sagen würdet, was Ihr gesehen habt.« Colum schaute die Gäste an. »Die anderen können auch gern mitkommen. Wenn es jedoch stimmt, was Master Raston sagt, dann handelt es sich hier nicht um einen Unfall, sondern um einen blutigen Mord. Hat einer von Euch Vavasours Zimmer durchsucht?«

»Nein.« Smithler schüttelte den Kopf. »Ich wollte niemanden in die Nähe lassen, ehe Master Luberon hier war. Wo ist er übrigens?«

»Er hat mit anderen Dingen zu tun«, bemerkte Kathryn. »Aber kommt, wir wollen uns die große Wiese anschauen.«

Ihre Worte schlugen ein wie ein Todesurteil. Die Diener begannen miteinander zu tuscheln. Die Gäste, das Ehepaar de Murville, Vater Ealdred und sogar der hartgesottene Sergeant Standon warfen sich verzweifelte Blicke zu.

»Master Standon«, rief Kathryn, »ich wäre Euch dankbar, wenn Ihr hierbleiben und die Zimmer von Erpingham und Vavasour bewachen könntet.«

»Das hat wenig Sinn«, sagte Blanche Smithler. »Das Zimmer von Sir Reginald ist saubergemacht worden. Und für jedes Zimmer gibt es nur einen Schlüssel.« Sie zeigte auf Vavasours Geldbeutel.

Kathryn öffnete die schlammbedeckte Tasche. Sie enthielt ein paar Münzen und einen langen, rostigen Eisenschlüssel. Die Münzen gab sie dem Wirt.

»Die behaltet Ihr am besten«, sagte sie, »und wenn Ihr nichts dagegen habt, werde ich den Schlüssel vorläufig an mich nehmen.«

Angeführt von Raston verließen sie das Wirtshaus, überquerten den Zufahrtsweg und betraten die große Wiese. Der Gang durch den Schnee bereitete keine Schwierigkeiten mehr, weil die Männer, die im Tümpel nach Vavasours Leiche gesucht hatten, bereits eine Spur ausgetreten hatten. Trotzdem nahm Kathryn den Schnee zu beiden Seiten des Trampelpfads genau in Augenschein.

»Haltet Ihr Ausschau nach weiteren Fußstapfen?« flüsterte Colum ihr zu, als er neben sie trat. Er blieb stehen, kniff die Augen zusammen und legte schützend eine Hand darüber, da ihn die Sonne blendete. »Ich kann nichts sehen«, murmelte er. »Ein paar Vogelspuren.« Er zeigte nach rechts. »Und einige Fuchsspuren, aber sonst nichts.«

Sie erklommen den kleinen Hügel, blieben auf dem Kamm stehen und blickten zum Teich hinunter. Bei Tageslicht konnte Kathryn erkennen, daß es einer dieser kleinen, aber heimtückischen Tümpel war, deren Überquerung im Winter so gefährlich war. Er lag am Fuße des Hügels. Zu drei Seiten erstreckte sich Weideland. Das gegenüberliegende Ufer stieg steil wie ein Wall zum nächsten Hügel an.

»Ich verstehe das nicht«, murmelte Kathryn, während sie zum Tümpel hinuntergingen. »Raston hat doch gesagt, er habe noch eine zweite Person mit einer Laterne auf dem Pfuhl gesehen, aber mir ist nicht klar, wie das möglich war.«

»Der Mörder hätte in Vavasours Fußstapfen zurückgehen können.«

»Unmöglich«, erwiderte Kathryn. »Raston hat das Licht gesehen und wie Vavasour über den Teich darauf zuging, aber dann verschwanden sowohl der Schreiber als auch das Licht, was zwei Schlüsse zuläßt. Erstens, die Person, die Vavasour dort getroffen hat, ist ebenfalls ertrunken, als das Eis brach. Oder zweitens, derjenige oder diejenige hat den Teich auf einem anderen Weg verlassen. Dann allerdings müßten Spuren zu erkennen sein.«

Als sie am Rand des Teiches standen, schaute Kathryn auf das schwarze, eiskalte Wasser und erinnerte sich, daß ihr Vater sie stets vor derartigen Stellen gewarnt hatte. Sie warf

Smithler, der hinter ihr stand, einen Blick über die Schulter zu.

»Was meint Ihr, wie tief ist der Teich?«

»Zehn, zwölf Fuß, Mistress.«

Kathryn deutete aufs andere Ufer. »Und wie breit?«

»Etwa sechzig Schritte.«

»Raston«, fragte sie, »seid Ihr Euch dessen, was Ihr gestern abend gesehen habt, ganz sicher?«

»Vor Gott und allen Engeln schwöre ich Euch, Mistress, ich habe die Laterne gesehen.« Raston wies über das schimmernde, schwarze Wasser des Teiches. »Es war neblig, und deshalb wirkte das Licht so unheimlich, aber es war bestimmt eine Laterne.«

»Was meint Ihr mit unheimlich?« fragte Colum.

»Nun ja, es war wie ein Licht draußen auf hoher See. Oder wie die Sonne, wenn sie durch dicke Wolken scheint. Wie eine goldene Flamme flackerte das Licht. Es muß eine ziemlich schwere Laterne gewesen sein.«

»Und sie war auf dem Tümpel?« hakte Kathryn nach. »Nicht am Ufer oder oben auf dem Wall?«

Der alte Wilddieb schüttelte den Kopf. »Nein, Mistress, ich hatte keinen Tropfen Alkohol getrunken! Vavasour muß ein paar Schritte vor der Laterne gewesen sein, als das Eis brach und er ins Wasser fiel.« Raston kratzte sich die unrasierte Wange. »Er hat geschrien wie ein Kaninchen in der Schlinge.«

Colum schritt am Teichrand entlang, drehte sich um und schaute auf die Gruppe zurück. Alle Gäste waren mitgekommen, sogar die elegante Lady de Murville, aber außer Kathryn traute er nur Raston.

Colum machte ihm ein Zeichen. »Geht Ihr mal dort herum, ich gehe auf dieser Seite um den Teich.«

»Wonach suchen wir denn?« rief Raston.

»Fußspuren, irgend etwas, das darauf hinweisen könnte, daß jemand den Teich von einem anderen Punkt aus überquert hat. Hat Vavasour an der Stelle den Teich betreten, wo jetzt Mistress Kathryn steht?«

Der alte Diener nickte.

»Und Ihr, Master Smithler, als Ihr den armen Vavasour herausgefischt habt?«

»Wir haben hier gestanden«, antwortete der Wirt. »Wir benutzten Stöcke und Seile mit Haken. Es war nicht schwer. Vavasour schwamm an der Oberfläche.«

»Habt Ihr sonst noch etwas gefunden, die Laterne oder eine Spur desjenigen, der sie gehalten hat?«

»Nein.« Smithler schüttelte den Kopf. »Die Laterne ist bestimmt versunken und steckt auf dem Grund in Schlamm und Moder.«

Colum nickte und schnippte mit den Fingern, um Raston anzuzeigen, er solle weitergehen. Kathryn beobachtete die beiden. Alle waren verstummt; nur das heisere Krächzen von Krähen ertönte hin und wieder aus einem nahen Unterholz. Schließlich hatten Colum und Raston den Wall am anderen Ufer erreicht.

»Habt Ihr etwas gesehen?« fragte Colum.

Raston schüttelte den Kopf. »Nicht die Spur, Herr! Alles weiß wie frisch gefallener Schnee. Ein paar Fuchsspuren, ein Hase, vielleicht ein Dachs.«

»Sonst nichts?« wiederholte Colum.

Wieder schüttelte der alte Diener den Kopf, stapfte vorsichtig zurück und gesellte sich zu Kathryn und den anderen. Colum erklomm das steile Ufer und trat ganz nah an den Rand. Dann ging auch er langsam zurück.

»Nichts«, sagte er und schüttelte den Kopf. »Keine Spur, weder am Teichrand noch auf dem Wall. So etwas habe ich noch nicht erlebt. Natürlich kenne ich Geschichten über Irrlichter oder über Kundschafter, die den Feind absichtlich im Nebel über Marschland führen, aber das hier ist mir ein Rätsel. Jemand hat diesen Teich betreten und Vavasour in den Tod gelockt, ohne eine einzige Spur zu hinterlassen.«

»Ich sag's noch einmal«, brummte der alte Raston, »ich habe die Laterne gesehen, und ich habe gesehen, wie Vavasour ertrunken ist. Aber sonst war niemand auf dem Teich zu sehen.«

Kathryn warf dem Wirt und seinen Gästen einen kurzen Blick zu.

»Als Vavasour aus dem Haus ging, wo waren da alle?«

»Ich war im Schankraum«, sagte Sir Gervase. »Und der Wirt und seine Frau auch.«

»Und Ihr, Vater Ealdred?«

»Er war bei uns«, sagte Alan de Murville. »Er kann für uns zeugen und wir für ihn. Wir haben gehört, daß Vavasour aus dem Haus ging, und uns gefragt, was er bei der Kälte da draußen vorhatte.«

»Und Standon?«

»Er war im Stall«, erwiderte Raston, »und hat dort mit seinen Soldaten gewürfelt, die die Pferde füttern sollten.«

»Ihr habt Vavasour auf dem Weg nach draußen getroffen?« fragte Kathryn.

»Oh ja«, bestätigte der alte Diener. »Ich war unterwegs, um frisches Fleisch zu besorgen.«

»Ihr kamt nicht von der Wiese?« fragte Kathryn.

Der Alte lachte bitter. »Im Winter fängt man auf verschneiten Weiden keine Kaninchen, Mistress. Ich war in einem Unterholz und habe meine Schlingen in den Büschen ausgelegt.«

»Müssen wir hier noch länger herumstehen?« meldete sich Lady Margaret de Murville ungeduldig zu Wort. »Mistress Swinbrooke, meine Füße sind die reinsten Eisblöcke.« Sie blickte sich auf der schneebedeckten Weide um. »Ich habe nie an Gespenster geglaubt. Oder daran, daß die Rache Gottes derart handfeste Formen annimmt.« Die Adlige schauderte und zog ihren hermelinbesetzten Umhang fest um sich. »Aber jetzt glaube ich daran.« Sie drehte sich um und machte sich auf den Rückweg.

Die anderen schlossen sich ihr an. Colum hakte sich bei Kathryn unter.

»Was meint Ihr?« fragte er.

»Gar nichts, Colum. Der alte Raston sagt gewiß die Wahrheit. Warum sollte Vavasour im Dunkeln durch Eiseskälte laufen, wenn er nicht jemanden treffen wollte, der mit Sir Reginalds Tod zu tun hatte?«

»Oder Vavasours Komplize war?«

»Vielleicht«, erwiderte Kathryn. »Auf jeden Fall wurde Vavasour in den Tod gelockt.« Sie strich sich die Haare aus dem Gesicht und rieb sich die Wangen, um sie zu wärmen. »Aber wer ihn umgebracht hat, ist ein Rätsel: niemand hat das Wirtshaus verlassen, und keiner kam zurück.«

»Und was ist mit Raston?« fragte Colum.

»Nein.« Kathryn schüttelte den Kopf. »Er ist ein einfaches Gemüt. Er hätte uns nicht mitteilen müssen, was er gesehen hat. Wir stehen vor zwei Problemen, Colum, oder sollte ich eher sagen, vor drei? Warum ist Vavasour nach draußen gegangen? Wen hoffte er zu treffen? Und womit hat ihn diese Person auf den Teich gelockt?«

»Jemand, der die Gegend gut kannte?«

Raston, der vor ihnen herstapfte, warf einen Blick über die Schulter.

»Alles in Ordnung?« fragte er.

Oben auf dem Hügel blieben die anderen Gäste stehen.

»Wer von Euch kannte den Teich?« fragte Kathryn.

Zustimmendes Raunen von allen Seiten.

»Ich glaube, wir alle«, fügte Alan de Murville hinzu. »Im Sommer kann man dort wunderbar spazierengehen. Aber Vavasour hat den Teich anscheinend völlig vergessen.«

Kathryn lächelte ihnen dankbar zu, und sie zogen weiter.

»Lady de Murville mag recht haben«, murmelte Kathryn. »Vielleicht war es wirklich ein scheußliches Gespenst!«

Neun

Kathryn, Colum und die Gäste zogen ihre Umhänge aus und wärmten sich am prasselnden Feuer im Schankraum. Dem wütenden Gemahl an ihrer Seite zum Trotz tischte Blanche Smithler noch einmal eine kleine Stärkung auf, warmen Würzwein und eine Platte Gebäck.

»Ihr könnt die Diener hinausschicken«, erklärte Kathryn. »Was ich zu sagen habe, ist nicht für ihre Ohren bestimmt.«

»Das Ganze kostet mich eine Stange Geld«, nörgelte Smithler.

»Haltet den Mund!« fuhr Colum ihn an. »Das Tauwetter wird anhalten, und der König hat die Absicht, sich während der offiziellen Weihnachtsfeierlichkeiten in Westminster aufzuhalten. Dabei wird ihm ein Bericht über die Ereignisse vorgelegt, die sich hier zugetragen haben, und Ihr könnt mir glauben, Master Smithler, wenn diese Angelegenheit dann nicht zur Zufriedenheit gelöst ist, wird der König andere herschicken.« Er trat auf den Wirt zu, der die Hände nervös an der Schürze abwischte. »Seid Ihr dem Gefolgsmann des Königs schon einmal begegnet? Dem mächtigen und cholerischen Grafen Richard von Gloucester?«

»Dem Bruder des Königs?« fragte Smithler.

»Ja, seinem Bruder. Er wird mit seinen Soldaten herkommen. Und das kann ich Euch versichern: Gloucester ist nicht gerade feinfühlig, wenn es darum geht, die Ansprüche seines Bruders geltend zu machen. Deshalb rate ich Euch allen, endlich die Wahrheit zu sagen.«

»Was soll das heißen?« erregte sich Sir Gervase und erhob sich halb von seinem Stuhl, während Smithler hastig das Feld räumte.

»Bisher habe ich nur Lügen gehört«, entgegnete Kathryn. »Ihr, Sir Gervase, Lord und Lady de Murville, Vater Ealdred, Ihr alle habt uns Lügen aufgetischt. Ihr habt behauptet, Ihr wärt im ›Weidenmann‹ gewesen, weil Ihr hierhin und dorthin unterwegs wart.«

Die Gäste schauten sie mit schuldbewußten Mienen an. Lady de Murville wurde aschfahl.

»Ihr seid hierhergekommen«, fuhr Kathryn fort, »weil Erpingham Euch dazu aufgefordert hat, nicht wahr?« Sie zog die Pergamentstücke aus ihrer Tasche, die sie in Erpinghams Haus in der St. Alphage's Lane gefunden hatte. »Hier habe ich die Zeichnung des Weidenmannes; zwischen den Zweigen stehen ganz bestimmte Initialen, Eure Initialen nämlich, und daneben ein Datum Anfang dieser Woche. Auf den anderen Zettelchen wurden neben jedem Namen rätselhafte Zahlenspiele angestellt.« Kathryn legte ihren Umhang über die Stuhllehne. »Und nun beantwortet Ihr entweder meine Fragen, oder Master Murtagh wird Euch vorladen, damit Ihr vor der Sternkammer in Westminster aussagen könnt.«

»Es ist nicht ...« hob Vater Ealdred an, verstummte aber, als Sir Gervase aufsprang.

»Laßt uns die Wahrheit sagen«, verkündete der alte Ritter. »Wir haben Unrecht getan, Mistress Swinbrooke.« Sir Gervase trat ans Feuer, um sich die Hände zu wärmen. »Sir Reginald war ein böser Mensch, und er war ein Erpresser. Die Ernte war nicht gut ausgefallen, und der Bürgerkrieg zwischen den Häusern York und Lancaster hat entsetzlichen Schaden angerichtet. Jetzt ist der König zu seinem Recht gekommen, und Männer wie Erpingham bereisen die Grafschaften und sammeln die Gelder für den König ein: rückständige Steuern oder eine Neuveranlagung von Besitz.« Er hielt inne, als Standon die Treppe herunterkam, sich einen Stuhl heranzog und sich neben Vater Ealdred setzte. »Fragt Standon. Erpingham war der ruchloseste von allen, die in königlichem Auftrag unterwegs sind. Er spielte ein hinterhältiges Spiel, und ich gehörte zu den Opfern. Er kam auf mein Gut und fragte nach meinem Verwalter, um die Steuer festzusetzen. Zunächst gab sich Erpingham mildtätig wie ein barmherziger Bettelmönch.«

Sir Gervase hielt inne und stützte sich mit einer Hand am

Kaminsims ab. Plötzlich sah er steinalt aus, und trotz des Feuerscheins hatte sein Gesicht eine kalte, graue Farbe angenommen. »Nehmen wir einmal an, Ihr wärt vierzig Pfund pro Jahr wert«, fuhr er fort. »Dann pflegte Erpingham zu sagen: ›Nein, wir wollen es bei dreißig belassen.‹«

»Und festgelegt wurden dreißig Pfund?« fragte Kathryn.

»Gewiß. Erpingham ging fort, und alle waren begeistert.«

Sir Gervase schürzte die schmalen Lippen. »Aber dann kam der Bastard zurück. Er kannte sich gut mit Zahlen aus. Er behauptete, wir hätten ihm bei seinem ersten Besuch keine ehrliche Antwort gegeben, aber er sei bereit, dies für eine gewissen Betrag in Silber zu übersehen und die erste Festlegung zu akzeptieren.«

»Ihr hättet aber doch den Sheriff oder den Kronrat anrufen können?« warf Colum ein.

Gervase lachte bitter. »Und was hätte ich vorbringen sollen? Etwa, daß der Steuereintreiber unsere Steuerschuld zu niedrig festgelegt habe und uns jetzt erpreßte?« Er schüttelte den Kopf. »Wie hätten wir es beweisen sollen? Erpingham hat immer sichergestellt, daß keine Zeugen zugegen waren, und wie Ihr wißt, hätte er behauptet, er habe nur niedergeschrieben, was man ihm gesagt hat.«

Vater Ealdred ergriff das Wort. »Seht Ihr denn nicht, wie abgrundtief schlecht Erpingham war? Hätten wir Einspruch erhoben, dann hätte dieser Schurke uns beschuldigt, ihn beim ersten Mal in die Irre geführt zu haben, und als er ein zweites Mal zu einer gründlicheren Untersuchung zurückkam, hätten wir Widerstand geleistet.«

»Er war wie eine Spinne«, sagte de Murville. »War man einmal in seinem Netz gefangen, gab es keinen Ausweg mehr. Man wurde Teil seines Spiels, das er meisterhaft beherrschte.« Lord Alan breitete die Arme aus. »Wir hatten die Wahl zwischen Kugel und Strick. Hätten wir protestiert, dann hätten die Herren vom königlichen Schatzamt in London eine gründliche Neueinschätzung durchgeführt. Verhielten wir uns ruhig, war unsere Steuer niedrig, aber das Erpressungsgeld für Erpingham hoch.«

Kathryn warf Colum einen Blick zu. Er stieß einen Seufzer aus und wischte sich Krümel vom Schoß.

»Es ist hinlänglich bekannt«, erklärte der Ire, »daß Steuereintreiber in die eigene Kasse wirtschaften und in der Regel einen geringen Prozentsatz von dem, was sie eintreiben, für sich behalten. Die Krone drückt dabei ein Auge zu, oder, wie die Rechtsgelehrten zu sagen pflegen, nimmt angesichts des großen Nutzens ein kleines Übel in Kauf. Nach den Schilderungen von Sir Gervase und den anderen, war Erpinghams Habgier unersättlich, und er befriedigte sie, indem er seine Opfer erpreßte.«

»Es war noch schlimmer«, unterbrach Vater Ealdred ihn. »Erpingham war der geborene Wüstling. Ich glaube, in Wirklichkeit hat er Frauen gehaßt. Mal erpreßte er Geld, mal ...« seine Stimme schwankte, »Gefälligkeiten.« Er spielte mit einer Quaste an seiner Robe. »Was hätten wir tun sollen?« flüsterte er. »Master Murtagh, Ihr seid ein Beamter der Krone. Was hätte eine arme Witwe denn machen sollen? Zugeben, daß sie eine Nacht mit Sir Reginald verbracht hat? Oder Sir Gervase, hätte er gestehen sollen, daß er an einem Betrug beteiligt war und dann Beschwerde einlegen, weil er erpreßt wurde?« Der Priester lachte plötzlich auf. »Stellt Euch doch vor, wie Sir Reginald mit dem jammernden kleinen Diener Vavasour an seiner Seite vor der Sternkammer aufgetreten wäre! Er hätte nachgewiesen, wie er sich für die Krone abrackerte, hätte vorgerechnet, wieviel Silber er für die Staatskasse eingetrieben hatte, und sich darüber beklagt, daß man ihm nun sein ehrliches Bemühen streitig machte.«

»Er hat uns getäuscht mit seinem süßen Gesäusel«, sagte Alan de Murville. »Wir alle sind in die Falle gegangen, die Vater Ealdred beschrieben hat.« Verlegen wandte er den Blick ab und ergriff eine Hand seiner Frau. Mit der anderen bedeckte sie die Augen.

»Was soll das heißen?« fragte Kathryn.

»Mit der Zeit begann er, gewisse Vorschläge zu unterbreiten«, erklärte Lord Alan trotzig. »Hinsichtlich einer Liebesnacht mit Lady Margaret.« Der junge Lord hielt inne und mühte sich, ruhig zu atmen. »Ich hätte ihn umbringen können!« fuhr er dann heiser fort. »Wie er da in meiner Eingangshalle mit diesem Stück Hundescheiße an seiner Seite stand und so unterwürfig tat! Dabei hat er jede Sekunde unserer Demütigung ausgekostet.«

»Warum seid Ihr dann hierher gekommen?« fragte Kathryn.

»Oh, Sir Reginald gefielen solche Spielchen«, sagte Sir Gervase und nahm wieder Platz. »Er wollte hier Zahltag abhalten, Mistress Swinbrooke. Wir kamen hierher, um unsere Schulden zu bezahlen. Uns blieb ja nichts anderes übrig, als nach Erpinghams Pfeife zu tanzen.« Er wandte den Blick ab und schaute auf die de Murvilles. »Vielleicht hatte er auch noch anderes im Sinn. Auf jeden Fall haben wir uns alle hier versammelt. Niemand hätte gewagt, sich zu widersetzen: nach vierundzwanzig Stunden hätten wir unser Silber übergeben und wären wieder unseres Wegs gezogen. Erpingham sammelte seine Schweigegelder nie während seiner offiziellen Geschäftsreise ein.« Der alte Ritter grinste hämisch. »Eine schlaue Strategie für seine Verteidigung, falls einmal etwas schiefgehen sollte. Nur, diesmal kam wirklich etwas dazwischen: der Schneesturm. Wir saßen hier fest, und Erpingham wurde ermordet.«

Colum sah den königlichen Sergeanten an. »Wart Ihr an diesen Vorgängen beteiligt?«

Der Soldat kratzte sich im Gesicht. »Ich, ich ...« stammelte er verängstigt, »ich habe Euch gesagt, was ich von Sir Erpingham halte. Stimmt, ich fand es seltsam, daß Menschen, von denen er Steuern eintrieb, in dieses Wirtshaus kamen, aber meine Aufgabe bestand darin, Sir Reginald zu beschützen, und was noch wichtiger war, die Steuergelder, die er bei sich hatte. Ich hatte keine Ahnung, welches Spiel Sir Erpingham trieb.«

»Lügt nicht!« knurrte Vater Ealdred.

Standon fuhr mit der Hand an sein Messer.

»Was soll das?« Colum trat zwischen die beiden. Standon funkelte Vater Ealdred über die Schulter des Iren hinweg wütend an.

»Nun kommt schon, Mann«, drängte Colum ihn, »worauf spielt der Priester an?«

»Darauf, wie Erpingham die Steuern von meiner Mutter eintrieb«, sagte Standon zähneknirschend. »Vavasour lästerte darüber, doch es stimmte nicht. Aber ...« – sein Hand schnellte nach vorn – »unser Priester hier weiß alles über Gift. Ich habe gesehen, wie er Erpinghams Leiche untersuchte und dabei flüsterte: ›Er hat zuviel bekommen! Viel zuviel!‹«

»Stimmt das, Vater?« fragte Kathryn.

»Ja«, seufzte Ealdred laut. »Zu meiner Unehre muß ich gestehen, daß ich mich ein wenig mit Heilmitteln und der Verwendung von Kräutern auskenne: Erpinghams Leiche war derart mit Flecken übersät, daß mir klar war: er mußte eine Menge Gift geschluckt haben.«

Kathryn nickte und flüsterte Colum etwas ins Ohr, ehe sie sich an den Wirt wandte.

»Ich wäre Euch sehr verbunden, mein Herr, wenn Ihr dafür sorgen könntet, daß Erpinghams Zimmer geöffnet wird. Würdet Ihr Master Murtagh hinaufführen? Ihr braucht Hammer, Meißel und andere Werkzeuge.«

»Wofür denn das schon wieder?« fragte der Wirt.

»Wir haben herausgefunden«, sagte Kathryn, »warum Erpingham sich hier aufhielt. Wir haben Verständnis dafür, wenn diese guten Leute ihren verruchten Steuereintreiber aus tiefstem Herzen verabscheuten, aber sein Tod bleibt nach wie vor rätselhaft. Um ehrlich zu sein, mein Herr, ich möchte, daß Erpinghams Zimmer sorgfältig durchsucht wird. Master Murtagh wird das übernehmen.« Sie reichte Colum den Schlüssel, den sie aus Vavasours Tasche genommen hatte. »Und durchsucht das Zimmer des verstorbenen Schreibers ebenfalls.« Sie warf einen Blick in die Runde. »Ach übrigens, wo ist denn seine Leiche?«

»Während wir draußen waren«, antwortete Smithler, »haben die Diener sie in ein Nebengebäude gebracht. Das hier ist eine Gaststube, Mistress Swinbrooke – die Leiche hat gestunken!«

Colum ging die Treppe zum ersten Stock hinauf, Smithler folgte ihm.

»Master Standon«, fragte Kathryn. »Vielleicht seid Ihr so gut und helft Master Murtagh.«

Der Sergeant eilte von dannen, offensichtlich erleichtert, der Nervosität und Angst der anderen Gäste entronnen zu sein. Kathryn wartete, bis er den Raum verlassen hatte.

»Seid Ihr Euch bewußt«, begann sie leise, »daß aufgrund dessen, was Ihr mir berichtet habt, gegen jeden einzelnen von Euch Anklage wegen des Mordes an Sir Reginald und seinem Schreiber Vavasour erhoben werden kann, von der Hinterziehung königlicher Steuergelder ganz zu schweigen? Ihr hattet sowohl ein Motiv als auch die Mittel, Euch allen kommt Sir Reginalds Tod mehr als gelegen. Könnt Ihr Euch vorstellen, was die königlichen Richter dazu sagen werden, wenn sie erst beginnen, ihre eigenen Nachforschungen anzustellen?« Sie wandte sich an den bleichen Ealdred. »Ihr habt eine Witwe aus Eurem Dorf erwähnt, Vater, die von Sir Reginald mißbraucht wurde. Wie steht Ihr zu der Frau?«

Der Priester sah sie mit versteinerter Miene an.

»Und Ihr, Sir Gervase, ein kluger Rechtsgelehrter kommt vielleicht zu dem Schluß, daß Ihr nicht Sir Reginalds Opfer, sondern in Wahrheit sein Komplize wart.« Sie wandte sich an die de Murvilles. »Das gleiche könnte man auch von Euch behaupten.« Kathryn gewahrte den besorgten Blick von Blanche Smithler, aber sie fuhr erbarmungslos fort: »Ihr wart zusammen mit Sir Reginald in diesem Wirtshaus, und die Richter werden fragen, ob Ihr und Euer Gemahl seine Komplizen wart.«

»Aber das ist nicht wahr!« Lady Margaret rutschte auf die Stuhlkante, die Hände fest im Schoß verkrampft, das Gesicht kreidebleich. »Erpingham war eine Natter, eine bösartige Kreatur.«

»Deshalb habt Ihr ihn gehaßt?« fragte Kathryn.

Lady Margarets Augen funkelten wütend.

»Ich habe ihn verachtet!« stieß sie hervor. »Ich habe ihn gehaßt! Und um ehrlich zu sein, ich bin froh, daß er tot ist!«

»Wenn Ihr das vor dem Gericht wiederholt«, entgegnete Kathryn, »wird Euch nicht einmal Euer Stand schützen. Nun, einer von Euch hat Sir Reginald umgebracht.«

Kathryn hielt inne, als sie das Klopfen und Krachen über ihren Köpfen hörte. Der dann plötzlich eintretenden Stille folgten überraschte Ausrufe. Standon kam die Treppe heruntergelaufen.

»Mistress Swinbrooke, Mistress Swinbrooke«, keuchte er. »Kommt schnell!«

»Was ist denn los?«

»Wir haben die Bodendielen unter Erpinghams Bett angehoben. Wir haben – nun, schaut am besten selbst, was wir gefunden haben.«

Kathryn eilte die Treppe hinauf und über den Flur zu Erpinghams Zimmer. Die anderen folgten ihr. Die Tür war wieder eingehängt worden, aber im Innern herrschte wüstes Durcheinander. Dielenbretter waren herausgerissen, Staubwolken hingen in der Luft, und an der Stelle, wo das Bett gestanden hatte, klaffte ein Spalt im Boden. Die Dielenbretter lagen aufgestapelt daneben.

»Standon, macht ein Fenster auf!« befahl Colum, der an dem Spalt saß. Der Sergeant gehorchte dienstbeflissen.

»Kommt her, Frau Ärztin!« neckte Colum sie.

Kathryn trat neben ihn und sah im Staub unter den Dielenbrettern einen menschlichen Schädel und Knochen.

»Grundgütiger Himmel!«

Kathryn kniete neben Colum nieder und förderte die Gebeine zutage. Sie waren grauweiß und demnach schon alt.

»Noch ein Mordopfer?« fragte Colum.

»Zu alt«, erwiderte Kathryn und betrachtete den Schädel: der Unterkiefer fehlte, und die Zähne waren nur noch schwarze Stummel. Vorsichtig drehte sie den Schädel um und untersuchte das Innere. »Bringt mir eine Kerze.«

Smithler reichte ihr eine. Kathryn hielt sie so, daß sie das Innere des Schädels gut sehen konnte. Die Oberseite war rötlich angelaufen. Anschließend prüfte sie die einzelnen Knochen noch einmal. Nachdem sie den Ärmel ihres Gewandes hochgekrempelt hatte, beugte sie sich über die Luftkammer unter den Bodendielen und tastete so lange darin herum, bis ihre Hand auf weitere trockene Knochen stieß.

»Igitt!« Smithler wandte sich angeekelt ab, als Kathryn die Überreste einer Skeletthand herauszog und behutsam auf dem Boden ausbreitete.

»Wie lange liegen die Gebeine schon hier?« fragte Colum.

Kathryn tippte auf die dünne Schädeldecke. »Jahrelang schon, vielleicht sogar Jahrhunderte. Die Knochen sind noch unversehrt, weil sie in der Luftkammer lagen.«

»Ist hier jemand beerdigt worden?« fragte Colum.

Kathryn schüttelte den Kopf. »Das bezweifle ich. Die Gebeine wurden wahrscheinlich hier versteckt. Es sind die Werkzeuge eines Schwarzen Magiers: der Schädel gehörte einem Verbrecher, der am Galgen erhängt wurde. Wenn das Opfer stranguliert wird, platzen Blutgefäße im Gehirn und hinterlassen Flecken im Innern der Schädeldecke. Die Hand« – sie tippte leicht daran – »ist das, was die Hexenmeister ein Alraun-Amulett nennen. Man trennt sie von einem Erhängten ab, konserviert sie sorgfältig, und wenn man die Dämonen anrufen will, muß man eine Kerze aus menschlichem Fett zwischen die Finger stellen.«

»Und wessen Gebeine sind es?« fragte Colum.

Kathryn wischte Staub und Spinnweben von einem Knochen.

»Ich vermute, sie gehörten dem Schwarzen Magier, der in diesem Raum Selbstmord beging: Erpinghams Vorfahr, aber es könnte ebensogut ein anderer gewesen sein.«

»Sie haben die Alpträume verursacht«, verkündete Sir Gervase von der Türschwelle. »Versteht Ihr nicht, Mistress? Erpingham hat tatsächlich einen Geist oder ein Wesen aus der Hölle gesehen.«

»Unsinn«, erwiderte Kathryn. »Dieser Raum mag zwar eine böse Geschichte und eine unheimliche Ausstrahlung haben, aber für die Fantasien, die Erpingham im Schlafe quälten, gibt es eine natürliche Erklärung: möglicherweise waren gallige Körpersäfte oder dergleichen schuld.« Sie erhob sich und schüttelte sich den Staub vom Kleid. »Habt Ihr sonst noch etwas entdeckt?« fragte sie.

»Nein.«

Colum bedeutete Standon mit einer Handbewegung, die Dielenbretter wieder auszulegen, während Kathryn zum Bett hinüberging und sich auf die Kante setzte.

»Bitte, verlaßt jetzt alle den Raum«, bat sie unvermittelt. »Colum, steckt den Schlüssel von innen in die Tür. Ich will allein sein wie Erpingham.«

Der Ire schaute sie verblüfft an, gehorchte aber. Die Gäste traten bedrückt und voller Angst vor den zu erwartenden Anschuldigungen in den Gang hinaus. Kathryn folgte ihnen zur Tür.

»So, wenn ich recht verstanden habe«, begann sie, »kam Sir Reginald hier herauf und brachte einen Kelch Wein mit.« Sie lächelte und nahm Sir Gervase den Kelch aus den knotigen Fingern. »Dann verschloß er die Tür.«

»Ja«, erwiderte Standon. »So war es.«

»Niemand kam hinter Sir Reginald die Treppe herauf?«

»Doch, ich«, meldete sich Sir Gervase zu Wort. »Aber ich bin sofort in mein Zimmer gegangen.« Er schaute den Sergeanten vorwurfsvoll an. »Ihr habt mich doch gesehen. Ihr seid nach mir die Treppe heraufgekommen, dessen bin ich mir sicher!«

»Ja, ja, das stimmt«, erwiderte Standon. »Ich wollte meinen Wachtposten für die Nacht beziehen.«

Kathryn sah den Sergeanten eindringlich an.

»Ihr verbergt doch etwas, oder?« fragte sie ihn scharf. »Ihr habt uns bisher verschwiegen, daß Ihr die Treppe hinaufgegangen seid.«

Standon trat verlegen von einem Fuß auf den anderen; nervös fuhr er mit den Fingern am verschwitzten Kragen seines Uniformrocks entlang und kratzte sich einen Pickel am Hals.

»Wart Ihr bei Sir Reginald?« fragte Kathryn.

»Ja«, gab Standon zu, »aber ...«

»Warum habt Ihr uns das nicht gesagt?« fuhr Colum ihn an.

Unruhig blinzelte der Sergeant mit den kleinen, rot umrandeten Augen. »Ich hatte Angst«, erwiderte er. »Könnt Ihr denn nicht verstehen, ich war der letzte, der mit Sir Reginald sprach.«

»Was ist geschehen?« fragte Kathryn.

»Ich ging hinter Sir Gervase die Treppe hinauf.« Der Sergeant zeigte auf seine Stiefel: »Die sind aus weichem Leder, und er konnte mich nicht hören. Ich wollte sichergehen, daß nach dem Alptraum der vergangenen Nacht alles ein Ordnung war. Ich habe an seine Tür geklopft und gefragt: ›Sir Reginald, ist alles in Ordnung?‹ Er antwortete: ›Ja, ja, nun geht schon.«‹

»Das habe ich nicht gehört«, posaunte Sir Gervase.

»Na ja, ich habe auch nicht laut gesprochen«, entgegnete Standon. »Meine Stiefel sind weich, und vor allem hat Sir Reginald die Tür nicht aufgemacht.«

»Seid Ihr sicher, daß er allein war?« fragte Kathryn.

Standon zuckte die Achseln. »Gewiß. Alle anderen außer Sir Gervase waren unten.«

»Und dann?« fragte Kathryn.

»Ich bin wieder in den Schankraum hinuntergegangen und habe noch etwas Wein getrunken. Die anderen gingen bald zu Bett, und im ganzen Wirtshaus kehrte Ruhe ein. Das war alles.«

»Fein«, erklärte Kathryn. »Colum und ihr anderen, entschuldigt mich einen Moment.«

Sie trat wieder in Erpinghams Zimmer und schloß die Tür hinter sich. Beim Quietschen der Scharniere fuhr sie zusammen. Sie drehte den Schlüssel im Schloß herum und schob oben und unten den Riegel vor. Sie waren neu, die alten hatte man ersetzt, nachdem die Tür aufgebrochen worden war. Kathryn schauderte, als sie sich in dem düsteren Raum umblickte. Zornig trat sie gegen die auf dem Boden verstreuten Knochen und den Schädel.

»Ist alles in Ordnung?« rief Colum draußen auf dem Gang.

»Ja, ja.« Kathryn lächelte bei dem Gedanken, daß sie genau Sir Reginalds Worte wiederholte. Sie setzte sich auf die Bettkante. »Was würde ich an seiner Stelle tun?« murmelte sie. »Ich habe meinen Wein mitgenommen, also stelle ich ihn ab.« Kathryn stand auf, ging um das Bett herum und stellte den Kelch auf den Tisch. »Die Tür ist verschlossen und verriegelt. Das Fenster ist zu, die Fensterläden ebenfalls. Es gibt keinen geheimen Eingang, kein Gift oder Betäubungsmittel im Raum. Ich ziehe mich aus und werfe die Kleidungsstücke auf den Boden.« Kathryn betrachtete den Haken an der Wand und kratzte sich die Wange. »Warum hat er das wohl getan? Warum hat er die Sachen nicht aufgehängt? Vielleicht weil er müde war? Ich halte inne, weil Standon an die Tür klopft.« Kathryn rieb sich die Hände. »Natürlich überprüfe ich die Satteltaschen. Oder nicht? Sie sind zugeschnallt.« Kathryn blickte zu den Deckenbalken empor und seufzte laut. »Mysteriös! Wie wurde Erpingham vergiftet, und wie wurden die Beutel mit den Münzen aus seinem Zimmer entfernt?«

Kathryn trat wieder an die Tür, schob die Riegel zurück und schloß auf. Als ihr Blick auf Colum fiel, verzog sie das Gesicht.

»Keine Gespenster, aber jede Menge Rätsel. Kommt, jetzt wollen wir uns Master Vavasours Zimmer ansehen.«

Colum schloß die nächste Zimmertür auf, und sie traten ein. Als erstes ging er ans Fenster und öffnete es, um mehr Licht hereinzulassen. Das Zimmer war kleiner als Erpinghams, aber bequem eingerichtet mit Himmelbett, Stuhl, Schemel, Tisch und einer Truhe für Kleidungsstücke am Fuß des Bettes. Kathryn öffnete sie und wühlte in Vavasours Habseligkeiten: Kleidung zum Wechseln, eine Schachtel mit Schreibutensilien, ein paar Rollen Pergament, ein Dolch in einer abgenutzten Scheide, aber nichts Ungewöhnliches. Colum schob das Bett zur Seite. Sogleich schoß Standon vor, um die Silberstücke aufzuheben, die dort lagen.

»Sieht aus, als hätte Vavasour mit seinem Geld um sich geworfen!?« sagte Kathryn.

»Hier liegt noch eine Münze«, rief Lady Margaret und hob sie auf.

»Und hier!« Tobias Smithler fuhr mit dem Fuß unter die Binsen neben der Tür.

Standon betrachtete die Münzen neugierig.

»Sie gehören zu den Steuergeldern!« rief er.

»Wieso seid Ihr Euch so sicher?« fragte Colum.

»Sie sind frisch geprägt«, versicherte Standon ihm. »Sir Reginald hat sie bei einem Kaufmann eingetrieben, der kürzlich aus London hergezogen ist. Seht her, Master Murtagh!«

Colum prüfte die Münzen. Das Silber war von ausgezeichneter Qualität, anders als die minderwertige Währung, die vor kurzem während des Bürgerkrieges in Umlauf war.

»Hat Standon recht?« fragte Kathryn.

»Oh ja«, antwortete der Ire. »Wie Ihr wißt, hat der König die letzten Armeen des Hauses Lancaster Anfang Mai besiegt. Erst gegen Ende Juli begann die Münzstätte im Tower wieder zum ersten Mal seit vielen Jahren mit der Prägung neuer Geldstücke. Mit dem Erlös aus seiner Kriegsbeute hatte der König bei den Genuesen ungemünztes Silber gekauft.« Colum warf eine Münze in die Luft und fing sie mit einer Hand wieder auf. »Ich war verantwortlich dafür, daß ein Teil dieses Silbers sicher nach London transportiert wurde.«

»Ich habe diese Münzen nie bei Vavasour gesehen«, sagte Standon aufgeregt. »Er muß sie von den Steuergeldern gestohlen haben.«

»Stimmt das?« fragte Kathryn den Wirt. »Haben Vavasour oder Sir Reginald mit diesen Münzen bezahlt?«

Smithler prüfte das Geldstück, das er in der Hand hielt. »Nein«, sagte er. »Ich sehe diese frisch geprägte Münze zum ersten Mal. Es ist der neue Schilling des Königs.«

Colum forderte alle Anwesenden auf, ihm die Münzen zu überreichen.

»Der König wird nicht erbaut sein«, erklärte er, »wenn er nur diesen winzigen Bruchteil seiner Steuern bekommt.« Er steckte das Silber in die Tasche. Als er Standons verwunderten Blick auffing, fügte er hinzu: »Macht Euch keine Sorgen, Mann. Sie werden ihren Weg in die Staatskasse finden.«

Dann veranlaßte Colum eine genaue Durchsuchung des Raumes. Am Kopfende des Bettes fand man noch eine Münze, mehr nicht.

»Wie lange soll diese Untersuchung denn noch dauern?«

jammerte Sir Gervase, als sie sich alle wieder im Schankraum versammelten.

»Wie lang ist der Strang des Henkers?« gab Kathryn schroff zurück.

Sie wandte sich zur Treppe um. Irgend etwas an Vavasours Zimmer war sonderbar gewesen. Aber was?

»Kathryn?« Colum berührte sanft ihren Arm.

»Wir alle werden zu unrecht verdächtigt«, beklagte sich Vater Ealdred. »In Vavasours Zimmer wurden die Münzen gefunden, aber er ist tot.«

»Und?« fragte Kathryn.

Der Priester mit dem hageren Gesicht erwiderte: »Es liegt doch auf der Hand, daß Vavasour sich aus Sir Erpinghams Satteltaschen bedient hat. Sonst hätte man doch die Münzen nicht gefunden, oder?«

»Woher wollt Ihr wissen, ob sie nicht jemand dort ausgelegt hat?« fragte Colum.

»Unmöglich!« schnaubte Smithler verächtlich. »Der einzige, der einen Schlüssel zu dem Raum hatte, war Vavasour. Ich bin nie da drinnen gewesen. Und wie ist es mit den anderen?«

Die anderen verneinten seine Frage im Chor.

»Es stimmt«, murmelte Colum.

Kathryn setzte sich auf einen Stuhl. »Ihr glaubt also, Vavasour habe einen Komplizen gehabt. Aber wie sie das Geld gestohlen haben, bleibt genauso ein Rätsel wie der Mord an Sir Erpingham. Wie es aussieht, haben Vavasour und sein Komplize sich nach der Tat gestritten. Wenn das der Fall ist«, fuhr sie fort, »warum ist dann Vavasour, nachdem er seinen Anteil eingesteckt hatte, mitten in der Nacht über eine eisige, schneebedeckte Weide gelaufen, um seinen Komplizen zu treffen? Warum? Euren Worten zufolge wurden die gestohlenen Münzen geteilt, sonst hätte man in Vavasours Zimmer keine gefunden.« Sie schüttelte den Kopf. »Das ergibt keinen Sinn. Ich kann mir nicht vorstellen, daß Vavasour, nachdem er Mord, Verrat und Diebstahl begangen hat, so leichtsinnig wäre, den Beweis für seine Verbrechen im Zimmer zu verstreuen.« Sie zuckte die Achseln, als alle schwiegen. »Ich bin überzeugt, das Geld wurde dorthin gelegt. Seid Ihr sicher, Master Smithler, daß es keinen Zweitschlüssel für das Zimmer gibt?«

Der Wirt hob verzweifelt die Hände. »Mistress Swinbrooke, Ihr lebt schon seit vielen Jahren in Canterbury. Ihr kennt doch Forquil den Schlosser? Er wohnt nicht weit von Euch an der Ecke zur Jewry Lane.«

»Ja, ich kenne ihn«, antwortete Kathryn.

»Geht hin und fragt ihn. Letztes Jahr hat er neue Schlösser für alle Zimmer hier im Wirtshaus angefertigt. Ich habe darauf bestanden, daß er stabile und sichere einbaut. Forquil sagte, er könne für jedes Schloß nur einen Schlüssel herstellen, da der Mechanismus so kompliziert und empfindlich sei.«

»Das stimmt«, sagte Vater Ealdred. »Mistress Swinbrooke, das ist inzwischen in vielen Wirtshäusern so üblich. Wenn ein zweiter Schlüssel oder ein Generalschlüssel existiert, fällt der Verdacht im Falle eines Diebstahls immer zuerst auf den Wirt und seine Diener.«

Kathryn warf Colum einen verzweifelten Blick zu. Noch ehe Vater Ealdred sich eingemischt hatte, wußte sie, daß der Wirt die Wahrheit sagte. Da von Jahr zu Jahr mehr Pilger nach Canterbury strömten, wollten die Wirte ihren Gästen versichern können, daß alle Habseligkeiten, die sie in ihren Zimmern zurückließen, in Sicherheit waren.

»Und wie werden die Zimmer saubergehalten?« fragte Colum. »Wie wird das Bettzeug gewechselt?«

»Das machen wir immer in Anwesenheit der Gäste«, erklärte Blanche Smithler. »Fragt die Mägde. Du lieber Himmel, Master Murtagh, wir haben schon genug Probleme. Da können wir gut darauf verzichten, des Diebstahls bezichtigt zu werden, vor allem, wenn wir nicht beweisen können, ob ein Gast falsche Behauptungen aufstellt oder nicht.«

»Demnach geht niemand in die Nähe der Zimmer, wenn die Gäste nicht da sind?« beharrte Colum.

»Außer zum Wechseln des Wassers in den Feuereimern so gut wie nie«, erwiderte Blanche Smithler hastig.

Kathryn schaute auf ihre Hände. Wir können das Rätsel wohl nicht lösen, dachte sie; alles blieb unerklärlich: sogar wie die Silbermünzen in Vavasours Zimmer gekommen waren. Der Schlüssel steckte in seiner Tasche, deshalb konnte niemand es betreten haben. Sie seufzte. Sie wagte nicht, Colum zu sagen, er müsse wohl dem Kronrat in Westminster von ihrer gescheiterten Untersuchung berichten. Sie schloß die Augen und dachte an Erpingham und an Vavasours Zimmer.

»Wer soll Vavasour beerdigen?« meldete sich Smithler zu Wort. »Ich kann seine Leiche nicht ewig draußen im Stall liegen lassen.«

»Schafft sie in die Burg«, ordnete Colum an. »Er kann neben seinem Herrn beigesetzt werden.«

»Sagt mir noch eines.« Kathryn erhob sich von ihrem Stuhl. »Hat Vavasour nach unserem letzten Besuch hier etwas Merkwürdiges oder Unziemliches geäußert oder getan?«

»Er hat sich abseits gehalten«, antwortete de Murville, »was nicht weiter schwierig war. Da wir seinen Herrn verabscheuten, lag uns auch wenig an der Gesellschaft seines Dieners.«

Kathryn sah Standon an.

»Und Ihr?«

»Vavasour hat nur wenig gesprochen«, erwiderte der Sergeant. »Wenn er den Mund aufmachte, erging er sich vornehmlich in Sprichwörtern. In der Art wie ›Mit einem kleinen Kniff zur rechten Zeit kommt man meistens ziemlich weit‹. Das hat er einmal zu mir gesagt, als ich ihm auf der Treppe begegnete. Ein paarmal, als ich ihn nach Erpinghams Tod befragte, lächelte er geheimnisvoll und zitierte das alte Sprichwort ›Zwischen Lipp' und Kelches Rand schwebt der dunklen Mächte Hand‹.«

»Aber erläutert hat er es nicht?«

Standon schüttelte den Kopf.

Colum und Kathryn brachen auf. Der Ire wiederholte seine Anweisung, daß niemand den »Weidenmann« verlassen dürfe, ehe seine Untersuchungen beendet waren. Er trug Smithler auf, die Knochen, die sie gefunden hatten, zu verbrennen. Als sie im Freien waren und den gepflasterten Hof überquerten, nahm Colum Kathryn bei der Hand.

»Es gibt keine Lösung, oder?« fragte er.

Kathryn warf einen Blick über die Schulter auf die hell erleuchteten Fenster des Wirtshauses.

»Nein«, antwortete sie. »Diesmal kann es durchaus sein, daß der Mörder ungeschoren davonkommt.«

Zehn

Nachdem sie in die Ottemelle Lane zurückgekehrt waren, verbrachten Kathryn und Colum den Rest des Samstags mit dem Versuch, den Folgen des Tauwetters beizukommen. Der Gartenweg stand unter Wasser. Über der kleinen Bodenkammer, die Kathryn als Lagerraum benutzte, entdeckten sie ein Loch im Dach, und im Wasserfaß schwammen schmutzige Eisbrocken, die vom roten Ziegeldach herabgefallen waren. Colum lamentierte bereits, er müsse nach Kingsmead, um nachzusehen, ob Luberon schon wieder zurückgekehrt war. Kathryn kam kaum dazu, über das, was sie im »Weidenmann« erfahren hatte, nachzudenken. Aber immer wieder ging ihr Blunt durch den Kopf und sie fragte sich, wie sie Colum und Luberon beibringen sollte, welchen Verdacht sie in seinem Fall hegte.

Wormhair kam vorbei und fragte nach Kathryn. Er saß wie ein Häuflein Elend in der Küche, hielt sich noch immer den Bauch und jammerte lauthals, sein letztes Stündchen habe geschlagen.

»Wenn du stirbst«, rief Wuf, »dann bekomme ich das Holzschild, das du am letzten Michaelistag geschnitzt hast! Und außerdem kann ich dann Agnes heiraten!«

Die junge Magd war derart gekränkt, daß Kathryn Wuf aus der Küche scheuchte und Wormhair mit in ihre Schreibkammer nahm. Sorgfältig untersuchte sie den jungen Mann.

»Nun«, erklärte sie ernst, betastete seinen Bauch und hörte ihn mit Hilfe eines kleinen Zinkrohres ab, »zunächst die gute Nachricht, Wormhair, du wirst nicht sterben, zumindest noch nicht so bald.«

Wormhair blickte sie stumm aus klaren, blauen Augen an, die in seinem schmalen, bleichen Gesicht noch größer und runder wirkten.

»Aber die Schmerzen?« murmelte er.

»Hast du Durchfall?« fragte Kathryn.

Wormhair nickte.

»Und deine Hoden sind sehr weich?«

Klägliches Stöhnen war die Antwort.

»Tja«, fuhr Kathryn energisch fort, »das kommt davon, wenn man verdorbenes Fleisch ißt. Du kannst deinem Lehrherrn ausrichten, er soll seinen Lehrlingen besser zu essen geben. Hör mir gut zu: Erstens, iß nie etwas, das verdächtig riecht. Zweitens, wasch dir oft die Hände. Ich weiß nicht warum, aber mein Vater hat mir immer beigebracht, daß schmutzige Hände die Körpersäfte stören. Ich gebe dir jetzt einen Kolben Zuckerwasser mit. Oh ja, und iß bitte vor Montagmorgen nichts mehr.«

Wormhair blieb der Mund offenstehen.

»Das meine ich ernst«, beharrte Kathryn. »Sonst verschlimmert sich dein Zustand noch.«

»Und die Arznei?« fragte Wormhair erwartungsvoll.

»Warte hier.« Kathryn ging in den Laden und kam mit einer kleinen Phiole zurück. »Das ist Beifuß«, erklärte sie ihm, »den man überall am Wegesrand findet. Vermische ein paar Tropfen mit Wasser und laß es so lange stehen, wie du für fünf Avegebete brauchst. Nimm es morgens, mittags und vor dem Schlafengehen ein. Ich verspreche dir, morgen um diese Zeit geht es dir schon wieder viel besser.«

»Mir geht es jetzt schon besser«, erwiderte Wormhair.

Kathryn lächelte. »Und achte nicht auf Wuf. Er redet, wie ihm der Schnabel gewachsen ist. Er meint es nicht so.«

Kathryn kehrte in die Küche zurück. Colum verschwand in seinem Zimmer, auch Wormhair verabschiedete sich schnell, weil er das Heiligtum für die Morgenmesse herrichten mußte. Eine Stunde später nahm Kathryn im Kreise ihrer Mitbewohner das Abendessen ein. Sie redeten wenig, denn alle waren müde. Nachdem die anderen schlafen gegangen waren, saß sie nachdenklich auf der Bettkante und zog sich langsam aus. Plötzlich lachte sie leise vor sich hin. In den letzten Tagen hatte sie sehr viel mit Colum gearbeitet; sie gingen so vertraut miteinander um, als wären sie seit Jahren ein Ehepaar.

Sie spürte, daß sich der Ire Sorgen machte: Frenlands Verschwinden, die bitteren Anschuldigungen seiner Frau und die Erkenntnis, daß er dem König über den ungeklärten Mord an Erpingham und die verschwundenen Steuergelder Bericht erstatten mußte, belasteten ihn. Kathryn zog sich ein Nachthemd über, löschte die Kerzen und blieb noch eine Zeitlang in den hoch aufgeschichteten Decken sitzen. Sie dachte über Erpingham nach. Auf welche Weise war er ermordet worden, und wie konnten die Steuergelder aus seinem Zimmer gestohlen werden? Warum war Vavasour über die verschneite Weide gelaufen, um den zugefrorenen Tümpel zu überqueren? Und vor allem: was war ihr im Zimmer des toten Schreibers aufgefallen? Kathryn legte sich hin und zog die Decken über den Kopf. Sie hörte Thomasina die Treppe heraufkommen und wie üblich mit Colum scherzen, der gerade aus seinem Zimmer trat.

»Gute Nacht, oh süßeste und pummeligste aller Frauen!« rief der Ire ihr zu.

»Euch auch eine Gute Nacht, oh König aller Lügenbolde!« frotzelte Thomasina.

Kathryn schlief ein. Deutlich stand ihr das Bild der willensstarken, tränenüberströmten Emma Darryl vor Augen.

Als sie am nächsten Morgen nach einer unruhigen Nacht aufwachte, verspürte sie leichtes Kopfweh. Trotzdem weckte sie alle anderen im Hause auf, damit sie rechtzeitig zur Frühmesse in St. Mildred kamen. Über die vereisten Straßen machten sie sich dann auf den Weg. Während der Messe blinzelte Wormhair immer wieder verstohlen zu Agnes hinüber, die schüchtern den Kopf senkte. Kathryn freute sich, daß es dem jungen Mann anscheinend wieder besser ging. Vater Cuthbert mahnte seine Gemeinde mit donnernden Worten, sich gebührend auf die Geburt Christi zu Weihnachten vorzubereiten. Wie Kathryn selbst, schauten viele traurig auf die unfertigen Gemälde hinter dem Altar, aber Vater Cuthbert erwähnte die Todesfälle im Hause Blunt mit keinem Wort. Statt dessen redete er seiner Gemeinde ins Gewissen, ihre Sünden zu beichten und Nächstenliebe zu üben. Colum verbarg das Gesicht hinter vorgehaltener Hand, als der alte, ehrwürdige Priester einen vielsagenden Blick auf Witwe Gumple warf, die auf einem kleinen Schemel vor den Altarstufen saß und wieder einmal in ihrer lächerlichen Haartracht erschienen war, die wie ein Horn in die Luft stand. Als Witwe Gumple kurz darauf beim Opfergang mit ihrem Kopfputz an der Statue der Heiligen Mildred hängenblieb und diese gefährlich auf ihrem Sockel ins Schwanken geriet, stimmte Kathryn in das allgemeine Gelächter ein. Die Gumple versuchte sich zu befreien, doch das verschlimmerte ihre Lage nur. Das Gelächter schwoll an, als Wormhair nach vorn eilte, sein Messer unter dem Meßgewand hervorzog und die gute Witwe kurzerhand mit einem beherzten Schnitt befreite.

Die Messe endete fröhlicher, als Vater Cuthbert recht war. Kathryn und Colum blieben noch eine Weile bei ihm auf dem Kirchhof stehen. Er bat Kathryn, im Hospiz für Arme Priester vorbeizuschauen und fragte nach ihren Plänen für das Weihnachtsfest. Der alte Priester blinzelte und hüstelte ununterbrochen.

»Was ist los, Vater?« fragte Kathryn. Sie ergriff seine von dicken Adern durchzogene Hand. »Ihr sagt mir immer, daß Ihr mich von Kindesbeinen an kennt; das heißt aber auch, daß ich Euch ebenso gut kenne.«

»Es dreht sich nicht um Euch, Kathryn«, stammelte der alte Priester und schaute zu dem braungebrannten Iren hoch. »Ich hätte gern mit Master Murtagh unter vier Augen gesprochen.«

Colum warf einen Blick über den Friedhof: Wuf und andere Kinder rannten lärmend einen Abhang neben dem großen Holztor zum Friedhof hinab. Agnes war in ein Gespräch mit Wormhair vertieft, und Thomasina zog mit einer Gruppe anderer Frauen in epischer Breite über die Tücken von Witwe Gumples Kopfputz her. Colum lächelte. »Das können wir ebensogut hier erledigen, Vater. Was Ihr mir auch sagen wollt, könnt Ihr im Beisein von Mistress Swinbrooke vorbringen.«

Kathryn verbarg ihre Nervosität. Wollte der Priester den Iren nach ihrem Privatleben fragen? Sie hatte Thomasina gegenüber schon oft erwähnt, daß sich die Leute sicher darüber wunderten, warum Colum in ihrem Haus aus und ein ging, aber niemand hatte das Recht, daraus gewisse Schlüsse zu ziehen.

»Nun, es geht um zwei Dinge. Erstens, können wir Weihnachten für die Krippe etwas Stroh und einen Futtertrog bekommen? Ich habe von den Bauarbeiten draußen in Kingsmead gehört. Vielleicht ...?«

»Aber gewiß«, unterbrach Colum ihn. »Alles, was Ihr braucht, Ihr müßt es nur sagen, Vater. Und zweitens?«

Vater Cuthbert senkte die Stimme. »Mir ist aufgefallen, daß Ihr nie das heilige Abendmahl nehmt.«

Kathryn stockte der Atem: Colum trat zwar vor den Altar, aber nur für den Segen; er nahm weder Brot noch Wein an.

»Es tut mir leid, wenn ich Euch fragen muß«, stammelte Vater Cuthbert, »aber, aber ... ich bin Gott gegenüber für die mir anvertrauten Seelen verantwortlich.« Er schenkte Kathryn ein schwaches Lächeln. »Vor allem für die Seele einer jungen Frau, deren Wohl mir mehr als alles andere am Herzen liegt.«

Colum wandte den Blick ab und schaute in das gräßliche Antlitz eines Wasserspeiers, der über der Kirchentür eingemeißelt war. Er betrachtete den Schnee, der von einem der Mauervorsprünge sanft herunter rieselte.

»Meine Vergangenheit ist von Gewalt geprägt, Vater«, sagte Colum langsam.

»Ja, ich weiß«, rief der Priester. »Es heißt, Ihr habt Menschenleben auf dem Gewissen. Der Grund, warum ich frage, ist folgender: vor dem Schneesturm war ich in London. Ich habe mich in Blackfriars aufgehalten, und die Leute dort kannten Euch. Sie sagten mir, daß Eure eigenen Landsleute Euch für einen Verräter halten.«

»Als ich jung war, Vater, und außerhalb von Dublin lebte, schloß ich mich einer Gruppe Rebellen und Gesetzloser an, die sich die Hunde von Ulster nannten. Den Namen hatten sie einer der zahlreichen irischen Legenden entnommen.« Colum fuhr mit einer Hand unter den Umhang und strich gedankenverloren über den Knauf seines Dolches. »Der langen Rede kurzer Sinn, Vater, ich wurde zusammen mit anderen von den Engländern gefangengenommen. Alle endeten auf dem Schafott, nur ich wurde begnadigt, weil ich noch ein Grünschnabel war. Hin und wieder schicken die Hunde von Ulster Mörder aus, die mich umbringen sollen.« Colum verzog das Gesicht. »Bis jetzt hatte ich Glück, ich habe alle getötet.«

»Aber das war Notwehr«, beharrte Vater Cuthbert. »Das ist keine Sünde.«

»Es gibt da noch etwas«, murmelte Colum.

»Ich will nicht in Euch dringen«, erwiderte Vater Cuthbert, »aber ...« Er warf Kathryn einen raschen Seitenblick zu, die reglos neben ihnen stand. Ein vager Verdacht keimte in ihr auf. Plötzlich fröstelte ihr, und sie wußte, daß es nicht am kühlen Wintermorgen lag.

»Wart Ihr je verheiratet, Master Murtagh?« Vater Cuthbert sprach hastig.

»Ja«, stieß Colum hervor.

Ein eiskalter Schauer überlief Kathryn, und ihr wurde schwindlig.

»Master Murtagh.« Der Priester berührte das Handgelenk des Iren. »Wenn Ihr wollt, können wir unsere Unterhaltung woanders fortsetzen.«

»Ja, ich war verheiratet«, wiederholte Colum langsam. »Mit einem walisischen Mädchen. Wir hatten einen Sohn.« Colum hielt inne. »Vor zehn Jahren, im Jahre 1461, Vater, war ich mit Lord Edward bei Mortimer's Cross im Westen des Landes. Eine Lancastertruppe landete in Südwales, um die Besitztümer Lord Edwards zu plündern. Sie griffen das Dorf an, in dem meine Frau und unser Kind wohnten. Als ich zurückkam, war mein Gehöft nur noch eine rauchende Ruine. An einem Morgen wie diesem habe ich meine Frau und meinen Sohn in der kalten, harten Erde begraben, und damals habe ich Gott mit jedem Atemzug verflucht.« Er schaute den

Priester an. »Deshalb nehme ich nicht am Abendmahl teil.« Die Gesichtszüge des Iren verhärteten sich. »Ich besuche die Messe, wie es das Kirchengesetz vorschreibt, aber ich nehme die heiligen Sakramente erst zu mir, wenn der Haß in meinem Herzen verloschen ist.« Er schaute dem Priester offen ins freundliche Gesicht und klopfte ihm sanft auf die Schulter. »Und macht Euch keine Sorgen, Vater. Es war Euer gutes Recht, mich zu fragen. Ich habe es nicht als Beleidigung empfunden und hoffe, Euch nicht verletzt zu haben.« Er hakte sich bei Kathryn unter. »Und Ihr habt mein Wort, Vater. Dieses Jahr sollt Ihr zu Weihnachten eine so schöne Krippe haben wie noch nie!«

Vater Cuthbert segnete beide und entfernte sich. Kathryn und Colum verließen den Kirchhof durch das Tor. Thomasina sah Kathryn an, daß sie innerlich erregt war. Deshalb rief sie Wuf und Agnes zu sich und ging mit ihnen in gemessenem Abstand hinter den beiden her.

»Warum habt Ihr mir das nicht erzählt?« fragte Kathryn leise und wandte ihr Gesicht Colum zu. »Ihr müßt noch sehr jung gewesen sein.«

»Ja, und ein großer Romantiker.« Colum drückte ihre Hand. »Ich spreche nie darüber, Kathryn. Es gibt in eines Menschen Seele bestimmte Räume, die am besten verschlossen bleiben. Ich habe das Mädchen geliebt, und sie hat mich geliebt. Auf ein solches Unglück war ich nicht gefaßt. Ich war mit Lord Edward im walisischen Grenzgebiet. In den Midlands und im Norden stand eine Lancasterarmee. Die Bretonen landeten von See her und marschierten durch Südwales, brandschatzten und plünderten. Wir holten sie bei Mortimer's Cross ein paar Meilen nördlich von Hereford ein.« Colums Stimme wurde hart. »Wir haben den Kampf gewonnen. Nur wenige Bretonen wurden gefangengenommen. Auch ich hatte teil an Mord und Totschlag«, fügte er hinzu. »Aber ein Mord erzeugt den nächsten.«

»Haltet Ihr deshalb die Truhe in Eurem Zimmer verschlossen?« fragte Kathryn.

»Erinnerungen.« Colum drückte ihre Hand. »Bruchstücke

eines früheren Lebens.« Colum blieb stehen und sah sie mit zusammengekniffenen Augen an. »Nun wißt Ihr, daß ich ein schrecklicher Mensch bin.« Er näherte sich ihrem Gesicht. »Ein verruchtes, bösartiges Ungeheuer, ein Mädchenschänder!«

»Gebt acht, Ire!« rief Thomasina und kam näher.

Kathryn war für die Unterbrechung ebenso dankbar wie Colum, der sogleich einen Vers über Thomasinas flinken Gang dichtete:

»Wie Candace in des Knappen Worten,
schwebt Thomasina allerorten!«

Das Geplänkel der beiden rauschte an Kathryns Ohren vorbei. Wieder ein Mosaikteilchen aus dem vielschichtigen Bild des Iren, dachte sie. Er verbarg seinen Schmerz hinter dem fröhlichen Wortgefecht mit Thomasina: er lächelte und plauderte, aber seine Muskeln waren angespannt. Kathryn schwor sich insgeheim, Colums verstorbene Frau nie wieder zu erwähnen, es sei denn auf seinen ausdrücklichen Wunsch. Sobald sie zu Hause ankamen, wurden alle Gedankengänge unterbrochen. Thomasina lief in die Küche und verkündete lauthals: »Ein Schwein in Kümmelsoße zu braten, ist eine Kunst, die man am besten mir überläßt!«

Kathryn begab sich in ihre Schreibkammer, während Colum, der weiteren Fragen aus dem Weg gehen wollte, in den Garten trat, um Wuf beim Spielen zuzuschauen. Kathryn dachte weiter über den Iren nach. Hütete er noch mehr Geheimnisse? Die Neugier, die an ihr nagte, machte sie verlegen. Stand es ihr denn zu, über andere zu urteilen? Schließlich hatte sie selbst Geheimnisse, die sie, da sie ein öffentliches Amt bekleidete, hätte aufdecken müssen. Sie ging wieder in die Küche und schaute in den Garten hinaus. Wuf stand neben dem Karpfenteich, ließ seine polierte Holzscheibe über das Eis schlittern und versuchte, die Holzstöckchen zu treffen.

»Sei vorsichtig, Wuf«, warnte Kathryn ihn. »Colum, gebt

acht auf ihn, das Eis schmilzt, und das Wasser ist so kalt, daß man auf der Stelle erfriert!«

Sie schaute zu, wie Wuf unter Colums wachsamem Blick weiterspielte. Plötzlich trat ihr das Bild Vavasours auf dem zugefrorenen Teich vor Augen. Dabei kam ihr ein Gedanke.

»Nein!« flüsterte Kathryn. »Das kann nicht sein!«

Sie trat hinaus in den Garten, wandte sich jedoch rasch wieder um, als laut und ausdauernd an der Tür geklopft wurde. Agnes öffnete, und Luberon schritt mit roten Wangen und glänzenden Augen durch den Flur auf Kathryn zu, als wäre er der Erzbischof persönlich.

»Mistress Swinbrooke, ich grüße Euch. Wo ist Master Murtagh?« Der kleine Mann bebte förmlich vor Erregung.

»Was wollt Ihr?« fragte Thomasina schelmisch. »Wie alle Männer riecht Ihr einen guten Braten schon von weitem!«

Luberon reichte Agnes seinen Umhang und rieb sich genießerisch die Hände. Er schloß die Augen und sog den Duft des Schweinebratens ein. »Oh, Thomasina, Ihr werdet doch einen armen Mann nicht fortschicken? Die beste Köchin in Canterbury hat doch gewiß einen Happen für den armen Luberon übrig?«

Thomasina wandte sich errötend ab. Angezogen durch den Lärm, trat Colum in die Küche.

»Ihr habt Frenland aufgespürt, stimmt's?« fragte Kathryn.

Luberon fielen beinahe die Augen aus dem Kopf. »Wie kommt Ihr darauf?«

Kathryn lächelte und lud ihn ein, am Tisch Platz zu nehmen. Agnes teilte bereits die Teller aus.

»Kommt, Simon, leistet uns beim Abendessen Gesellschaft. Colum«, Kathryn winkte den Iren ans Kopfende des Tischs.

Colum nahm Platz und schaute Kathryn spöttisch an. »Wollt Ihr damit sagen, Ihr hättet gewußt, daß Frenland nicht tot war?«

»Aber gewiß«, lachte Kathryn. »Erstens: wilde Hunde können zwar gefährlich sein, aber nicht in dem Maße. Sie jagen ein Kind oder ein verwundetes Tier, aber keinen ausgewachsenen Mann. Zweitens hatte Frenland nicht weit zu gehen.

Der Landkarte zufolge führte die Straße, auf der er floh, auf eine Reihe von Dörfern und Weilern zu. Drittens fiel mir ein, daß er Euch über Alexander Wyville ausgefragt hat. Ich glaube, das brachte ihn auf den Gedanken.«

»Welchen?« fragte Colum.

»Na, von einem zänkischen Weib fortzulaufen.« Kathryn lachte siegessicher. »Frenland hat eine andere, nicht wahr, Simon?«

»Ja, ja. Eine Witwe mit rosigen Wangen und munteren Augen.« Luberon hob die Stimme. »So eine wie Ihr, Thomasina.«

»Hütet Eure Zunge!« warnte ihn die Köchin lachend.

»Schließlich«, schloß Kathryn, »habe ich mir den blutdurchtränkten, zerrissenen Umhang angesehen. Ich entdeckte Lederfetzen daran, die von einem Weinschlauch hätten stammen können. Frenland hat nun einen solchen Lederschlauch mit Tierblut gefüllt, das man ohne weiteres in jedem Schlachthaus erhält, dann seinen Mantel mit Blut getränkt und sich aus dem Staub gemacht. An den zerrissenen Überresten seines Umhangs hingen noch Fetzen des Lederbehälters.«

Sie nahm den Becher Würzwein, den Thomasina auf den Tisch gestellt hatte, und reichte ihn Luberon. Der kleine Schreiber seufzte und nahm genüßlich einen Schluck.

»Als ich Frenland fand«, erklärte er, »habe ich ihm von den Anschuldigungen seiner Frau erzählt.« Luberon grinste. »Nun, das ist eine Sache, die nur die beiden, oder besser, die drei angeht.«

Colum lehnte sich auf seinem Stuhl zurück und lachte. »Heiliger Himmel, wie kompliziert das Leben doch sein kann!« Er klopfte Luberon auf den Arm.

Kathryn betrachtete den Schreiber, der jetzt gedankenverloren auf den Lederbeutel starrte, den er mitgebracht hatte. »Es gibt aber noch etwas, nicht wahr, Simon?«

Luberon stellte den Becher auf den Tisch. »Blunt ist tot«, bemerkte er mit leiser Stimme.

Kathryn wirbelte herum, denn Thomasina hatte einen Teller fallenlassen, der auf den Steinen der Feuerstelle in Scherben sprang.

»Er starb letzte Nacht«, fuhr Luberon fort. »Er ist einfach eingeschlafen. Als die Wächter kamen, um ihn zu wecken, lehnte er an der Zellenwand und hatte die Augen geschlossen. Ich war schon bei Emma Darryl.« Er blickte über die Schulter zu Thomasina. »Ach, übrigens«, fügte er hinzu, »der Gefangene hat die Sachen, die Ihr ihm mitgebracht habt, nicht angerührt.« Er öffnete den Lederbeutel und zog ein kleines Leinenbündel heraus. Kathryn nahm es an sich und öffnete es vorsichtig. Brot und Käse waren inzwischen ungenießbar, aber das kleine Beutelchen mit Pulver, das Thomasina hineingeschmuggelt hatte, war noch fest zugebunden. Kathryn nahm ein Messer, durchtrennte die Kordel und roch daran.

»Baldrian!« rief sie.

»Ich weiß«, erwiderte Thomasina und trat an den Tisch. »Nicht so viel, daß er daran sterben konnte, Mistress, aber genug, ihn zu betäuben. Ich weiß auch, woran er gestorben ist. Ich war bei Blunts früherem Arzt.« Sie lächelte Kathryn an. »Ihr kennt ihn, es ist Roger Chaddedon. Er läßt Euch grüßen und hofft, Euch während der Feiertage zu sehen.«

Kathryn errötete. Chaddedon war ein Witwer, der sehr zu Colums Ärger jede Gelegenheit wahrnahm, Kathryn seine Zuneigung zu zeigen.

»Was hat er gesagt?« fragte Kathryn und wich Colums Blick aus.

»Er hat Blunt an Allerseelen gesehen und sorgfältig untersucht. Er hatte im günstigsten Fall noch ein paar Wochen zu leben. Seine Lungen waren zersetzt, er hustete schwarzes Blut. Chaddedon ist der Meinung, die Ursache für Blunts Krankheit seien Farben und andere schädliche Substanzen, die der Maler in all den Jahren verwendet hat. Tut mir leid wegen des Baldrians, Mistress, aber ich finde, keiner sollte bei vollem Bewußtsein gehängt werden, schon gar nicht Blunt.«

Kathryn wandte sich an Luberon. »Und Ihr habt es Emma Darryl mitgeteilt?«

»Ja.«

»Was hat sie gesagt?«

»Nicht viel. Sie hat vieldeutig gelächelt und dann etwas Sonderbares gesagt: ›Ihr müßt jetzt gehen, weil ich das Essen vorbereiten will.‹«

Kathryn zuckte zusammen, und ein kalter Schauer lief ihr über den Rücken.

»Thomasina, dein Braten ist noch nicht gar. Colum, Luberon, schnell, holt Eure Umhänge!«

»Was ist denn los?« fragte Colum.

»Wir müssen zu Emma Darryl!« fuhr Kathryn ihn an und erhob sich. Colum hielt sie am Arm fest. »Warum?«

Kathryn holte tief Luft und schaute Luberon an.

»Weil Blunt weder Alisoun noch ihre beiden Galane umgebracht hat!«

»Das ist doch lächerlich!« sagte der Ire. »Wir haben doch die Pfeilwunden gesehen. Blunt war nach eigenem Bekunden ein Meisterschütze.«

Kathryn schüttelte den Kopf, während sie sich den Umhang überzog.

»Mistress Swinbrooke, was behauptet Ihr da?« Luberon stand auf, trank seinen Weinbecher leer und suchte nach seinem Umhang. Agnes und Wuf standen im Kücheneingang, die Augen weit aufgerissen und die Ohren erwartungsvoll gespitzt.

»Ich erkläre es Euch unterwegs«, murmelte Kathryn.

Kurz darauf verließen sie das Haus und eilten durch die Ottemelle Lane. Außer streunenden Hunden, einem Bettler hier und da und einer Hure mit roter Perücke, die verzweifelt nach Kunden Ausschau hielt, lagen die Straßen verlassen da. Die Sonne stand schon tief. Es war kälter geworden, und der Schnee hatte sich in schmutziges Eis verwandelt. Nachdem sie die Church Lane überquert hatten, verlangsamte Kathryn ihren Schritt. »Colum.« Sie ergriff den Arm des Iren, um das Gleichgewicht nicht zu verlieren. »Blunt war ein Meisterschütze, aber er konnte nicht mehr gut sehen, und er hatte einen schrecklichen Husten. Wie hätte er denn einen Bogen spannen, zielen und drei Pfeile so rasch hintereinander abschießen sollen? Mein Gott«, fuhr sie fort, »Alisoun und ihre beiden Freier Nicholas und Absolon hätten ihn schon von weitem gehört.«

»Aber die Pfeilwunden?« fragte Luberon und trat an ihre Seite.

»Ja, die Pfeilwunden«, sagte Kathryn. »Sie waren sehr tief. Ich sage Euch, was passiert ist«, fuhr sie fort und eilte weiter. »Blunt kam nach Hause und stellte fest, daß Alisoun und ihre beiden Bewunderer vergiftet worden waren. Er wollte Emma Darryl schützen. Er nahm seinen Bogen und schoß einen Pfeil in jede Leiche, und damit es überzeugender wirkte, öffnete er ein Fenster und wartete wahrscheinlich, bis jemand wie Witwe Gumple vorbeikam, der er Nicholas' Leiche vor die Füße werfen konnte.«

»Und das alles wollt Ihr aus den Pfeilwunden schließen?« fragte Colum.

»Ja, denn sie waren viel zu tief, und vergeßt nicht, wie dunkel es in dem Zimmer bei Blunt war. Ein junger Mann, ein geübter Schütze, wäre in der Lage gewesen, drei tödliche Pfeile abzuschießen. Vielleicht hätte sogar Blunt es noch geschafft, wenn er gesund gewesen wäre. Aber er war von Hustenanfällen geplagt, und sein Augenlicht ließ nach.«

»Warum habt Ihr uns das nicht gleich gesagt?« fragte Colum vorwurfsvoll.

Kathryn blieb stehen und schaute zu den langen Eiszapfen hinauf, die vom Portal des großen Hauses herabhingen.

»Wie denn?« fragte sie leise. »Als ich Blunt in seiner Gefängniszelle besuchte, lag er bereits im Sterben. Deshalb hat er mich gebeten, zu ihm zu kommen. Er war nicht dumm. Er wußte, daß man mich bitten würde, die Leichen zu untersuchen. Nun, das Licht im Leichenhaus war zwar dürftig, aber etwas an der Haut der Leichen, ihre Aufgedunsenheit und die leichte Verfärbung, machten mich stutzig.« Sie schüttelte die Wassertropfen von ihrem Umhang. »Die Pfeile saßen so tief, waren so exakt getroffen, daß nur ein Meisterschütze sie auf sehr kurze Entfernung hätte abschießen können. Der Mann, den wir im Kerker des Rathauses antrafen, der ständig blinzelte und von Hustenanfällen geschüttelt wurde, hätte auf größere Entfernung niemals so genau zielen können.« Kathryn fuhr sich mit der Zunge über die Lippen. »Deshalb kam ich zu dem Schluß, daß Emma alle drei umgebracht hatte, ehe Blunt nach Hause kam.«

»Und jetzt wollt Ihr sie stellen?«

Kathryn schüttelte den Kopf. »Nein, ich will Peter retten. Herr hilf uns, ich hoffe, ich komme nicht zu spät!«

Sie nahmen eine Abkürzung durch eine Gasse zu Blunts Haus. Kathryn, der vor Aufregung ganz übel war, hämmerte mit zitternden Händen gegen die Tür. Mit einem Seufzer der Erleichterung vernahm sie feste Schritte und hörte, daß die Riegel zurückgeschoben wurden. Die Tür ging auf, und Peter stand lächelnd vor ihnen.

»Peter«, rief Kathryn und stieß ihn zur Seite. »Ist alles in Ordnung mit dir?«

»Ich habe Hunger«, antwortete der junge Mann. »Und Emma hätte längst aufstehen und das Essen richten sollen, aber sie schläft noch fest.«

Kathryn schob sich an ihm vorbei und lief die Treppe zum zweiten Stock hinauf; Colum und Luberon polterten hinter ihr her. Sie sah, daß eine Tür nur angelehnt war, und betrat das Zimmer. Emma Darryl lag auf ihrem Bett, die Arme an den Seiten, die Augen blicklos auf den Baldachin gerichtet. Kathryn setzte sich und ergriff die Hand der Frau. Sie spürte einen Anflug von Wärme, aber weder am Handgelenk noch am Hals einen Pulsschlag. Sie preßte ein Ohr auf das dicke Wollkleid, konnte aber keinen Herzschlag hören. Kathryn schaute sich suchend im Zimmer um; Colum und Luberon standen reglos in der Tür. Sie zeigte auf einen Silberteller, der auf einer eisenbeschlagenen Truhe stand.

»Colum, bringt mir den bitte, schnell!«

Colum reichte ihn ihr. Kathryn polierte den Silberteller mit dem Ärmel und hielt ihn so nahe wie möglich an die Lippen der Frau. Dann nahm sie ihn fort und bekreuzigte sich.

»Tot?« fragte Colum.

»Ja, der Herr sei mit ihr. Master Luberon, bitte sorgt dafür, daß Peter unten bleibt.«

Luberon ging auf den Flur hinaus. Kathryn hörte ihn leise auf Peter einreden; dann kam er wieder ins Zimmer und schloß die Tür. Kathryn blickte Murtagh an.

»Wir alle haben unsere Geheimnisse, nicht wahr, Ire?«

Colum erinnerte sich an seine Unterhaltung mit Vater Cuthbert und nickte kaum merklich.

»Und Ihr, Master Luberon, kennt meine. Ich frage mich beständig, ob mein Mann wirklich tot ist oder eines Tages zurückkehrt.« Kathryn streichelte zärtlich die Hand der Toten. »Nun, auch Emma Darryl hatte ihre Geheimnisse.« Kathryn ließ Colum nicht aus den Augen. »Sie liebte Richard Blunt mit verzehrender Leidenschaft. Sie hatten ein gemeinsames Kind, einen Jungen namens Peter, aber sie haben nie geheiratet. Blunt, so wollen wir ihn nennen, auch wenn es nicht sein Geburtsname war, hatte drei große Gaben. Zum einen war er ein meisterhafter Schütze, zweitens ein begnadeter Maler, und drittens hatte er seine treue Emma. Sie begleitete ihn, wohin er auch ging.« Kathryn blickte sich in dem gemütlichen Zimmer um und wappnete sich innerlich gegen das Ergreifende an dieser Tragödie.

»Nun wurde Blunt krank, es fing mit einem einfachen Husten an, der sich jedoch verschlimmerte, je länger er die schädlichen Dämpfe der Materialien einatmete, die er für seine Gemälde in St. Mildred und anderswo verwendete. Sein Leben näherte sich bereits dem Ende, als er Alisoun kennenlernte, eine echte Romanze zwischen Jung und Alt. Das Ganze wäre vielleicht ruhig und friedlich abgelaufen, wenn Alisoun nicht die Hure gespielt und damit Blunts Siechtum beschleunigt hätte. Emma Darryl sah, was geschah, und hat im stillen gebrütet.« Kathryn schaute auf das Gesicht der Toten hinab, das jetzt so friedlich aussah. »Emma hatte vor Alisoun Angst, die eine Bedrohung für sie und, noch schmerzhafter, für Peter darstellte. Ihre größte Sorge war, daß Blunt sterben und Alisoun als seine Frau alles erben würde. Man hätte Emma und Peter vor die Tür gesetzt, wo ihnen nichts anderes übriggeblieben wäre als zu betteln.«

»Demnach hat Emma Alisoun ermordet?«

»Ja. Ich bezweifle, ob Emma wirklich die Absicht hatte, auch die beiden jungen Männer umzubringen. Doch Ihr könnt Euch die Szene sicher vorstellen. Blunt war in St. Mildred und Alisoun hier im Hause, während Emma, die treue Haushälterin, ein tödliches Gebräu zubereitete.« Kathryn nahm den Weinbecher vom Tisch neben dem Bett, roch daran und rümpfte die Nase, so stark war der Geruch, der ihr entgegenschlug. »Ich vermute, Emma verwendete das, was die Lateiner Amanita virosa nennen, einen giftigen Ständerpilz. Der Hut ist eiförmig, seidig weiß und glatt, in der Mitte fuchsrot gefärbt.«

Kathryn trug den Weinbecher durchs Zimmer und kippte die restliche Flüssigkeit ins Nachtgeschirr.

»Es ist ein tödliches Gift, aber mit einem starken Rotwein gemischt, ist es nicht herauszuschmecken. In der Mordnacht ging Emma zu Bett, während Alisoun zwei Besucher empfing und mit Wein bewirtete. Vielleicht saß Emma in diesem Zimmer hier und lauschte ihrem Gelächter. Sie war inzwischen abgestumpft; der Haß auf Alisoun hatte alle anderen Gefühlsregungen vertrieben. Dann kehrte Blunt zurück und entdeckte die drei Leichen.«

»Und er nahm die Schuld auf sich?« unterbrach Luberon sie.

»Oh ja. Peter hat man wahrscheinlich in sein Zimmer geschickt, während Blunt das Schauspiel mit Pfeil und Bogen aufführte. Wahrscheinlich hat er Emma auseinandergesetzt, daß er ohnehin bald sterben werde. Sie mußte bleiben und auf Peter aufpassen.«

»Und Emma war damit einverstanden?«

»Vielleicht widerstrebend; darum hat Blunt mit mir reden wollen – er wollte sichergehen, daß er sich nicht umsonst geopfert hatte.« Kathryn trat ans Fenster und schaute über die vereisten Dächer. »Sobald ich ihn in der Zelle im Rathaus sah, wußte ich, daß etwas nicht stimmte. Ebenso erging es mir, als ich sein Bild in St. Mildred betrachtete, auf dem Abraham seinen Sohn Isaac opfert. Ist Euch aufgefallen, daß das Messer nach innen gerichtet war? Abraham wollte lieber sich selbst als seinen Sohn opfern. Blunt hat dabei an sich gedacht.«

»Aber das hat er doch vor den Morden gemalt, oder?« fragte Luberon.

Kathryn warf ihm einen Blick über die Schulter zu. »Ich frage mich«, sagte sie, »ob Blunt wußte, daß die Morde geschehen würden? Oder war es die Arbeit an dem Gemälde, die ihn seinen eigenen Tod voraussehen ließ?« Kathryn deutete auf das Bett. »Wie auch immer, nach Blunts Tod sah Emma keinen Grund mehr zu leben. Vielleicht hat die Ärmste auch geahnt, daß wir die Wahrheit herausgefunden haben, und sich deshalb das Leben genommen.« Kathryn drehte sich um und lehnte sich ans Fensterbrett. »Als Simon erzählte, wie sie auf die Todesnachricht reagiert hatte, war mir klar, daß sie ihren Tod plante. Ich habe nur gebetet, daß sie Peter verschont. Jedenfalls ist es vorbei«, schloß Kathryn. »Simon, bitte bringt Peter zu Vater Cuthbert ins Hospiz für Arme Priester. Erklärt ihm, was geschehen ist, und dann kommt wieder hierher und versiegelt das Haus.«

Luberon war einverstanden. Kathryn hörte, wie er die Treppe hinunterging und mit Peter sprach, dann fiel die Haustür hinter den beiden ins Schloß. Kathryn trat zu Colum und ergriff seine Hände.

»Die Vergangenheit kann entsetzlich sein«, sagte sie zärtlich. »Sie ist wie ein Schatten, der uns zuweilen wie mit dunklen Schwingen umfängt. Aber wir dürfen das nicht zulassen.«

Colum beugte sich zu ihr hinab und küßte sie sanft auf den Mund. Kathryn errötete und trat einen Schritt zurück.

»Ein Geheimnis weniger«, sagte sie und zeigte auf das Bett.

»Und die Sache im ›Weidenmann‹?« fragte Colum.

Kathryn holte tief Luft, wandte sich rasch ab und ging zur Tür. Die Hand auf der Türklinke, drehte sie sich zu Colum um.

»Der Herr ist mein Zeuge, Ire, ich weiß es nicht. Ich weiß nur, daß es Geheimnisse gibt, die nie gelöst werden.«

Elf

Sie kehrten nach Hause zurück, wo Thomasina mit dem Essen auf sie wartete. Kathryn aß schweigend. Der Tod Blunts und seiner Haushälterin hatte sie zutiefst getroffen. Im stillen nahm sie sich fest vor, Vater Cuthbert aufzusuchen, um sicherzustellen, daß Peter gut versorgt war und daß der Besitz und die Gelder, die der arme Tropf erbte, richtig verwandt wurden. Colum aß hastig und ging anschließend in sein Zimmer. Er war enttäuscht, daß Kathryn es offenbar vorzog, ihren eigenen Gedanken nachzuhängen, verscheuchte jedoch seinen Unmut und setzte statt dessen im stillen einen Brief an das königliche Schatzamt in London auf, in dem er über die Morde an Erpingham und Vavasour berichtete.

Draußen wurde es bereits dunkel, doch Wuf wollte unbedingt noch im Garten spielen, und Kathryn erlaubte es ihm zerstreut. Während Thomasina und Agnes den Tisch abräumten, zog Kathryn sich in ihre Schreibkammer zurück. Sie zündete eine Laterne und ein paar Kerzen an, legte Pergament und Feder bereit und begann aufzuschreiben, was sie über den Mord an Erpingham und über Vavasours rätselhaften Tod im zugefrorenen Teich erfahren hatte und welchen Verdacht sie hegte. Kathryn knabberte an der Feder. Was war ihr nur in Vavasours Zimmer aufgefallen? Wuf kreischte im Garten vor Vergnügen, und Kathryn beschloß nachzuschauen, was ihm so viel Freude bereitete. Sie nahm die Laterne und ging hinaus. Wuf hockte am Rand des kleinen Karpfenteiches und ließ seine polierte Holzscheibe unermüdlich über das Eis schlittern, rannte um den Teich herum und hob sie wieder auf. Es war ein ungefährliches Spiel, und Kathryn schaute ihm eine Zeitlang zu.

Wuf rief ihr zu: »Das Eis kracht bald!«

Kathryn lächelte und ging zu ihm. Schwungvoll stieß Wuf die Scheibe über das Eis, das durch das Tauwetter natürlich brüchig geworden war und unter der wirbelnden Holzscheibe knackte und krachte. Kathryn stellte die Laterne am Rand des Teiches ab, damit Wuf besser sehen konnte.

»Irgendwann, irgendwann bricht das Eis!« krähte Wuf.

»Wuf!« rief Thomasina aus der Küche, »komm rein und hilf uns!«

Der Kleine schaute Kathryn an.

»Geh schon, Wuf!«

Sie nahm ihn an die Hand und führte ihn zur Küchentür. Wuf sauste hinein. Als Kathryn sich umwandte, um die Laterne zu holen, blieb sie wie angewurzelt stehen. Sie sah das Licht und die Holzscheibe, und ihr Herz tat einen Sprung.

»Natürlich!« hauchte sie. »Das erklärt alles!«

Kathryn schaute unverwandt auf die Laterne. Vavasours Tod war ein Rätsel gewesen. Alle hatten sich im Wirtshaus aufgehalten, und doch mußte auf dem Teich jemand auf Erpinghams Schreiber gewartet haben. Aber warum war derjenige nicht genau wie Vavasour im eisigen Wasser ertrunken? Vorsichtig schritt sie über den Gartenweg, nahm Laterne und Holzscheibe an sich und eilte, ohne auf Thomasinas fragenden Blick oder Wufs Gebettel wegen seines Spielzeugs zu achten, wieder in ihre Schreibkammer. Dort nahm sie die Feder zur Hand, entwarf rasch eine grobe Skizze von der großen Wiese und machte an der Stelle, an der Raston das flackernde Licht gesehen hatte, das Vavasour auf den Teich lockte, ein Kreuz. Kathryn legte die Feder ab, lehnte sich zurück und legte die Finger aneinander.

»Wenn es auf diese Weise geschah«, sagte sie zu sich, »dann lautet die nächste Frage, wer hatte Mittel und Wege, eine solche Falle zu stellen?«

Sie nahm die Liste der im ›Weidenmann‹ anwesenden Personen zur Hand. »Es gibt nur eine Lösung. Aber wie soll sie Erpinghams Tod erklären?« Sie dachte an den grauenhaften Schädel und die Knochen, die man unter den Dielenbrettern entdeckt hatte: auf welche Weise hatten sie Erpinghams Alptraum verursacht? Kathryn nahm den alten, abgegriffenen Folianten ihres Vaters vom Regal, in dem alle bekannten Gifte aufgeführt waren. Die einzelnen Eintragungen waren zu unterschiedlichen Zeitpunkten gemacht worden, und Kathryn fand die Anmerkungen über den giftigen Nachtschatten erst nach sorgfältiger Prüfung der verblaßten Schrift. Sie lächelte traurig, als sie las, was dort stand.

»Ein großes Kraut«, hatte ihr Vater geschrieben, »das winterfest ist und weit verzweigte Stengel hat. Die herabhängenden Blüten sind purpurrot, zuweilen aber auch schmutzigviolett oder violettgrün. Die Früchte, schwarz glänzende Beeren, sind eine große Gefahr für Kinder und Unkundige. Die Arznei wird entweder aus frischen oder aus getrockneten Blättern oder Wurzeln destilliert, obwohl alle Teile des Krautes giftig sind. Trotzdem ist es sehr nützlich, will man die schlechten Säfte des Magens lösen. Aber schon kleinere Mengen können zu ernsthaften Vergiftungen führen.«

Kathryn beendete ihre Lektüre und war schon im Begriff, das dicke Buch zu schließen, als sie noch eine nahezu unleserliche Randbemerkung entdeckte. Sie zog die Laterne näher heran, aber trotzdem konnte sie das Gekritzel nicht entziffern. Kathryn entnahm daraufhin einem kleinen Kasten ein Vergrößerungsglas, setzte sich wieder vor das Buch und untersuchte die krakeligen Schriftzüge. Ihr Vater hatte in Kürzeln geschrieben, die es Kathryn jedoch mit vor Aufregung hochrotem Kopf zu entziffern gelang. Sie legte die Lupe auf den Tisch und lehnte sich zurück, schloß den Wälzer und klatschte in die Hände.

»Danke«, flüsterte sie; diese einfache Randnotiz verhalf ihr vielleicht zur Lösung des Rätsels. »Du weißt nicht so viel, wie du glaubst, Swinbrooke«, murmelte Kathryn. »Vielleicht ist es an der Zeit, alle Aufzeichnungen des Vaters noch einmal durchzulesen.«

Kathryn schloß die Augen und versuchte, sich an alle Einzelheiten im Zusammenhang mit Erpinghams Tod zu erinnern: der Steuereintreiber hatte das gleiche gegessen und getrunken wie alle anderen Gäste. Er hatte seinen Weinkelch mit ins Zimmer genommen und die Tür verschlossen und verriegelt. Außer Standon, der sich vergewissern wollte, ob seinem Herrn nichts fehlte, war niemand hinaufgegangen.

»Ob Erpingham die eingetriebenen Gelder nachgezählt hat?« fragte sich Kathryn leise und schlug die Augen wieder auf. »Seine Kleidungsstücke lagen auf dem Boden verstreut. In seinem Zimmer wurde kein Gift gefunden. Wie war das nur möglich?«

Kathryn hatte bereits einen Verdacht, wer der Mörder sein könnte, aber wie wurde das Verbrechen begangen? Sie schloß noch einmal die Augen, Vavasour, sein Zimmer, die Münzen auf dem Boden.

»Kathryn?«

Sie fuhr zusammen. Colum stand im Türrahmen und schaute sie fragend an.

»Ihr seid ein Leisetreter, Ire.«

Colum setzte sich auf einen Schemel neben Kathryns Schreibtisch. »Ihr habt etwas herausgefunden, stimmt's?« fragte er rasch, denn Kathryns rote Wangen und die leuchtenden Augen entgingen ihm nicht. Er nahm ihre Hand und drückte sie. »Ich wußte es, oh klügste aller Ärztinnen.«

Kathryn antwortete mit Bedacht. »Ich weiß vielleicht, wie Vavasour gestorben ist. Er wurde in den Tod gelockt, aber im Augenblick ist das nicht so wichtig.«

»Sondern?«

»Die Einzelheiten im Zusammenhang mit Erpinghams Tod.« Sie tippte auf den Wälzer ihres Vaters. »Ich habe gerade herausgefunden, daß es zwei verschiedene Versuche gegeben hat, ihn umzubringen.«

»Zwei!« rief Colum aus.

»Oh ja. Ich habe nachgelesen, was mein Vater über Gifte aufgezeichnet hat. Giftiger Nachtschatten ist allgemein bekannt. Er führt sehr rasch zum Tode: zunächst fällt das Opfer in tiefen Schlaf, dann haucht es still sein Leben aus.« Noch einmal tippte Kathryn auf den Wälzer. »Aber nur ein paar Körnchen Nachtschatten haben eine andere Wirkung: sie töten nicht, sondern lösen Wahnvorstellungen aus, Delirium und Alpträume.«

»Also wurde Erpingham das Gift zweimal verabreicht?«

»Ja. Überlegt Euch einmal: da schläft dieser gottlose Mann in einem Zimmer, in dem der Legende zufolge einer seiner Vorfahren, ein Teufelsanbeter, gestorben ist. Das hat Erpinghams Fantasie bestimmt sehr beschäftigt. Am Abend bevor er starb, verabreichte man ihm ein paar Körnchen giftigen Nachtschatten, nicht genug, um ihn zu töten, aber bestimmt ausreichend für einen schrecklichen Alptraum. Erinnert Ihr Euch, wie Sir Gervase uns sein Aussehen beschrieb? Rotes Gesicht, verschwitzt, Übelkeit, zitternde Gliedmaßen? Nun, genau so wirken sich ein paar Körnchen des todbringenden Nachtschattens aus.« Kathryn hielt inne. »Ich glaube, als Erpingham zu Bett ging, begann das Gift zu wirken. Unser Steuereintreiber versank in ein leichtes Delirium. Als er dann aufwachte, war er nicht in der Lage, zwischen Traumgebilden und den durch das Gift erzeugten Wahnvorstellungen zu unterscheiden. Jedenfalls stand er auf. Er war erregt und nervös und ging ins Nachbarzimmer hinüber. Gervase gab ihm etwas Wein zu trinken. Erpingham wurde übel – ob vor oder nach seinem Besuch bei Percy, spielt keine Rolle. Wichtig ist, daß er auf diese Weise die giftigen Säfte aus dem Körper spülte.« Kathryn seufzte. »Am darauffolgenden Abend hatte Erpingham weniger Glück: diesmal erkannte der Mörder seinen Fehler und erhöhte die Dosis. Erpingham stirbt, und unser Rätsel ist perfekt.«

»Aber wer war es?« fragte Colum. »Wie und warum?«

»Um das herauszufinden«, verkündete Kathryn, »benötige ich alle, die in diesem Hause wohnen. Colum, bevor ich jemanden anschuldige, möchte ich prüfen, ob mir derselbe Trick gelingt wie dem Mörder.« Sie beugte sich vor und streichelte dem Iren sanft über die Wange. »Bittet Thomasina, Agnes und Wuf in die Küche. Sagt Thomasina, sie möge drei von unseren Zinnbechern vom Regal holen. Ihr wißt schon, die wir immer benutzen.«

Colum öffnete den Mund, um weitere Fragen zu stellen.

»Nun macht schon«, drängte Kathryn ihn. »Wenn ich recht

habe, können wir noch vor Einbruch der Dunkelheit zum ›Weidenmann‹ gehen und dem Mörder eine Falle stellen.«

Es bedurfte keiner weiteren Aufforderung: Colum eilte in den Flur und rief Thomasina und die anderen. Sie versammelten sich um den Küchentisch: Thomasina sichtlich gespannt, und Wuf und Agnes ließen sich nur zu gern von ihren häuslichen Pflichten fortlocken. Kathryn setzte sich auf ihren Stuhl.

»Und nun, Thomasina«, begann sie, »schenke uns doch bitte Wein ein.«

Thomasina nahm den Krug und tat wie geheißen.

»Behalte einen Becher für dich«, drängte Kathryn.

»Einen gibst du Colum und den dritten mir.« Kathryn nippte an ihrem Wein. »Was ist«, scherzte sie, »wollt ihr nicht auf meine Gesundheit anstoßen?«

Colum hob erstaunt die Augenbrauen, schaute Thomasina an, und dann tranken sie. Kathryn sagte kein Wort, sondern nahm nur hin und wieder einen Schluck aus ihrem Becher.

»Jetzt spielt Ihr wieder die Geheimnisvolle!« rief Thomasina vorwurfsvoll. Kathryn lächelte. »Thomasina, ich habe eine Aufgabe für dich. Nimm deinen Weinbecher mit in mein Zimmer und schneide die Stundenkerze zurecht.«

»Die Stundenkerze zurechtschneiden?« entgegnete Thomasina. »Was um alles in der Welt ist in Euch gefahren, Mistress? Ihr benehmt Euch wie ein Flattergeist!«

»Thomasina, bitte tu genau, was ich dir sage.«

Schnaufend nahm die Amme ein scharfes Messer in die eine Hand, den Weinbecher in die andere, ging mißmutig über den Flur und stieg die Treppe hinauf.

»Was machen wir denn?« fragte Wuf mit leuchtenden Augen. »Bekommen Agnes und ich auch ein bißchen Wein?«

»Nein«, fuhr Kathryn ihn an. »Bleibt ruhig sitzen und habt Geduld.« Sie beugte sich vor und tippte dem kleinen Jungen auf die Nase. »Aber morgen, Wuf, nehme ich dich mit zum Bäcker und kaufe dir das größte Marzipanstück, das er in seinem Laden hat. Dir auch, Agnes«, fügte Kathryn hastig hinzu, als sie die Enttäuschung auf dem Gesicht des Mädchens sah.

»Und was ist mit mir?« fragte Colum.

Kathryn setzte eine ernste Miene auf. »Oh ja, Ihr sollt auch Euer Marzipan bekommen.«

»Ich schneide jetzt die verflixte Kerze zurecht!« rief Thomasina ungeduldig aus dem Schlafzimmer. »Soll ich denn ewig hier oben bleiben, Mistress?«

Kathryn lächelte, nahm ihr Weinglas in die Hand und legte den Finger an die Lippen, um den anderen zu bedeuten, sich ruhig zu verhalten. Dann ging sie schnell über den Flur und die Treppe hinauf.

»Was hat das alles zu bedeuten?« flüsterte Agnes Colum zu.

»Ich weiß nicht«, erwiderte Colum, »aber wir werden es schon erfahren.«

Kurz darauf kam Kathryn wieder in die Küche, Thomasina, die noch immer vor sich hin brummte, im Schlepptau.

»Was sollte das Ganze, Mistress?« nörgelte Thomasina und setzte sich. »Ihr wißt doch genau, daß ich jeden Morgen als erstes die Kerzen zurechtschneide!«

»Trink deinen Wein«, drängte Kathryn sie.

Thomasina nippte an ihrem Becher.

»Ist es dein Wein?«

Thomasina betrachtete den Becher. »Selbstverständlich.«

»Nein«, verbesserte Kathryn sie. »Sieh dir den Becher genau an, Thomasina. An der einen Seite ist eine kleine Delle, wahrscheinlich, weil Wuf ihn hat fallenlassen.«

Thomasina untersuchte den Becher. »Ja, ja, ich sehe sie.«

»Tja, diesen Becher hatte ich, ehe ich nach oben ging. Ich bin in mein Schlafzimmer gegangen, wo Du deinen Becher auf den Tisch gestellt hattest, nicht wahr?«

»Nun ja, gewiß, weil ...«

»Ich habe deinen Becher einfach mit meinem vertauscht«, erklärte Kathryn. »Hätte ich Gift in meinen geschüttet, wärst du jetzt wahrscheinlich auf dem Weg in den Himmel.«

»Oh, Gott bewahre!« gluckste Thomasina. »Ihr macht mir Angst und Bange!«

»Hat es sich so im ›Weidenmann‹ abgespielt?« fragte Colum.

»Schon möglich«, erwiderte Kathryn. »Aber wir müssen

noch ein anderes kleines Spiel probieren.« Sie schaute die kleine Magd an. »Agnes, kannst du zählen?«

»Oh ja«, erwiderte das Mädchen. »Bis vierzig kann ich an den Fingern abzählen, aber für höhere Zahlen brauche ich ein Schachbrett.«

»Gut!« verkündete Kathryn. »Dann stell' dich an den Fuß der Treppe, setz dich auf einen Hocker und sage mir, wer nach oben geht und wie oft.«

»Kann ich das machen?« rief Wuf; dann wurde er ernst. »Aber ich kann nur bis zehn zählen!«

»Du kannst uns helfen«, tröstete Kathryn ihn.

Agnes folgte Kathryns Anweisung, und die anderen begannen, treppauf, treppab zu laufen, wobei Thomasina vor sich hin brummte, sie habe weiß Gott wichtigeres zu tun.

»Und denk' daran, Agnes«, sagte Kathryn, »ich will von dir nur wissen, wer wie oft die Treppe hinaufgeht.«

Wuf, dem das Spiel Spaß machte, sprang wie ein Dilldopp über die Stufen. Thomasina bewegte sich behäbig auf und ab, Colum verstand die Welt nicht mehr, und Kathryn vergewisserte sich, daß Agnes zählte. Kurz darauf trat Kathryn zu Agnes und bedeutete ihr aufzuhören.

»Wie oft bin ich hinaufgegangen? Wie oft? Wie oft?« fragte Wuf und tänzelte vor Agnes herum.

Agnes schloß die Augen. »Wuf ist, glaube ich, sechsmal hinaufgegangen, nein siebenmal. Master Murtagh fünfmal; Ihr, Mistress, zweimal. Thomasina zweimal oder dreimal?«

»Gut!« rief Kathryn. »Und wie oft sind wir heruntergekommen?«

Agnes riß die Augen auf. »Aber danach habt Ihr mich doch gar nicht gefragt!« jammerte sie. »Ihr habt gesagt, ich sollte zählen, wie oft alle die Treppe raufgehen.«

»Und wo ist Thomasina jetzt?« fragte Kathryn.

»Ich bin oben an der Treppe«, rief Thomasina. »Da, wo ich stehenbleiben sollte, Mistress!«

»Kathryn!« rief Colum, der sich offenbar nur mit Mühe beherrschte. »Was soll das alles?«

»Ein einfaches Spiel, Ire. Agnes war so darauf eingestellt,

nur zu zählen, wer die Treppe hinaufging, daß sie nicht zählte, wer herunterkam. Erinnert Ihr Euch, wir haben den Gästen im ›Weidenmann‹ dieselbe Frage gestellt. Auf, Colum, holt Euren und meinen Umhang! Oh, am besten nehmt Ihr auch Euren Schwertgürtel mit. Agnes, du gehst zum Wirtshaus an der Ecke.« Sie reichte der Magd eine Münze. »Gib die einem Schankgehilfen und bitte ihn, schnell zum Rathaus zu laufen und Master Luberon auszurichten, daß wir ihn im ›Weidenmann‹ erwarten.« Kathryn lächelte Thomasina an und klopfte ihr auf die Schulter. »Ich verspreche dir, wenn wir zurückkommen, werde ich alles erklären.«

Auf dem Weg zum ›Weidenmann‹ teilte Kathryn dem Iren mit, zu welchen Schlußfolgerungen sie gekommen war und wie sie diese zu beweisen gedachte. Als sie eintrafen, war der Schankraum leer, die Gäste hatten sich in ihre Zimmer zurückgezogen.

»Oh, nicht schon wieder!« stöhnte Tobias Smithler, als Colum und Kathryn zur Tür hereinkamen. »Mistress Swinbrooke, ich muß schließlich mein Geld verdienen.«

»Tja«, sagte Kathryn, »aber die Richter des Königs, ganz zu schweigen von unserem Herrgott, sehen das anders.«

Der Wirt warf ihr einen schrägen Blick zu.

»Ich möchte, daß alle Gäste herunterkommen!« schaltete Colum sich ein. »Euren Diener Raston benötigen wir ebenfalls. Sobald alle hier versammelt sind, werden die Türen des Wirtshauses abgeschlossen, die Diener in ihre Quartiere geschickt und die Schlüssel bekomme ich.«

Smithler war im Begriff zu widersprechen, aber Colum zog den Dolch und bohrte ihn in die Tischplatte.

»Ich bin der Beauftragte des Königs«, drohte der Ire in einem Ton, bei dem selbst Kathryn zusammenfuhr. »Und Ihr, mein Herr, werdet genau das tun, was ich Euch befehle!« Colum zeigte auf die Frau des Wirtes. »Und Ihr, Mistress Blanche, bringt uns Wein.«

Colum schob zwei Tische aneinander und stellte an jeder Seite Stühle auf. Als die Gäste eilig herunterkamen, wies der Ire Kathryn den Platz am Kopfende an.

»Ich setze mich neben Euch.« Colum zog den Dolch aus der Tischplatte und setzte sich auf einen Schemel. Den Dolch ließ er in seinen Stiefelschaft gleiten.

»Grundgütiger Himmel!« posaunte Sir Gervase. »Wird uns denn keine Sekunde Ruhe vergönnt?« Er drohte dem Iren mit erhobenem knochigem Finger. »Und wenn Ihr ein vom Herrgott ausgeschickter Engel wärt – morgen früh, wenn das Tauwetter anhält, reise ich ab. Ihr wißt, wo mein Herrenhaus ist. Dahin könnt Ihr Eure Büttel schicken, um mich festzunehmen.«

Zustimmendes Gemurmel der anderen folgte Sir Gervases Worten.

Colum starrte den alten Ritter mit ausdrucksloser Miene an, worauf dieser verlegen einen tiefen Schluck aus seinem Weinkelch nahm.

»Wir müssen wirklich abreisen«, sagte Lady de Murville. »Master Murtagh, Mistress Swinbrooke, nicht alle Rätsel auf Erden können gelöst werden. Ich bin ebenso unschuldig wie mein Gemahl. Wir haben kein Verbrechen begangen. Bald ist Weihnachten. Die Straßen sind kaum passierbar ...« Sie verstummte.

»Ich werde Euch nicht aufhalten«, verkündete Kathryn.

Sie hielt inne, als Raston mit schweren Schritten den Raum betrat. Er schenkte Kathryn ein Lächeln, wobei er seine Zahnlücken entblößte, und setzte sich ihr gegenüber an den Tisch. Colum streckte Smithler die Hand hin. »Herr Wirt, Eure Schlüssel!«

Smithler warf sie ärgerlich quer über den Tisch, und Colum legte sie neben sich auf den Boden.

»Mistress Swinbrooke«, murmelte der Ire. »Jetzt sind alle bereit zu hören, was Ihr zu sagen habt.«

»Vavasour«, begann Kathryn. »Der arme alte Vavasour, Erpinghams Schreiber. Ihr erinnert Euch doch noch, daß er über die Wiese ging, um jemanden zu treffen? Er lief den Hügel hinunter, angezogen von dem Licht, das im Nebel aufleuchtete und ihn auf den Teich lockte. Das Eis brach, und er ertrank.«

»Ja, das stimmt«, bestätigte Raston. »Ich habe es schließlich mit eigenen Augen gesehen.« Der alte Wilderer warf zornige Blicke um sich für den Fall, daß jemand wagen sollte, ihm zu widersprechen.

»Nun, dann werdet Ihr Euch bestimmt auch daran erinnern«, fuhr Kathryn fort, »daß es uns ein Rätsel war, wer dort auf ihn wartete, weil alle im Wirtshaus waren, als Vavasour das Haus verließ. Und zweitens: wenn das Eis unter Vavasours Füßen brach, warum ertrank dann nicht auch sein Mörder? Drittens haben wir keine einzige Fußspur im Schnee gefunden, die von dem Mörder hätte stammen können.« Sie schaute die Frau des Wirtes an. »Mistress Blanche, ich hätte gern eine große Metallplatte. Sie muß dünn und biegsam sein.«

Die Frau des Wirtes starrte sie wortlos an.

»Bitte«, beharrte Kathryn, »tut, was ich Euch sage.«

Die Frau eilte hinaus und kam mit einer großen Platte zurück. Kathryn untersuchte die Oberfläche und ließ die Finger über das glatte Metall gleiten.

»Sir«, rief sie Sir Gervase zu. »Fangt sie auf!«

Der alte Ritter erschrak.

»Nein«, lachte Kathryn, »ich werde die Platte nicht werfen, sondern nur über den Tisch zu Euch hin stoßen.«

Vater Ealdred, der an der Nahtstelle der beiden Tische saß, schob sie dichter zusammen. Kathryn stieß die Platte mit Schwung über den Tisch zu Sir Gervase hin, der sie geschickt auffing.

»Nun«, forderte Kathryn ihn auf, »schiebt sie mir wieder zurück.«

Der alte Ritter folgte, und die Platte schepperte über den Tisch zu Kathryn zurück.

»Und was beweist das?« fragte Lord de Murville.

»Ich weiß«, sagte Raston. »Als ich noch jung war, bin ich immer an den Stour hinuntergegangen, wenn er zugefroren war, und habe dasselbe Spiel mit dem polierten Schienbein eines Ochsen gespielt.«

»So ist es«, sagte Kathryn und atmete tief ein, »und genau das geschah in der Nacht, als der arme Vavasour starb.«

»Was?« fragte Vater Ealdred. »Mistress Swinbrooke, ich kann Euren Gedankenwindungen nicht folgen.«

Kathryn nahm eine Laterne vom Regal und stellte sie auf die Platte.

»Vater, jemand hat eine Laterne und eine große Platte genommen, eine ähnliche wie diese hier, hat damit die große Wiese überquert, die Laterne angezündet, sie auf die Platte gestellt und auf den Teich hinausgeschoben.« Kathryn stieß die Platte an. »Ich vermute, daß der Mörder eine Schale mit halbhohem Rand benutzte, um zu verhindern, daß die Laterne herausrutschte. Jedenfalls stellte er die leuchtende Laterne in die Schale und stieß sie mit einem Stock auf den zugefrorenen Teich. Den Stock hat der Mörder dann wieder mit zum ›Weidenmann‹ genommen.«

»Aber das ist doch lächerlich!« fuhr Standon sie an.

Kathryn betrachtete das unrasierte Gesicht des Soldaten. »Warum?« fragte sie.

»Nun, erstens hätte man die Person doch gesehen.«

»Nein«, unterbrach Kathryn ihn. »In einer dunklen, frostigen Nacht konnte man leicht mit einer Laterne am Gürtel, einem Zünder in der Tasche und einer Bronzeplatte oder Schale unter dem Umhang hinausschlüpfen.«

Der Sergeant machte ein langes Gesicht und nickte.

»Aber Raston oder Vavasour hätten doch sehen müssen, daß die Laterne von niemandem gehalten wurde?« wandte Vater Ealdred ein.

»Wirklich?« schaltete sich Colum ein. »Es war kalt in der Nacht und neblig. Bedenkt, Raston und Vavasour standen auf dem Hügelkamm und schauten ins Tal. Habt Ihr je eine brennende Laterne im nächtlichen Dunst gesehen? Selbst bei Mondschein ist ihr Licht so trüb, so daß es schwierig ist, überhaupt auszumachen, wo sie sich befindet.«

»Das stimmt«, meldete sich Raston zu Wort. Schuldbewußt blickte er um sich. »Als ich noch jung war, nun ja, da haben wir am Medway ein bißchen geschmuggelt. Der beste Schutz war immer der Nebel. Sogar bei Mondschein konnte man ohne Bedenken eine Laterne anzünden.«

»Ja.« Kathryn schob die Platte von sich. »Und ich habe Geschichten gehört, in denen Gesetzlose ihre Opfer oder Verfolger mit Laternen in die Irre führten.«

»Dasselbe passiert im Sommer«, erklärte Colum. »Da erscheinen seltsame Lichter über dem Marschland und den Sümpfen. Man nennt sie Irrlichter.«

»Soweit, so gut«, kommentierte Vater Ealdred, »aber die Spuren desjenigen, der zum Teich hinunterging, wurden nicht gefunden.«

»Sagt mir, Vater«, antwortete Kathryn, »wenn Ihr über eine schneebedeckte Weide gehen und anschließend zurückkehren wolltet, ohne allzu viele Spuren zu hinterlassen, wie würdet Ihr das anfangen?«

Der Priester überlegte. »Tja, das ist klar. Ich würde versuchen, meine eigenen Fußspuren zurückzuverfolgen.«

»Gewiß«, erwiderte Kathryn. »Warum auch nicht? Sie weisen Euch den Weg, erleichtern Euch die Rückkehr und verwirren zugleich jeden neugierigen Sucher.«

Der Priester nickte.

»Dann laßt mich Euch eine zweite Frage stellen«, fuhr Kathryn fort. »Wenn Ihr ein schneebedecktes Feld überqueren wolltet und sähet die Fußspuren eines anderen, was würdet Ihr dann tun?«

»Nun, es wäre leichter, den Spuren zu folgen.«

»Und genau das hat Vavasour getan.« Kathryn lächelte den alten Diener an. »Rastons Augenzeugenbericht über Vavasours Tod hat dem Mörder im Grunde gute Dienste geleistet.«

»Inwiefern?« rief der alte Mann.

»Es ist nicht Eure Schuld«, sagte Kathryn. »Doch am nächsten Morgen verließen ein paar Leute im ersten Morgenlicht dieses Wirtshaus, um den Teich nach Vavasour abzusuchen. Auf ihrem Weg dorthin haben sie alle Spuren, die Vavasour selbst oder sein Mörder hinterlassen hatten, verwischt.« Kathryn sah Tobias Smithler an. »Habe ich recht, Herr Wirt?« Smithler starrte sie nur wortlos an. Er war bleich geworden, und auf seinem Gesicht bildeten sich Schweißperlen.

Kathryn sah ihm fest in die Augen.

»Zu diesen Schlußfolgerungen bin ich gekommen«, erklärte sie, »als ich einen kleinen Jungen dabei beobachtete, wie er mit einem polierten Holzstück auf einem zugefrorenen Karpfenteich spielte. Dieser kleine Junge, Master Smithler, hat Euch überführt.«

Der Wirt öffnete den Mund, um zu antworten, doch das Wort blieb ihm im Halse stecken.

»Ich habe mir simple Fragen gestellt«, fuhr Kathryn fort. »Wer hat die große Wiese gekannt?« Sie hob die Hand. »Oh, die anderen Gäste auch, aber Ihr, Smithler, kennt sie am besten. Ihr wißt, wo die Wiese aufhört und wo der Teich anfängt. Zweitens, wer konnte sich leicht eine blanke Schale und eine schwere Laterne besorgen? Wer außer dem Wirt dieses Wirtshauses? Drittens, wer hatte ein Interesse daran, am nächsten Morgen die Fußspuren auf der Wiese zu verwischen? Ich bin sicher, Ihr wart derjenige, der die Durchsuchung des Teiches nach Vavasours Leiche angeordnet hat, damit möglichst viel Beweismaterial auf der großen Wiese vernichtet wird.« Kathryn biß sich auf die Lippe. »Eines hat mich stutzig gemacht, Master Smithler. Ihr seid nicht gerade ein besonders mitfühlender Mensch, und doch habt Ihr Himmel und Hölle in Bewegung gesetzt, um den Teich nach der Leiche dieses allseits verachteten Schreibers abzusuchen.«

»Stimmt«, rief der alte Raston heiser. »Smithler hat die Sache in die Hand genommen. Er war beim ersten Morgenlicht schon auf den Beinen. Ich muß schon zugeben, ich war überrascht.« Er blickte seinen Herrn verächtlich an. »Zum ersten Mal habe ich erlebt, daß Ihr Euch um jemanden sorgt!«

»Und so hat es sich abgespielt, Master Wirt«, faßte Kathryn zusammen. »Kurz bevor Vavasour Euer Wirtshaus verließ, seid Ihr selbst mit einer blanken Schüssel und einer Laterne hinunter zum Teich gegangen. Mit Hilfe eines Stockes habt Ihr die Laterne wie ein Leuchtfeuer aufs Eis geschoben, das natürlich eine hinterhältige Falle für den ahnungslosen Vavasour war. Deshalb waren keine Fußspuren am Ufer vorhanden: Ihr habt das Licht mit dem Stock über das Eis geschoben, kehrtgemacht und seid auf Euren eigenen Fußspuren zum Wirtshaus zurückgegangen. Es war eine dunkle, frostige Nacht. Niemand bemerkte Eure Abwesenheit. Raston war unterwegs auf Jagd. Alle anderen hielten sich in ihren Zimmern auf.«

»Aber woher wußte Vavasour, wann er das Haus verlassen sollte?« fragte Lord Alan. »Und konnte die Laterne nicht ausgehen?«

»Der Zeitpunkt war vorher vereinbart worden«, antwortete Kathryn und zeigte auf die flackernde Stundenkerze neben der Feuerstelle. »Im übrigen besitzen die Smithlers wie alle besseren Bürger Hornlaternen, die eine ganze Nacht hindurch brennen. Und Raston – er traf rein zufällig auf den glücklosen Vavasour.«

Sir Gervase meldete sich zu Wort. »Aber ich war im Schankraum, als Vavasour ging. Smithler war auch hier. Hätte Vavasour das nicht verwundern müssen?« Der alte Ritter schlug auf die Tischplatte. »Und was ist mit den Münzen, die in Vavasours Zimmer entdeckt wurden, he? Wie könnt Ihr Euch das erklären?«

»Oh, das ist einfach«, erwiderte Kathryn. »Aber ich will Eure Fragen der Reihe nach beantworten. Wißt Ihr, als Vavasour den Schankraum verließ und zum Teich hinunterging, hat er nicht erwartet, Master Smithler dort zu treffen, sondern seine Gemahlin, Blanche.«

Alle Augen wandten sich der Frau des Wirtes zu, die lautlos die Lippen bewegte; Kathryns Enthüllungen hatten sie offenbar so schockiert, daß sie kurz vor einer Ohnmacht war.

»Mistress Smithler.« Kathryn sprach lauter. »Lady Margaret, bitte, gebt ihr etwas Wein.«

Die Adlige erhob sich, trat hinter die Wirtin und rüttelte sie sanft an der Schulter. Blanche blinzelte, griff wie eine Schlafwandlerin nach dem Weinkelch und trank einen winzigen Schluck.

»Ich hätte – ich hätte nicht gedacht, daß es jemand herausbekommen würde«, stammelte sie.

»Halt den Mund!« brüllte ihr Mann und lenkte so die Aufmerksamkeit wieder auf sich. Smithler warf Kathryn einen haßerfüllten Blick zu. »Ihr habt für das, was Ihr da behauptet, keinerlei Beweise. Jeder hier im Raum hätte tun können, was ihr beschrieben habt.«

»Ach wirklich?« fragte Colum. »Sollen wir fragen, wer eine Laterne und eine Platte aus Messing oder Zinn besitzt? Oder soll ich Eure Diener zusammentrommeln und ihnen auftragen, das Wirtshaus sorgfältig zu durchsuchen? Bestimmt würde eine Spülmagd feststellen, daß etwas fehlt.«

Der Wirt wandte den Blick ab.

»Aber die Münzen?« beharrte Vater Ealdred.

»Ach ja, die Münzen«, antwortete Kathryn. »Vavasour hat diese Münzen nie in Händen gehabt.«

»Nun, der Wirt hätte sie nicht dorthin legen können«, meldete sich Standon zu Wort. »Nur Vavasour hatte den Schlüssel zu seinem Zimmer.«

»Die Münzen wurden unter der Tür hindurch gerollt«, sagte Kathryn. »Als Ablenkungsmanöver! Wißt Ihr, wenn wir nur eine Münze gefunden hätten, dann hätte ich annehmen können, daß Vavasour in der Eile, seine unrechtmäßige Beute zu verstecken, eine Münze zu Boden fiel, ohne daß er es merkte. Aber sagt, Standon, was würdet Ihr tun, wenn Ihr gestohlenes Geld in Eurem Zimmer hättet?«

Der Soldat zog ein langes Gesicht. »Ich würde die Tür abschließen«, erwiderte er, »und das Bett als Tisch benutzen.«

»Natürlich«, stimmte Kathryn ihm zu. »Allein um sicherzugehen, daß nichts herunterfällt, was Euch verraten könnte. Und ausgerechnet Vavasour, der durchtriebene Schreiber, der Pfennigfuchser, soll gleich mehrere Münzen im ganzen Zimmer verstreut haben? Einige lagen neben der Feuerstelle, ein paar unter den Binsen, und Ihr, Master Smithler, habt eine an der Wand neben der Tür aufgehoben, wo nur wenige Binsen liegen. Hätte Vavasour das gestohlene Geld wohl neben der Tür deponiert? Und selbst wenn, so hätte er es gewiß gehört, wenn eine Münze klirrend auf den Holzboden fiel. Meine einzige Erklärung dafür ist, daß die Münzen alle wahllos unter der Tür hindurch geworfen wurden, jede in eine andere Richtung. Eine unüberlegte Handlung«, schloß Kathryn. »Eine Verzweiflungstat, um den Verdacht auf Vavasour zu lenken.«

»Du Idiot!« Blanche Smithler war wieder zu sich gekommen; sie krallte die Hände in die Tischkante und funkelte ihren Mann böse an. Sie zeigte mit dem Finger auf Kathryn, sah sie aber nicht an. »Du arroganter Hanswurst!« zischte Blanche. »Ich habe dir gesagt, du sollst die Finger davon lassen, aber nein, unbelehrbar wie immer!«

»Und Erpingham?« unterbrach Lord Alan die Wirtin. »Mistress Swinbrooke, das, was Ihr über Vavasour gesagt habt, leuchtet mir ein, aber der Tod des Steuereintreibers ist immer noch ein Rätsel!«

Zwölf

»Widmen wir uns zunächst dem Abend, an dem Sir Reginald Erpingham seinen Alptraum hatte«, begann Kathryn. »Sir Gervase, welchen Eindruck hattet Ihr von ihm?«

»Er war nervös, erregt, das Gesicht war rot angelaufen. Ich glaube, er hatte gewürgt.«

»Kann mir einer von Euch sagen, was Erpingham an diesem Abend gegessen oder getrunken hatte«, fragte Kathryn.

»Ja«, antwortete Standon. »Er bestellte sich im Schankraum einen Becher Wein und nahm ihn mit nach oben, genau wie an dem Abend, als er starb.«

»Der Becher enthielt Gift«, erklärte Kathryn. »Ein paar Körnchen giftigen Nachtschatten. Keine tödliche Dosis zwar, aber genug, um in seiner schlechten Seele Wahnvorstellungen auszulösen.«

»Wollt Ihr damit sagen, das Gift war schuld an seinen Alpträumen?« fragte Lady Margaret. »Also hatten sie nichts mit dem Schädel oder den Knochen zu tun, die unter den Dielenbrettern entdeckt wurden?«

»Oh nein. Die sind nichts als ein paar tote Gebeine, Spielzeug eines längst verstorbenen Hexenmeisters. Am Morgen nach Sir Reginalds Alptraum war sein Körper von allen schlechten Säften gereinigt und gegen Nachmittag war er allen Zeugenaussagen zufolge wieder der alte Bösewicht. Er freute sich diebisch, im Kreise seiner Opfer zu weilen. Die Opfer wart Ihr – Menschen, die in seine Fänge geraten waren.« Die meisten Gäste wandten beschämt den Blick ab. »An dem Abend, als der Steuereintreiber starb, wurde ein Festmahl zubereitet. Sir Reginald langte kräftig zu und zog sich dann zurück. Er nahm einen Becher Wein mit nach oben und strebte freudig erregt seinem Zimmer zu. Denn er wußte, was Ihr nicht wußtet: Blanche Smithler wartete in seinem Zimmer auf ihn.«

Kathryn hielt inne und warf der Wirtin einen Blick zu. Blaß, aber etwas gefaßter, schaute Blanche Smithler sie mit versteinerter Miene an.

»Oh ja«, bekräftigte Kathryn. »Warum suchte Sir Reginald wohl ausgerechnet dieses Wirtshaus auf? Warum hat er seine Opfer hierher bestellt? Warum nicht an einen anderen Ort?« Kathryn hustete. »Sicher, im ›Weidenmann‹ gibt es gut zu essen, würziges Bier, süße Weine, aber das haben auch andere Wirtshäuser dieser Stadt zu bieten. Sir Reginald kam zu einem ganz bestimmten Zweck hierher. Da er ein geborener Wüstling war, hatte er ein Auge auf Mistress Smithler geworfen. Er hoffte, das Angenehme mit dem Nützlichen verbinden zu können, und wollte Blanche Smithler verführen, während er mit seinen ruchlosen Erpressungen seine Habgier stillte. Erpingham stolzierte mit schweren Säcken voll Silbermünzen hier herein und geiferte vor Verlangen. Er wollte Mistress Blanche umwerben, mit ihr liebäugeln und sie sich dann grapschen. Sie würde seinen Appetit schon befriedigen. Schließlich war er Sir Reginald, der stets bekam, was er wollte, und warum sollte irgendein dahergelaufener Wirt einem so zahlkräftigen Kunden wie ihm nicht willfährig sein? Doch die Smithlers hatten sich vorgenommen, ihn umzubringen. Nun, ich vermute, Blanche hat Sir Reginald gereizt und nach einer günstigen Gelegenheit Ausschau gehalten. Der Zeitpunkt schien gekommen, als die Gäste und der Wirt, der so tat, als ahne er nichts von der unheiligen Affäre, beim Festmahl saßen und sich angeregt unterhielten. Blanche erklärte sich einverstanden, Erpingham kurz nach dem Essen zu treffen, sobald sie mit Kochen und der Aufsicht in der Küche fertig wäre. Natürlich wollte sie ihren Ruf wahren und nicht gesehen werden. Daher bat sie Erpingham, ihr seinen Zimmerschlüssel auszuhändigen.«

»Nein, nein!« widersprach Standon. »Alle waren hier unten. Mistress Smithler arbeitete in der Küche!«

»Ja, das hat sie zunächst auch. Das mußte sie ja. Aber als ich Euch bat, Euch an die Ereignisse dieses Abends zu erinnern, fragte ich ausdrücklich danach, wer nach Erpingham die Treppe hinaufging. Ich habe nicht danach gefragt, wer vor ihm hinaufging oder wer herunterkam, nachdem er den Schankraum verlassen hatte.«

»Aber die Steuergelder?« fragte Lord Alan. »War Erpingham denn nicht auf der Hut vor einem Dieb?«

»Am besten hört Ihr Mistress Swinbrooke einfach zu«, sagte Colum. »Dann werdet Ihr schon sehen, daß sie recht behält. Und ich versichere Euch, sobald sie mit ihrer Schilderung am Ende ist, werde ich dieses Wirtshaus auf den Kopf stellen, Brett für Brett und Stein für Stein, bis ich die Steuergelder gefunden habe.« Der Ire kaute auf den Lippen und sah die Smithlers an. »Denn ich habe keinen Zweifel«, fuhr Colum fort, »daß die gestohlenen Gelder hier versteckt wurden. Ich bin sicher, daß mein Gastgeber irgendwo einen verborgenen Schrank oder ein stilles Kämmerchen hat. Für ihn wäre es ein Kinderspiel gewesen, die frisch geprägten Münzen loszuwerden – ein Wirt muß Vorräte und Proviant einkaufen, reist durch die Grafschaft und hat genügend Gelegenheiten, Geld auszugeben. Wenn erst etwas Zeit ins Land gezogen wäre, wer hätte die Spur dann noch zurückverfolgen wollen?«

Plötzlich stieß Blanche Smithler ihren Stuhl zurück. Colum schnippte Standon mit den Fingern.

»Bewacht sie!« befahl er, und der Sergeant sprang zu der Wirtin hin.

»In der Nacht, als Erpingham starb«, sagte Kathryn, »wart Ihr im Schankraum versammelt und habt gegessen und getrunken. Ihr hattet keinen Grund, besonders aufmerksam zu sein oder Verdacht zu schöpfen, wenn jemand die Treppe hinaufging. Das machte die Sache so einfach. Blanche Smithler ging in der Küche ein und aus, aber zur verabredeten Zeit sollte sie einen frischen Wassereimer auf den Flur hinauftragen. Bedenkt, der Steuereintreiber war krank gewesen, sein Zimmer und das Nachtgeschirr mußten ausgewaschen und der Eimer wieder gefüllt werden.«

»Richtig«, unterbrach Raston sie. »Tagsüber hat sich eine der Mägde bitter über den Dreck beklagt.«

»Mistress Smithler brachte den Eimer also nach oben«, erklärte Kathryn. »Sie hatte ja Erpinghams Schlüssel, und damit öffnete sie die Tür.«

»Hat sie denn nicht gequietscht?« fragte Vater Ealdred.

»Nein«, erwiderte Kathryn. »Wenn man sie nicht weit aufreißt, geben die Türen auf dem Flur kein Geräusch von sich. Mistress Smithler betritt das Zimmer, aber der Eimer in ihrer Hand enthält kein Wasser, sondern Steine. Sie leert rasch die Satteltaschen des Steuereintreibers und steckt die Steine hinein. Das Geld legt sie in den Eimer, der, Ihr erinnert Euch, einen Deckel hat und wahrscheinlich mit einem Leinentuch ausgeschlagen ist, damit die Münzen nicht klimpern. Dann läßt sie diesen Eimer entweder gleich hinter der Tür stehen oder draußen auf dem Flur; schließlich wird niemand außer Erpingham dort vorbeikommen. Mistress Smithler hat indes auch einen Kelch Wein aus dem neuen Faß, das ihr Mann angestochen hat, mitgebracht. Dieser Kelch enthält jedoch eine tödliche Dosis Nachtschatten.« Kathryn hob beide Hände, um Sir Gervase Schweigen zu gebieten.

»Nun verläßt Erpingham den Tisch. Er hat das gute Essen und den starken Wein genossen und freut sich auf ein Techtelmechtel mit der hübschen Frau des Wirts. Er geht nach oben und klopft an die Tür. Mistress Smithler macht ihm auf, und er geht hinein. Sie umarmen sich. Erpingham kommt in Fahrt. Dann erfindet Blanche irgendeine Entschuldigung. Eine dringende Pflicht ruft, oder ihr Gemahl will sie noch sprechen, aber sie versichert Erpingham, daß sie zurückkommt. In seiner Erregung hat Erpingham den Kelch auf den Tisch gestellt, und da er trunken ist vor Verlangen, merkt er nicht, daß Mistress Smithler die beiden Kelche vertauscht hat. Den Kelch mit dem nicht vergifteten Wein und den Eimer nimmt sie mit hinaus und huscht über den Flur um die Ecke in ihr eigenes Zimmer. Dort versteckt sie den Eimer, nimmt einen ähnlichen, stellt ihn auf den Flur und geht wieder hinunter.«

»Ihr anderen«, fügte Colum hinzu, »trankt derweil Euren Wein. Master Smithler hat Euch wahrscheinlich bis zur Rückkehr seiner Frau gut unterhalten.«

»Es dauerte nicht lange«, vermutete Kathryn. »Ich nehme an, kaum zehn Minuten, nachdem Sir Erpingham sich vom Tisch erhoben hatte, war Mistress Smithler wieder bei ihren Gästen.«

»Also Mistress«, sagte Sir Gervase, »was Ihr sagt, leuchtet mir ein. Aber hätte Erpingham nicht seine Gelder überprüft?«

»Oh, das war in der Tat ein Risiko«, antwortete Kathryn. »Aber selbst wenn er es getan hätte, wie hätte er es Mistress Smithler zur Last legen sollen? Nein, wir müssen die Dinge mit den Augen des Toten betrachten. Er ist dort in seinem Zimmer, leicht angesäuselt und voller Begierde. Er wartet ungeduldig auf die Rückkehr von Mistress Smithler. Er zieht sich aus, wirft die Kleider auf den Boden und zieht das Nachthemd über. Vielleicht wirft er einen kurzen Blick auf die Satteltaschen, die aber sind schwer, und die Schnallen zu. Er verschwendet kaum einen weiteren Gedanken daran, das einzige, woran er denkt, ist Mistress Smithler.« Kathryn hielt inne und trank einen Schluck Wein. Sie lächelte Lord Alan an. »Sagt mir, Herr, wenn Ihr in einer ähnlichen Situation wärt, und ich betone wenn, und Ihr hättet einen Kelch Wein vor Euch stehen, was würdet Ihr tun?«

Der Adlige grinste. »Ich würde ihn hinunterstürzen.«

»So ist es«, sagte Kathryn. »Und genau das hat Erpingham gemacht, nicht wissend, daß er den Tod trank. Falls ihm leicht übel war, wird er es auf das Essen, den Wein und die starke Erregung geschoben haben. Standon kam an die Tür, aber Erpingham schickte ihn fort.« Kathryn strich über das Tischtuch. »Kurz darauf wurde ihm dann wirklich übel und er legte sich aufs Bett.« Sie zuckte die Achseln. »Der todbringende Nachtschatten begann zu wirken.« Sie seufzte. »Der Rest ist Euch bekannt. Am nächsten Morgen ist Standon nach oben gegangen. Natürlich konnte er Erpingham nicht wecken, so daß er die Tür aufbrechen mußte.«

»Aber der Weinkelch!« rief Vater Ealdred. »Der Wein in dem Kelch, der in Erpinghams Zimmer stand, war nicht vergiftet!«

Kathryn hob zu einer Antwort an, wurde jedoch von heftigem Pochen an der Tür unterbrochen.

»Keiner verläßt den Raum!« befahl Colum.

Er ging durch den Flur, vorbei an der Küche, wo die verängstigten Diener beisammensaßen. Für Colum stand fest, daß sie mit angehört hatten, was nebenan gesprochen wurde. Er öffnete die Wirtshaustür. Draußen stand Luberon mit Bütteln der Stadt. Das grelle Licht ihrer Laternen blendete Colum im ersten Moment. Dann lächelte er und bat sie hinein.

»Master Luberon, Ihr kommt zur rechten Zeit.«

Luberon schob die Kapuze zurück und hielt Colum am Arm fest. »Hat Mistress Swinbrooke den Mörder überführt?«

Colum warf den Kopf in gespielter Überraschung zurück. »Wie kommt Ihr denn darauf, Master Simon?«

»Sie hat ihn!« Luberon, der die Handschuhe noch nicht ausgezogen hatte, schlug die Hände zusammen. »Ich wußte es in dem Augenblick, als ich ihre Nachricht erhielt.« Er schob Colum vor sich her durch den Korridor. »Wer ist es? Wer ist es?«

»Sch!« Colum hob die Hand und überreichte dem Büttel die Schlüssel. »Schließt ab und bewacht den Eingang!« befahl er. »Die anderen bleiben am Eingang zum Schankraum stehen.« Er bat Luberon, mit ihm zu kommen. »Die Smithlers«, flüsterte Colum.

Luberon blieb stehen. »Das ist doch nicht möglich!« rief er. »Das kann doch nicht wahr sein!«

»Warum nicht?«

Während Luberon die Schnallen an seinem Umhang öffnete, blähte er die Backen und blies die Luft aus.

»Diesmal habe ich mich auf eigene Faust ein wenig umgehört«, sagte er mit schuldbewußtem Lächeln.

»Die Stadt ist ruhig, deshalb schickte ich ein paar Herolde in die Apotheken der Stadt, die hin und wieder schädliche Substanzen oder Schlafmittel verkaufen. Einer unserer Gäste hier hat etwas gekauft, nur ein paar Körnchen.«

»Wer?« fragte Colum.

Luberon reichte ihm ein Stück Pergament. »Das gebt Ihr am besten Mistress Kathryn.«

Colum und Luberon gingen in den Schankraum. Luberon zog sich einen Stuhl heran und setzte sich neben Kathryn. Colum flüsterte Kathryn etwas zu und reichte ihr das Stück Pergament, das ihm der Schreiber gegeben hatte. Kathryn betrachtete den Namen und blinzelte verwirrt.

»Was ist mit dem Wein?« fragte Ealdred, ohne auf Luberons Anwesenheit zu achten. »Der Wein in dem Kelch, der an dem Morgen nach seinem Tod aus Erpinghams Zimmer geholt wurde, war nicht vergiftet.«

»Ja, ja, das stimmt« antwortete Kathryn zerstreut. »Master Luberon, so ein Zufall, daß Ihr hier seid, Ihr wurdet doch an dem Morgen, als man Erpingham tot auffand, zum ›Weidenmann‹ gerufen?«

»Oh ja, ja!«

»Und Ihr, Standon, habt Wache gestanden?«

Der Sergeant nickte.

»Und der Wirt hat das Zimmer des Toten betreten?«

»Ja. Er kam herein, um sich die Leiche anzuschauen wie alle anderen auch. Ach!« schnaubte der Soldat verächtlich. »Ich weiß, was Ihr sagen wollt, Mistress.«

»Smithler hatte einen Kelch unter seinem Umhang oder in der Tasche«, erklärte Kathryn. »Einen zweiten Kelch, der dem in Erpinghams Zimmer zum Verwechseln ähnlich war, mit ein paar Tropfen Wein. Er vertauschte die Kelche heimlich, und das Rätsel war perfekt.«

»Aber warum mußte Vavasour sterben?« fragte Luberon.

»Nun«, sagte Kathryn lächelnd. »Wie viele Schreiber war er verschlagen und neugierig. Er witterte, daß etwas in der Luft lag. Als ich bei meinem ersten Besuch hier alle Gäste befragte, brachte ich den Weinkelch mit, der in Erpinghams Zimmer gewesen war. Vavasour hatte scharfe Augen. Er hatte an jenem Abend wohl neben seinem Herrn gesessen und den Unterschied vielleicht bemerkt, einen Sprung, eine Kerbe im Kelch oder am Stiel. Deshalb begann er, die Puzzlestückchen zusammenzufügen. Bedenkt, Vavasour kannte die Schwäche seines Herrn für Frauen. Vavasour gelangte zu denselben Schlußfolgerungen wie ich, daher seine oft zitierte

Bemerkung ›Zwischen Lipp' und Kelches Rand schwebt der dunklen Mächte Hand‹. Mit diesem Zitat wollte Vavasour andeuten, daß er den Tausch der Kelche bemerkt hatte. Und die einzigen, die das getan haben konnten, waren die Smithlers.« Kathryn zeigte auf Blanche. »Ihr habt ein hübsches Gesicht, Mistress, trotz Eurer Kaltschnäuzigkeit. Vavasour hätte sich an ein anderes Sprichwort erinnern sollen: ›Der äußere Schein trügt‹, aber er ist darauf hereingefallen und hat somit einen verhängnisvollen Fehler begangen.«

Kathryn spielte mit ihrem Weinkelch. Sie warf der Person, deren Name auf Luberons Pergamentstück stand, einen scharfen Blick zu und gestand sich ein, daß ihr ein Denkfehler unterlaufen war. Sie hoffte nur, nicht noch weiteren Irrtümern erlegen zu sein.

»Vavasour hat sich Mistress Smithler genähert«, fuhr Kathryn fort.

»Natürlich hat sie ihm die Verängstigte vorgespielt und ihm erklärt, sie könne ihn nicht im Wirtshaus treffen. Also wurde das folgenschwere Treffen auf dem Teich inszeniert. Vavasour hat nicht erkannt, daß er in eine Falle lief. Als er das Wirtshaus verließ, hat er sicher geprüft, wer noch dort war, und festgestellt, daß Tobias Smithler im Schankraum zu tun hatte. Also ging er hinaus, um Blanche Smithler zu treffen. Der Schreiber Erpinghams war geldgierig und vertraute darauf, daß die Wirtin leicht zu erpressen sei. Vavasour hoffte, so auf schnellem Wege zu Geld zu kommen. Er wollte die Hälfte, vielleicht sogar mehr, der gestohlenen Steuergelder fordern. Schließlich war Erpingham tot, und Vavasour wußte, daß damit auch seine eigene Einnahmequelle versiegt war. Doch am Ende haben die Smithlers auch ihn umgebracht und in einem Augenblick der Panik die Münzen unter der Tür hindurchgerollt, um Vavasour zu belasten.«

»Was Vavasour nicht wußte«, schaltete Colum sich ein, »ist, daß Tobias Smithler vielleicht eine halbe Stunde vor ihm die Laterne zum Teich hinuntergebracht und die Falle gestellt hatte.«

»Gleichzeitig konnten die beiden sicher sein«, überlegte Raston laut, »daß ich, der einzige, der in dieser Nacht unterwegs war, nicht in die Nähe des Teiches kommen würde.«

»Aus schierer Geldgier«, erklärte Kathryn, »wäre Vavasour sonstwohin gegangen, und da er nicht von hier war, bedachte er weder den Teich noch das Tauwetter.«

»Scharfäugige Hexe, du!« zischte Blanche Smithler Kathryn an und sah dann mit einem verächtlichen Schnauben zu ihrem zerknirscht dasitzenden Gatten hin. »Es war meine Idee«, fuhr sie fort. »Erpingham kam hierher, weil er mich haben wollte. Einmal zog er mich in den Stall und ging mir unter die Röcke. Sein Gestank war mir zuwider, doch er wurde von Mal zu Mal zudringlicher. Er war ein ruchloser, böser Mensch. Er hat seinen Tod verdient.« Sie wollte aufstehen, aber Standon drückte sie wieder auf den Stuhl.

»Ihr habt einen scharfen Verstand«, höhnte die Wirtin, »aber eines Tages, Mistress, werdet Ihr Euch ins eigene Fleisch schneiden. Übrigens, in zwei Punkten irrt Ihr. Erstens habe ich Erpingham in der Nacht, als dieser ekelhafte Bastard seinen Alptraum hatte, nichts in den Wein getan. Ich kenne mich mit Gift nämlich ebenso gut aus wie Ihr, meine Verehrteste. Wenn ich Erpingham hätte umbringen wollen, hätte ich es getan.«

»Und die zweite Sache?« fragte Colum.

Blanche Smithler zeigte auf ihren Gemahl. »Er glaubt, wir sind erledigt, aber ich weiß es besser. Wen kümmert es schon, wenn ein ruchloser Steuereintreiber seinen gerechten Lohn bekommt? Wer wird ihm oder dem armen Teufel Vavasour schon nachweinen? Die königliche Schatzkammer in London vielleicht?«

»Ihr spielt auf die Steuergelder an, nicht wahr?« fragte Colum leise.

»Oh ja«, schnaubte sie. »Die wertvollen Steuern des Königs, die viel mehr wert sind, als Ihr glaubt, Ire. Diese frisch geprägten Münzen! Auf dem Goldmarkt wird ein hoher Preis für sie geboten. Nun ...« Sie stützte die Arme auf den Tisch.

Colum hob die Hand und bat um Ruhe.

»Die anderen können den Raum verlassen«, befahl er.

»Wartet in Euren Zimmern, bis wir hier fertig sind. Auch Ihr, Master Standon. Luberons Büttel sorgen für unsere Sicherheit.«

Die Gäste waren heilfroh. Sie schoben geräuschvoll die Stühle zurück und verließen fluchtartig den Schankraum.

»Was soll das werden, Ire?« flüsterte Kathryn.

»Sie wird um ihr Leben feilschen – und ich glaube, wir werden es annehmen müssen.«

Nachdem sich der Schankraum geleert hatte, forderte Colum die Smithlers mit einer Handbewegung auf, zu reden.

»Nun, was ist mit den Geldern?«

»Ihr könnt das Wirtshaus in Stücke reißen«, erklärte Blanche, »Brett für Brett, Stein für Stein, wie Ihr so schön gesagt habt. Nun, tut das. Ich versichere Euch, Ire, ich werde vielleicht gehängt, und meine Leiche und die meines Gemahls werden an einer einsamen Wegkreuzung am Galgen baumeln, aber die königlichen Steuern wird niemand finden. Und was wollt Ihr dann machen, Ire? Was wollt Ihr oder Euer Jammerlappen von Schreiber dem goldgelockten Edward mitteilen?«

Tobias Smithler hob den Kopf und grinste seine Frau schief an, die kerzengerade auf ihrem Stuhl saß, rote Flecken des Zorns auf dem blassen, hübschen Gesicht.

»Ihr wißt genau, was ich meine, Ire. Die königlichen Steuern als Gegenleistung für unser Leben und die Freiheit. Oh, ich weiß, daß wir Verräter sind. All unser Hab und Gut wird konfisziert und fällt in den Besitz des Königs. Also, was haben wir der Krone schon genommen? Einen korrupten Steuereintreiber, einen elenden Schreiber? Und wenn der König sein Geld bekommt und die Gewinne aus diesem Wirtshaus, was hat er dann verloren, he?«

Kathryn schauderte angesichts des kalten, berechnenden Angebots.

»Ihr habt zwei Menschen umgebracht«, erwiderte Kathryn. »Erpingham mag verrucht gewesen sein und Vavasour korrupt, aber über Leben und Tod entscheidet nur Gott. Ihr hattet kein Recht, ihm aus lauter Gier ins Handwerk zu pfuschen.«

»Ach, haltet doch den Mund!« fuhr Blanche sie an. »Ihr als Ärztin könnt die Nase wohl hoch tragen, Ihr mit Eurer Rechtschaffenheit!«

»Ich bin weder eingebildet noch besonders rechtschaffen«, entgegnete Kathryn, »aber eben auch keine Mörderin.«

Blanche breitete die Arme aus. »Dann soll das königliche Gericht sein Urteil fällen. Ire, legt mich in Ketten, schickt uns nach Newgate in London, und stellt uns vor die richterlichen Schranken. Zwei weitere Menschen werden sterben, aber wo sind die Gelder des Königs, he?«

Colum ergriff Kathryns Arm und beugte sich zu ihr hinüber. Luberon rückte näher heran, um mitzuhören.

»Sie ist ein ruchloses Weib«, murmelte Colum. »Aber was sie sagt, stimmt. Sie haben das Geld versteckt, und der König wird außer sich sein. Weiß der Himmel, was dann geschieht. Jeder in diesem Wirtshaus könnte zur Rechenschaft gezogen werden, und das schließt auch uns nicht aus. Andererseits können die Herren der Schatzkammer auch einfach behaupten, da keine Steuern eingingen, wären auch keine eingetrieben worden, und die Menschen in diesem Teil des Landes müssen doppelt bezahlen.«

»Werden sie begnadigt?« flüsterte Kathryn.

»Oh nein.« Colum warf einen Blick auf Blanche Smithler. »Gute Frau, ich gebe Euch mein Wort als Beauftragter des Königs.« Er zog ein Kreuz aus dem Kragen, das er an einer Kordel um den Hals trug. »Ich schwöre, daß Ihr am Leben bleibt, wenn Ihr die Steuern zurückgebt.«

»Für wie lange?« fragte Tobias Smithler.

»Ich feilsche nicht mit Mördern«, erwiderte Colum, das Kreuz noch immer in Händen haltend. »Schafft das Geld hierher. In der Küche sind Waagen. Master Luberon wird es abwiegen und überprüfen, ob noch alles da ist.«

»Und dann?«

»Ihr werdet so fortgehen, wie Ihr seid«, erwiderte Colum, »und in der Kirche St. Mary in Queningate um Asyl bitten. Dort könnt Ihr Euch vierzig Tage unbehelligt aufhalten. Wenn die Staatskasse dann befindet, daß die Steuerabgaben bis auf den letzten Penny stimmen, dürft Ihr gegen Ende Januar die Kirche verlassen und nach Dover reisen. Ihr werdet nichts mitnehmen, keine Bediensteten, keinen Besitz; nur ein Kreuz wird man Euch mitgeben. Auf direktestem Weg begebt Ihr Euch zum königlichen Hafen von Dover und unterstellt Euch dort der Gnade eines beliebigen Kapitäns. Dann werdet Ihr England verlassen und dürft nie wieder ein der Rechtsprechung der Krone unterliegendes Gebiet betreten, sonst droht Euch der Strang!«

Blanche Smithler verlor ihre Härte. »Ihr seid ein roher Mann, Ire.«

»Ich finde, Ihr könnt von großem Glück sagen«, entgegnete Colum. »Und jetzt lehne ich mich zurück und zähle bis hundert. Wenn die Steuergelder bis dahin nicht hergebracht sind, werdet Ihr hängen. Mistress Smithler, Ihr bleibt hier, Euer Gemahl wird schon finden, wonach wir alle suchen.«

Der Wirt sprang förmlich von seinem Stuhl und rannte die Treppen hinauf.

»Müssen wir unser Wort halten?« flüsterte Luberon.

Colum blickte zu den schwarzen Deckenbalken empor. »Das Wirtshaus steht hier seit vielen Jahrhunderten. Weiß der Himmel, wie viele geheimen Schränke und Fächer es gibt.« Er schaute den Schreiber traurig an. »Der König wird hocherfreut sein. Erpingham und Vavasour waren korrupt: er wird ihr Eigentum einziehen. Außerdem bekommt er seine Steuern, ganz zu schweigen von einem gemütlichen Wirtshaus.«

»Ihr zählt ja gar nicht, Ire?« fragte Blanche Smithler.

Colum breitete die Arme aus und grinste. »Gott bewahre! Bei Zahlen über fünfzig schwindelt mir. Aber ich bin sicher, Euer Gatte hat schon verstanden!«

Von der Treppe her kam ein polterndes Geräusch, und kurz darauf trat Smithler keuchend in den Raum. Er trug zwei sperrige Säcke und schleuderte sie auf den Tisch.

Colum schnippte mit den Fingern nach einem Büttel.

»Ihr und drei Eurer Leute bringt den Wirt und seine Frau nach Queningate. Sie dürfen einen Umhang und geeignetes Schuhwerk anziehen.«

»Und etwas zu essen?« jammerte Smithler.

»Alles, was Ihr auf die Schnelle aus der Vorratskammer besorgen könnt«, war Colums Antwort.

Kathryn saß schweigend da und beobachtete die Gefangenen, die von den Bütteln in die Mitte genommen wurden. Sie verschwanden in der Küche und kamen mit einem kleinen Leinenbündel wieder zurück. Die Büttel blieben am Fuß der Treppe stehen, während die Smithlers noch einmal ihr Zimmer im ersten Stockwerk aufsuchten. Als sie wieder herunter kamen, wurden sie hastig zur Tür geschoben. Plötzlich drehte sich Blanche Smithler um. Kathryn erschrak zu Tode, als sie den blanken Haß in den dunklen Augen der Wirtin sah.

»Ich gehe!« krächzte Blanche. »Ich gehe zu dieser Kirche und in vierzig Tagen lasse ich Canterbury hinter mir!« Sie zielte mit dem Finger auf Kathryn. »Aber vergeßt mich nicht, Swinbrooke, denn das schwöre ich bei Gott, ich werde Euch nie vergessen!«

Die Büttel zogen sie durch den Korridor mit sich fort, und dann schlug die Wirtshaustür hinter ihnen zu. Kathryn schaute auf die Geldsäcke.

»Zwei Männer sind dafür gestorben«, murmelte sie. Sie blickte Luberon an. »Nun, Simon, Ihr seid der Stadtschreiber. Ich vermute, Ihr werdet die Münzen wiegen, zählen und im Geldschrank des Rathauses verwahren. Wenn die Straßen passierbar sind, können sie nach London gebracht werden, ihren rechtmäßigen Bestimmungsort.«

Luberon leckte sich die Lippen, nahm die schweren Säcke an sich und stapfte in die Küche. Kathryn starrte in das verlöschende Feuer. Sie erhob sich und nahm ein Holzscheit von dem Stoß neben der Feuerstelle, warf es in die Glut und wärmte sich die Hände. Colum trat hinter sie. Er faßte sie bei den Schultern und küßte sie zart in den Nacken.

»Ärztin, das habt Ihr gut gemacht.«

Kathryn warf ihm über die Schulter einen Blick zu. »›Somit endet der dritte Teil, der vierte und letzte folgt sogleich‹, wie es in der Erzählung des Ritters so schön heißt.«

»Was meint Ihr damit, Kathryn?« Colum drehte sie zu sich um und schaute ihr in die tränennassen Augen.

»Kathryn, was ist los?«

Sie schauderte. »Ich weiß nicht.« Sie biß sich auf die Lippe. »Der Herr sei mit uns, Colum, habt Ihr den Haß in den Augen der Frau gesehen?«

Der Ire zuckte die Achseln. »Ein ruchloses, vom Leben enttäuschtes Weib.«

»Nein.« Kathryn schüttelte den Kopf und warf einen Blick durch den düsteren Schankraum. »Ich habe Blanche Smithler nicht zum letzten Mal gesehen.«

»Leeres Geschwätz«, schimpfte Colum. »Sie kann von Glück sagen, wenn sie lebend in Dover ankommt.« Er nahm Kathryns kalte Hände in die seinen und drückte sie. »Außerdem habt Ihr ja mich.«

Kathryn neigte leicht den Kopf und lauschte Luberon, der in der Küche fröhlich vor sich hinträllernd die Münzen zählte.

»Ist alles da, Simon?«

»Oh ja«, rief er zurück. »Wie Master Murtagh zu zitieren beliebt ›Avaritia radix malorum: die Liebe zum Geld ist die Wurzel allen Übels.‹ Für das hier könnte selbst ich zum Mörder werden!«

»Das glaube ich nicht!« erwiderte Kathryn.

Luberon trällerte weiter. Kathryn schenkte Colum ein Lächeln und trat wieder ans Feuer.

»Wir sind noch nicht fertig.« Sie rollte das Stück Pergament auf, das sie in der Hand hielt. »Wir müssen noch mit Vater Ealdred sprechen. Bitte, Colum, holt ihn herunter. Ich werde es Euch dann erklären.«

Der Ire verließ den Raum und kam kurz darauf mit dem Priester wieder. Kathryn warf das Pergament ins Feuer und wandte sich dem Priester zu. »Vater, ich will rasch zur Sache kommen. Hattet Ihr die Absicht, Sir Erpingham umzubringen? Hat Standon Euch deshalb murmeln gehört ›Er hat zuviel bekommen! Viel zuviel‹?«

Ealdred erbleichte. »Nein, ich wollte ihn nicht töten, das schwöre ich vor Gott, Mistress«, flüsterte er. »Ich bin zwar kein Heiler wie Ihr, aber in meiner Gemeinde gelte ich als Kräuterkundiger. Nach Erpinghams Besuch kochte ich vor Wut. Ich war seiner Boshaftigkeit überdrüssig, konnte nicht mehr mitansehen, wie er arme Frauen mißbrauchte.« Er fuhr sich mit dem Finger am Hemdkragen entlang. »Ich haßte Erpingham. Ich wollte ihn nicht umbringen, aber als ich durch die Stadt ging, kam ich an einer Apotheke vorbei und kaufte eine kleine Dosis Nachtschatten. Am Abend bevor er den Alptraum hatte, reichte Smithler mir Erpinghams Weinkelch, und ich warf ein paar Körnchen hinein. Wenn es wirklich meine Absicht gewesen wäre, hätte ich ihn umbringen können, aber ich wollte ihm lediglich einen Denkzettel verpassen. Ich dachte, die Alpträume, die er bekäme, würden ihm eine Warnung sein. Ich hatte ihn immer wieder beiseite genommen und angefleht, doch er lachte mich nur aus. Deshalb war es mir ein Vergnügen, als ich hörte, welche Angst er gehabt hatte. Ich wollte später mit ihm reden und behaupten, es sei ein Fingerzeig Gottes gewesen.« Er lächelte Kathryn zaghaft an. »Aber offenbar hat unser gnädiger Herrgott mir die Sache aus der Hand genommen.« Der Priester trat einen Schritt auf Kathryn zu. »Ich wollte nicht, daß Erpingham starb«, flehte er, »gestraft werden, ja, das sollte er.«

Kathryn nahm ihren Umhang vom Schemel, legte ihn um und lächelte den Priester an.

»Nun, Vater, es ist vorbei. Der Gerechtigkeit des Herrn und des Königs ist genüge getan. Sir Reginald Erpingham wird nie wieder in Euer Dorf kommen und Mitglieder Eurer Gemeinde belästigen oder mißbrauchen.«

Sie trat in den Korridor, Colum folgte ihr.

»Herr! Herr!« Raston kam hinter ihnen hergelaufen. »Was wird denn nun aus dem Wirtshaus?«

»Nun, Master Raston«, erwiderte Colum, »bis der König eine Entscheidung trifft, könnt Ihr es führen.« Er drückte dem alten Mann die Hand. »Und seid vorsichtig, wenn Ihr in diesen kalten, dunklen Nächten wildert. Ich werde den Dienst, den Ihr uns erwiesen habt, erwähnen. Ihr müßt also noch ein wenig am Leben bleiben, um in den Genuß Eurer Belohnung zu kommen.«

Sie verabschiedeten sich von Luberon. Als sie in die frostkalte Nacht hinaustraten, hüllten sie sich fest in ihre Umhänge ein. Colum hakte sich bei Kathryn unter. Als sie außer Hörweite des Wirtshauses waren und durch die Gasse schritten, die in die Stadtmitte führte, blieb Kathryn stehen und schaute in den sternenklaren Nachthimmel empor.

»Was meint Ihr, Ire? Gibt es vor Weihnachten noch Schnee?«

Colum grinste. »In Irland haben wir eine Bauernregel: Fällt vor Weihnachten Schnee, sagt der Winter lange nicht ade. Was auch kommen mag, Kathryn, wir wollen die Feiertage genießen.«

»Wohl nicht halb so viel wie Wuf sein Marzipan morgen«, murmelte Kathryn.

»Tja«, seufzte Colum. »Er ist ein guter Kerl. Er kann mit mir nach Kingsmead kommen.« Er warf Kathryn einen raschen Blick zu. »Ihr habt Eure Sache gut gemacht.«

»Vielleicht«, erwiderte sie. »Aber hätte das alles vermieden werden können? Wenn Alisoun Blunt eine gute, ehrenhafte Frau gewesen wäre? Wären die Smithlers nicht so habgierig und Erpingham nicht so verrucht gewesen?«

»Um mit dem Ablaßkrämer zu reden«, erwiderte Colum, »›Der Teufel sie in verruchtem Zustand fand. Sie zu verderben, gab Gott ihm freie Hand.‹«

Kathryn lachte, hakte sich bei ihm unter und ging weiter.

»Mir ist gerade eingefallen, Ire, was ich Euch zu Weihnachten schenke.«

»Und das wäre?«

Kathryn lächelte verschmitzt. »Etwas, das Euch hilft, weiter als fünfzig zu zählen!«

Anmerkungen der Autorin

Die Verabreichung halluzinogener Drogen war im Mittelalter durchaus gebräuchlich, und für die sonderbare Wirkung von Nachtschatten und anderen Kräutertinkturen finden sich zahlreiche Belege. Viele Autoren sind sich heute darüber einig, daß die Visionen sogenannter Hexen mit der Verwendung dieser Mittel in Verbindung standen. So ist das englische Wort für Meuchelmörder, ›assassin‹, von den ›Assassinen‹ abgeleitet, einem Orden der Ismailiten, der unter Einfluß von Haschischgenuß seine Ziele u.a. durch Mordanschläge durchzusetzen suchte.

Steuereintreiber waren – zumindest im mittelalterlichen England – verhaßt. Mit ihren rüden Praktiken mußte sich das Parlament fortwährend auseinandersetzen. Hin und wieder wurden sie sowohl physisch als auch verbal angegriffen, und während der Bauernaufstände vor allem des 15. und 16. Jahrhunderts waren ihre Raubzüge ein konstanter Faktor.

Ein Wort noch über die Dialoge und die Charaktere. Moderne Begriffe und Redewendungen trennen uns vom 15. Jahrhundert. Bei Durchsicht der Briefe von Margaret Paston (gestorben im Jahre 1484) wurde jedoch deutlich, daß Emotionen in ähnlicher Weise wie heutzutage zum Ausdruck gebracht wurden. Margaret Paston habe ich mir für die Figur der Kathryn Swinbrooke zum Vorbild genommen – fleißig und zielstrebig ging sie einer Beschäftigung nach. Frauen wie Margaret Paston waren beispielhaft in ihrer Schicklichkeit zu einer Zeit, in der emotionale Entgleisungen und sexuelle Freizügigkeit zur öffentlichen und privaten Ächtung einer Frau führen konnten. Die ritterliche Sprache der Minne mag in unseren modernen Ohren angenehm klingen; für die Frauen des 15. Jahrhunderts bedeutete sie jedoch eine willkommene Abwechslung vom grausamen Kampf gegen Krieg, Seuchen, Aberglaube und plötzlichen Tod.